UNE PINCÉE DE MAGIE

LES PILIERS DE LA MAGIE - 1

Byron O'Tinel, Mérida Reinhart

Une pincée de magie

Les piliers de la magie - 1

TEEN SPIRIT

Ceci est une œuvre de fiction. Les noms, les personnages, les lieux et les faits décrits ne sont que le produit de l'imagination de l'auteur, ou utilisés de façon fictive. Toute ressemblance avec des personnes ayant réellement existé, vivantes ou décédées, des établissements commerciaux, des événements ou des lieux ne serait que le fruit d'une coïncidence.

Suivi éditorial © Lucile Stenger
Correction © Audrey K. Lancien
Maquette © Rémi Laporte
Illustration de la couverture © Nicolas Jammoneau

ISBN: 9791038115415
Existe en format numérique

www.editionsbookmark.com

Glossaire

Institut Baba Yaga : école de magie, dans laquelle tous les sorciers se rendent à partir de leurs dix ans. Ils y apprennent les bases de la sorcellerie, les fondements de la théorie magique. Le cursus est l'équivalent de notre collège, lycée ainsi que d'une licence. Les diplômés ont alors le choix de s'insérer.... dans la société magique en se formant auprès de l'Académie des sorciers pour devenir des maîtres des piliers, ou de prendre un travail ailleurs.

Académie des sorciers : Ordre de la magie formant l'élite en Enchantements, Potions, sorts de l'Âme. Les maîtres en service prennent des apprentis pour trois ans. Au terme de ces trois ans, les apprentis deviennent eux-mêmes maîtres.

Maîtres : sorciers extrêmement savants, chargés de pratiquer et de théoriser la magie, d'inventer de nouveaux sortilèges, de venir en aide à la société magique.

Piliers de la magie : répartis en trois grandes catégories, les piliers contiennent chacun deux divisions. L'une est toujours directe et repose sur des formules magiques ; l'autre est indirecte et les sorciers utilisent des objets enchantés pour la pratiquer.

Petit Peuple : toutes les créatures non humaines issues du folklore populaire. On y retrouve notamment des lutins, des trolls, des kobolds, des animaux fabuleux.

Emblèmes : grands animaux représentant les piliers de la magie que seuls les maîtres ont le pouvoir d'invoquer. Ils représentent en quelque sorte les rois du petit Peuple, qui se sont alliés aux sorciers.

BREAK : Bureau des Ressources des Enchantements et Arcanes Kabbalistiques ; sorte de police magique autoproclamée, de plus en plus acceptée et intrusive dans la société magique.

Chapitre 1
L'INSCRIPTION

— Allez, lâche-le ! dit Clara d'une voix amusée.

La jeune femme avait les bras croisés sur sa robe de sorcière sombre. Son chapeau pointu et ses manches n'étaient encore ornés d'aucun symbole et ne le seraient pas jusqu'au lendemain, jour où elle passerait son examen pour entrer en apprentissage auprès d'un maître sorcier. Du moins si elle réussissait. Ses courts cheveux noirs et sa petite taille lui donnaient des airs de poupée de porcelaine, vite démentis par la facétie de son regard myosotis. Elle asticota son amie encore quelques instants, la poussant de nouveau à lâcher la feuille qu'elle tenait.

Constance, à qui étaient adressés ces mots, la fixait, partagée entre l'amusement et le stress qu'elle ressentait à l'idée de sceller ainsi son destin. Elle portait la même tenue que Clara, si ce n'était que ses manches étaient retroussées et son chapeau de travers, révélant une épaisse masse de boucles rousses. Elle tenait son papier d'inscription entre le pouce et l'index depuis plusieurs secondes désormais, sans paraître pouvoir se décider à le lâcher vraiment. Sa main tremblait subrepticement et l'accolade que lui donna finalement Clara pour qu'elle se résolve à le déposer dans le bac d'enregistrement n'arrangea rien.

— Respire un grand coup, et dépose ce fichu papier, renchérit Sidonie, qui faisait voltiger ses cheveux blonds et raides autour d'elle, signe qu'elle commençait à trouver le temps long.

Constance la regarda plisser ses yeux verts d'impatience, opina et, lentement, libéra le document. Il flotta un instant dans les airs avant de se ranger gentiment dans le bac scintillant devant elle. Le papier miroita comme s'il se changeait en nacre et disparut dans un léger « pop ».

Comme si un poids venait d'être arraché de ses épaules, Constance soupira sous le rire tonitruant de Clara :

— Franchement, Constance, tu sais que tu veux être maîtresse des Enchantements depuis que tu es petite, qu'est-ce qui te faisait tant hésiter ?

— Ça devient réel, maintenant, tu comprends ? répondit Constance en se triturant les mains nerveusement.

Ses deux amies l'observèrent soudain curieusement et elle se sentit obligée de poursuivre, sans pour autant avoir la force de les regarder. Elle sentait ses yeux noisette s'embuer. Elle pivota donc sur elle-même pour admirer le hall de marbre, en écartant les bras pour en embrasser tout l'espace. Elle inspira profondément pour se donner un peu de contenance :

— En déposant ce papier, je m'engage à passer l'examen de recrutement et j'intègre la prestigieuse Académie des sorciers. Si je réussis cet examen et les années d'assistanat qui s'en suivront, je porterai le plus haut titre décerné par notre société. Après toutes ces années scolaires pendant lesquelles j'ai pu éviter les craies volantes de maîtresse Bédica, les heures de retenues et le latin que Sidonie a fini par avoir la gentillesse de faire pour moi, je peux choisir ma voie. Je me sens libre, pour la première fois, depuis plus de dix ans…

— Je te rappelle que tu n'en as que vingt et un, la morigéna Sidonie. C'est un peu tôt pour estimer que le plus dur est fait !

Constance haussa les épaules. Clara, plus douce et compatissante, s'approcha d'elle doucement et posa une main réconfortante sur son bras.

— Et surtout, ajouta-t-elle espièglement, on continue l'aventure ensemble, n'oublie pas. Même si Sidonie nous abandonne pour aller en Potions.

— Hé ! Il faut bien que l'une de nous trois ait la tête sur les épaules. Les Potions, c'est le moins demandé et comme je suis douée, je suis sûre de voir un jour mon portrait rejoindre tous ceux-là ! Mais je vous embaucherai pour distribuer mes recettes de génie, ne vous en faites pas les filles !

En parlant, Sidonie faisait de grands moulinets du bras, comme si elle se trouvait dans une cour royale. Son port de tête et sa silhouette élancée lui avaient toujours donné des airs aristocratiques et elle dépassait tous ses camarades d'une bonne tête. Sans compter qu'elle avait toujours eu un don pour théâtraliser les choses et faire rire ses compagnes. Pour la forme, Constance lui donna un petit coup de coude pour la punir de propos si diffamatoires.

Un instant, elles admirèrent toutes les trois les nombreux tableaux accrochés aux murs : ceux des maîtres ayant dispensé leur immense savoir à toute une génération d'élèves. Ceux des maîtres qui avaient, d'une façon ou d'une autre, changé la société magique. Elles espéraient toutes rejoindre ces grands sorciers, en réussissant l'examen qui leur permettrait d'être embauchées comme assistantes de travaux et être ainsi formées aux nobles disciplines de la magie.

Dans ce hall, célèbre entre tous, Constance posa sa tête sur l'épaule de Sidonie, qui prit le bras de Clara. Elles étaient très différentes : la brune, la rousse, la blonde ; la petite, la moyenne, la grande ; la rieuse, la douce, la sévère. Personne n'avait cru à leur amitié, durant leur apprentissage à l'Institut Baba Yaga. Elles avaient surpris tout le monde lorsque au sortir de ces longues années de scolarité obligatoire, les gens avaient réalisé qu'elles ne s'étaient pas quittées durant onze ans, précisément. Aujourd'hui était décidément un grand pas, mais elles le franchissaient avec bonheur, toutes les trois. C'était le seul travail qu'elles avaient jamais envisagé et aucune n'était prête à renoncer à ses rêves.

Le hall de marbre de l'Académie resplendissait de propreté. Empli de colonnades, il semblait sans fin, sans qu'un seul meuble ne vienne entraver la circulation des visiteurs, si ce n'était le petit bureau des formulaires, qui flottait paisiblement à l'entrée. Les veines bleutées du sol semblaient enserrer les mosaïques qui l'ornaient. En les suivant, on accédait à la galerie de portraits. Lorsque Constance se déplaça vers eux, le plafond enchanté se mit à énumérer les trois piliers de la magie d'une voix sourde, à la manière d'un vieux magnétophone :

— Bienvenue à l'Académie des sorciers, fondée il y a neuf siècles par le grand mage Myrddhin. Ici vous apprendrez qui étaient les Grands Maîtres des trois piliers : les Enchantements, les Potions et l'Âme. Chacun des tableaux exposés ici représente un être exceptionnel, dont la puissance lui a permis de maîtriser les plus grandes créatures de la magie. Par un pacte magique…

Constance n'écoutait déjà plus, focalisée sur les créatures gravées en bas de chaque tableau et qui étaient reprises dans les mosaïques au sol. La voix continuait pourtant de s'égosiller au fur et à mesure qu'elle déambulait dans le hall :

— Chaque pilier vous conduira à la magie : par la voie directe en incantant ou indirecte en vous reposant sur des objets canalisant votre pouvoir. Sur votre gauche, il vous suffit de suivre la route pavée de vert et bleu pour parcourir la voie menant au basilic. Ce roi des serpents régente le monde des malédictions. À son exact opposé se trouve l'alcyon, l'oiseau maître des potions utilitaires. Au centre, le sentier rouge et violet vous conduira à la salamandre entourée de flammes et à la caladre, le corbeau des tempêtes.

Constance frissonna à la vue de ces symboles. Parmi tous les types de magie qui existaient, elle craignait par-dessus tout ceux-là, car ils étaient capables du pire comme du meilleur : les flammes de la salamandre alimentaient la magie des objets d'illusion, tandis que les vents de la caladre transportaient les sorts de la nécromancie. D'un pas léger, elle enjamba la mosaïque et ses pieds touchèrent un chemin qui semblait pavé d'or et d'argent. Aussitôt, la voix magique reprit :

— Enfin, la route d'or et d'argent des enchantements remonte jusqu'à la chimère, maîtresse des incantations et à la vouivre, reine de l'alchimie ; elles sont les chemins de tous les changements.

La jeune femme se prit à rêver de sa longue robe de sorcière qui serait, d'ici trois ans, frappée de cette même chimère dorée. C'était la voie des arts incantatoires, des sortilèges qui permettaient d'agir sur son environnement et sur les gens. Un instant, son esprit la représenta nettement, à côté de Clara, comme si elles étaient les deux faces d'une même pièce, chacune arborant la couleur de ces monstres mythologiques.

Le haut-parleur magique répétait cette description pour la troisième fois, lorsque Sidonie lui tira la manche pour attirer son attention :

— Et si nous allions manger quelque chose pour fêter ça ? proposa-t-elle en se dirigeant d'un pas décidé vers la sortie de l'Académie. J'ai entendu parler d'un nouveau salon de thé réalisant des guimauves au chocolat, qui font réellement l'effet de mordre dans un nuage.

Constance n'entendit pas la réponse de Clara, trop occupée à rêver du lendemain. Elle réussirait. Elle montrerait à tout le monde qu'elle n'était plus la petite fille maladroite et délaissée de la communauté magique. Celle qui avait perdu sa famille dans un tragique accident. Elle serait une grande maîtresse des Enchantements. S'il était certain qu'elle ne maîtriserait jamais les trois piliers des sorciers, privilège réservé au grand mage Myrddhin seul, au cours de l'histoire, elle se hisserait à son niveau au moins dans le sien. Et surtout, elle trouverait quelqu'un à qui transmettre tout son savoir. Un jour, elle était certaine qu'elle se sentirait accomplie et fière d'être Constance Féar.

Clara la secoua gentiment et elle lui adressa un sourire d'excuse. Il était évident qu'elle avait suivi le fil de ses pensées, aussi n'eurent-elles pas besoin de mots pour se comprendre. Mais alors que Constance leur emboîtait le pas, il lui sembla que les petits carreaux de la mosaïque sous ses pieds venaient de virer au bleu.

Elle cligna des yeux et l'impression fugace se dissipa. Un ronronnement lui parvint soudain et elle s'aperçut qu'un gros chat gris l'observait sous le bureau flottant. Il devait être là depuis longtemps, mais aucune d'entre elles n'avait pensé à regarder sous le meuble contenant les formulaires. L'animal miaula doucement, plissa les yeux vert pâle et se leva pour se frotter contre elle, avant de disparaître derrière le pied droit du mobilier. Interloquée, Constance s'avança vers lui, mais Sidonie l'interrompit :

— Alors, tu viens ?

— Oui, oui, tout de suite…

Constance observa un dernier instant le bureau et haussa les épaules. Le sourire aux lèvres, elle descendit les quelques marches de l'Académie et toucha machinalement de la main la statue de Myrddhin au bas des quelques échelons, pour recevoir sa bénédiction. Celui-ci, adossé à un dragon, veillait sur le bâtiment depuis sa construction. La pratique était devenue monnaie-courante depuis des siècles, pour les jeunes apprentis, de lui rendre ainsi hommage tout en espérant se voir accorder un peu de chance de la part du vénérable vieillard. À bien des égards, Héxachanté ne devait d'être encore entière qu'aux interventions répétées de Myrddhin dans la guerre magique. La population voyait en lui un pacificateur ayant mis un terme à ce conflit terrible en codifiant les règles des trois piliers. Son dragon avait été un atout colossal, dans cette entreprise et, bien que cela ne se soit plus produit depuis, chaque sorcier rêvait de pouvoir un jour en invoquer un, à son tour.

Tout à ses pensées, Constance ne prêta même pas attention à l'homme au brassard violet qui la bouscula en se précipitant à l'intérieur du bâtiment. Il se contenta de la regarder en faisant les gros yeux, comme si elle avait été un caillou dans sa précieuse chaussure.

Le soleil qui frappait le bâtiment et la rue pavée lui sembla délicieux. Le brouhaha des échoppes de grimoires et ingrédients, ainsi que celui des poulets volants, ressemblait à une musique annonciatrice de succès. D'ailleurs, lorsqu'un poulet griffonné d'encre rose la frôla, le papier de ses pauvres ailes imbibé de parfum bon marché, elle trouva cela charmant.

Les autres petits oiseaux d'origami, chargés de transmettre un message d'un sorcier à un autre, s'écartèrent pourtant rapidement de ce confrère odorant, mais Constance était prête à pardonner tous les abus, car rien ne pourrait plus jamais gâcher son avenir.

Le vent chargé de feuilles d'automne les poussa tranquillement jusqu'au salon de thé recommandé par Sidonie. Un serveur les accueillit et les installa rapidement, mais Constance n'eut d'yeux que pour les tapisseries magiques représentant des couchers de soleil.

— Je vois que vous appréciez la décoration, remarqua le serveur, en lui tendant une petite carte sur laquelle s'affichèrent les différentes boissons. Il faudra revenir, elle change en fonction de l'heure et du temps.

Constance le remercia, commanda un thé à la citrouille épicé, et les fameuses guimauves, rapidement imitée par ses amies. Lorsqu'on les lui apporta sur une petite assiette bleu pâle, elle s'amusa de la forme de nuage qu'on leur avait donner. À la première bouchée, elle fut convaincue qu'elle avait rêvé. À la deuxième, elle se sentit glisser dans son fauteuil. À la troisième, elle affichait le même air béat que Clara et Sidonie.

— C'est tellement doux, souffla Sidonie, on a l'impression que de la soie recouvre notre palais.

Clara opina avant d'en engouffrer une de plus. Elle aurait pu en avaler un kilo entier sans se plaindre. Constance attrapa la dernière et la contempla sous toutes les coutures. Et si on y ajoutait une fine couche de chocolat ? Cela rendrait le nuage craquant et renforcerait l'impression de douceur venant juste après. Au moment où elle leva la main pour demander au serveur de lui en préparer tout un sac à emporter, Constance remarqua deux petits yeux d'ambre fixés sur elle, plantés dans un visage rond, surmonté de deux nattes blondes ornées de chouchous roses. À la table d'à côté, une petite fille de six ou sept ans la regardait avec curiosité. Ses yeux n'arrêtaient pas de passer de Constance à la guimauve. Avec amusement, elle tendit la confiserie à l'enfant :

— Est-ce que tu veux goûter ?

La petite fit signe que oui et tendit la main, lorsqu'une voix, assurément maternelle, retentit :

— Non, Elvira ! Ce n'est pas à toi !

Avec un petit sourire à destination de la femme qui venait de protester, Constance répondit :

— Je vous assure que ça ne me dérange pas, madame.

Très chic sous son chapeau pointu mauve, elle était drapée dans une robe de sorcier toute en dentelle de la même couleur. Sur ses manches, de délicats boutons de fleurs s'ouvraient et se fermaient en cadence. C'était la première fois que Constance contemplait un sortilège de tissu si développé. Un mouvement attira son attention : dépassant du sac ouvragé de la femme, une petite queue blanche trempée de noir se mit à ondoyer. L'instant d'après, un petit museau pointu immaculé la remplaça. Constance sourit en reconnaissant une hermine de toute beauté.

— Eh bien dans ce cas… je vous remercie. Vas-y.

Sa fille saisit délicatement la guimauve et déposa un baiser furtif sur la joue de Constance, la tirant de sa contemplation.

— Elle avait l'air très curieuse de cette guimauve, badina Constance en regardant la mère de la petite, j'espère qu'elle ne sera pas déçue !

— Elle est très timide, en public d'habitude, mais un bonbon est toujours un plaisir pour un enfant. Je vois à votre robe et à celle de vos amies que vous avez terminé vos études ?

La femme pointait du doigt l'ensemble des robes d'un noir charbon sur lesquelles le blason de l'Institut Baba Yaga – un chapeau pointu autour duquel s'enroulait une baguette – n'apparaissait plus. Seuls les enfants en dessous de dix ans, qui n'étaient pas encore scolarisés, et les jeunes adultes diplômés portaient de telles tenues. Pour tous les autres, il était de bon ton d'arborer le symbole de son entreprise, ou au moins de sa branche magique.

— En effet, nous venons tout juste de déposer nos demandes pour un apprentissage, renchérit Clara.

Le visage de la femme s'anima soudain avec chaleur.

— Ha ! À une époque, j'ai songé à faire de même, mais il y avait trop de choix pour que j'arrive à me décider. À la place, j'ai repris le magasin de mes parents : la boutique du tailleur, à deux rues d'ici. D'ailleurs, n'hésitez pas à passer me voir lorsqu'il faudra décorer vos robes, je serais ravie de m'occuper de vous. Et d'ici là, ma petite Elvira sera en âge d'entrer à l'Institut, elle aura besoin de conseils de personnes plus jeunes et plus au fait que moi !

La gamine leva les yeux en entendant son nom, la bouche couverte de la fine pellicule blanche recouvrant les guimauves moelleuses. Ses yeux pétillaient, elle semblait ravie de sa découverte et courut dans les bras de sa mère. Celle-ci remercia encore Constance et quitta le salon de thé, sous le regard ahuri du serveur.

— C'est la première fois que je vois cette dame sourire !

— Elle vient souvent ici ? s'enquit Constance.

— Tous les jours, mais elle reste d'humeur bien sombre… comme quoi, la notoriété ne fait pas tout.

— La notoriété ? reprit Sidonie.

— C'est Angélique Latour, la propriétaire de « Il était une fée », la boutique de robes la plus à la mode chez les sorciers.

Sidonie se leva aussitôt pour la regarder partir, ne discernant désormais guère plus que son chapeau dans la foule. La jeune sorcière avait encore des étoiles dans les yeux lorsqu'elle bredouilla :

— Sa fille a mangé ta guimauve Constance…

— Heu… oui… en effet. Ça a eu l'air de lui faire plaisir.

— Tu te rends compte, sa fille a mangé… *ta*… guimauve !

Constance et Clara échangèrent un regard avec le serveur, avant d'éclater de rire devant l'air médusé de leur amie. Elles discutèrent ensuite un long moment des sujets qui tomberaient sans doute à l'examen du lendemain, des trois années de dur labeur qui les attendaient, des maîtres qu'elles aimeraient choisir et qui leur apprendraient tout ce qu'ils savaient de leur art, jusqu'à pouvoir invoquer la créature qui leur servirait d'emblème.

— Tu crois vraiment que c'est possible ? demanda Sidonie.

— Je l'ignore, fit Constance, perplexe. Personne n'a plus vu aucune de ces créatures depuis des lustres.

— Si ça se trouve, même les maîtres actuels n'ont pas l'énergie pour invoquer une chimère, un basilic ou une caladre ! argua Clara en reposant délicatement sa tasse en porcelaine sur sa soucoupe. Ça doit peser des tonnes, ces machins-là, manger comme quinze et réclamer une attention magique de tous les diables. La dernière guerre magique remonte à neuf siècles, nous n'avons plus vraiment besoin d'elles…

Lorsqu'elles se séparèrent, Constance traîna un petit peu en chemin avant de rejoindre l'appartement meublé qu'elle avait loué pour une dizaine de jours au sortir de l'Institut. C'était la première fois qu'elle vivait seule. Auparavant, elle avait toujours eu des camarades de chambrée, et, à l'avenir, elle vivrait avec son mentor pour son apprentissage. Mais ce n'était pas tant la solitude qui la taraudait que la discussion qu'elle venait d'avoir avec ses amies. Pourquoi transmettre l'invocation de créatures, qui semblaient en effet désuètes ? Pourquoi perdre du temps à enseigner une pratique à laquelle plus personne ne faisait appel ? Elle ne parvint pas à s'ôter cette idée de la tête de toute la soirée, y compris en relisant ses nombreux grimoires d'enchantements, pour se perfectionner encore un peu. Lorsqu'elle s'effondra sur la page des enchantements de balais, son interrogation la suivit jusque dans ses rêves, dans lesquels elle chevauchait curieusement un dragon dévorant une chimère.

Chapitre 2
L'EXAMEN

Lorsque le réveil sonna, Constance était persuadée d'avoir tout juste fermé l'œil. Elle se leva et se prépara avec une certaine maladresse, due à la fois à la fatigue et au trac. Elle tenta de déjeuner, sans succès. Lasse de cette attente qui lui broyait l'estomac, elle sortit de chez elle et se dirigea d'un pas décidé vers l'Académie. Elle n'avait rien à craindre, elle était prête. C'était du moins ce qu'elle ne cessait de se répéter. Il était encore tôt, les rues étaient quasiment désertes. Le soleil de la veille était remplacé par un ciel de plomb mutique et oppressant. Pour une raison qui lui était inconnue, Constance frissonna. Elle était pourtant au chaud dans sa robe. Le vent faisait bruisser doucement les feuilles des arbres, qui n'étaient pas encore tombées, malgré leur couleur orangée rougeoyante. Il y avait quelque chose d'étrange et d'électrique dans l'air. L'orage tonna, au loin, et Constance se surprit à presser le pas, fuyant les intempéries. Elle grimpa les marches de l'Académie quatre à quatre comme si le diable en personne était à ses trousses. Elle ne reprit son souffle qu'une fois dans le hall, face au bureau flottant.

Elle était pile à l'heure. Elle s'avança et lut le papier d'accueil indiquant la procédure à suivre pour participer aux examens : déposer son passeport magique dans le bac de la couleur du pilier choisi. Une fois celui-ci reconnu, une porte s'ouvrirait pour chaque étudiant. Elle sortit donc ses papiers de sa sacoche de cuir et s'avança vers le troisième bac, destiné aux enchantements. Ce fut à cet instant que les portes s'ouvrirent avec fracas derrière elle. Elle ne s'était pas trompée : la tempête se déchaînait. Mais elle comprit avec une certaine horreur que la tension qu'elle avait ressentie provenait du groupe de sorciers vêtus de gris, qui pénétrait dans le hall. Elle reconnut alors le brassard qu'ils arboraient : d'un violet profond. C'était le même que celui qu'elle avait entraperçu la veille, au bras du grossier personnage qui l'avait bousculée. Les mages du BREAK avaient l'air sur le qui-vive. C'était en général une branche de la magie que tout sorcier, normalement constitué, évitait de rencontrer. Extrêmement bien entraînés, les sorciers du Bureau des Ressources des Enchantements et Arcanes Kabbalistiques étaient ce qui s'apparentait le plus à une police de la magie. Ils s'étaient alloué le rôle de censeur et de moraliste. Leurs agents, de plus en plus nombreux, diligentaient ainsi les bonnes pratiques de la magie, arrêtaient les fauteurs de troubles et les mages jouant les apprentis sorciers. Ce que l'Académie ne voyait pas d'un bon œil, dans la mesure où les expériences étaient monnaie courante pour créer de nouveaux sortilèges ou objets enchantés. Les deux Institutions entraient ainsi régulièrement en conflit, s'entraînant l'une l'autre dans des procès et chamailleries sans fin. Constance voyait leurs pratiques rétrogrades, qui plaçaient régulièrement les sorciers au-dessus de toutes créatures du petit Peuple, comme une résurgence malheureuse de l'inquisition, mais elle se garda bien de le leur dire lorsqu'ils s'approchèrent. Ils l'examinèrent de haut en bas, sans un mot et tournèrent les talons. L'un des mages porta sa baguette à ses lèvres, murmurant des instructions étranges. Quoi qu'ils cherchent, ce n'était pas ici.

Leur départ laissa Constance encore un peu tremblante. Elle se risqua à jeter un coup d'œil par la porte, fermée à la va-vite. Les sorciers inspectaient chaque recoin de l'Académie. Personne n'osait franchir le périmètre qu'ils occupaient. Constance fronça le nez et recula. Grand bien leur fasse, puisqu'il n'y avait pas de danger à l'intérieur, elle pouvait aussi bien s'inscrire à son examen.

Elle revint sur ses pas, inspirant profondément pour se raisonner et oublier cette intrusion désagréable. L'Académie et le BREAK n'entretenaient pas des rapports merveilleux : chacun jugeait l'autre inutile. En somme, chacun campait sur ses positions depuis des lustres et personne ne semblait apte à trancher la question, au gouvernement magique. Le dernier président qui s'y était risqué s'y était cassé les dents et n'avait pas été réélu. Sans doute fallait-il seulement voir dans la venue du BREAK, aujourd'hui, une mauvaise blague pour mettre en rogne les maîtres qui procédaient au recrutement. Ce ne serait pas la première fois. Ni même la dernière.

Resserrant sa prise sur ses papiers, la jeune femme se plaça face au bac destiné à l'examen des Enchantements et poussa un cri : qui résonna dans le hall vide. Quelque chose venait de lui frôler les jambes. Elle recula brutalement et avisa la petite silhouette qui s'étirait devant elle. C'était le chat gris de la veille. Il se frotta à nouveau contre ses jambes et elle rit nerveusement d'elle-même. Elle était vraiment trop tendue. Elle flatta un peu le félin, mais, lorsqu'elle s'approcha à nouveau du bac pour enclencher le processus, ce dernier y grimpa sans la moindre gêne et s'assit dessus. Le passeport en l'air dans une main, Constance le regarda en fronçant les sourcils.

— Je dois déposer mes papiers là-dedans, désolée petit chat !

Elle entreprit de le déloger, mais l'animal se débattit et envoya voler le passeport à travers le hall de marbre. Constance jura assez peu gracieusement et s'avança pour ramasser ses papiers lorsqu'un éclair de fourrure passa devant elle. Avec de petits coups de patte, le chat déplaçait le passeport comme s'il s'agissait d'une vulgaire souris.

— Arrête ça ! s'écria-t-elle, mais sans parvenir à arrêter l'animal ou à récupérer le passeport.

Elle jeta un coup d'œil au bureau derrière elle en espérant que quelqu'un soit arrivé, mais elle était toujours seule. Elle bondit sur le chat, mais il semblait toujours plus rapide. Agacée et à présent franchement paniquée, elle se résolut à se jeter à plat ventre et saisit la queue de l'animal pour le coincer. Celui-ci protesta et fit un bond loin des papiers. Elle abattit sa main dessus, toujours ventre à terre, lorsqu'un gong puissant fit vibrer tout le bâtiment.

— Oh non… souffla Constance.

Au moment même où elle prononçait ces mots, elle entendit une série de portes claquer au fur et à mesure qu'elles apparaissaient entre les tableaux des maîtres. Deux d'entre elles étaient encore ouvertes : la verte et bleue, ainsi que la rouge et blanche. Son regard tomba sur la porte or et argent des Enchantements. Fermée. Elle se leva précipitamment et tambourina à la porte.

— Ouvrez, je vous en prie ! C'est une erreur !

Mais seul le silence lui répondit. Elle fixa la poignée immobile, désemparée. Elle savait ce que cela voulait dire : l'examen avait commencé, et, une fois la porte fermée, plus personne n'y était admis. Elle venait tout simplement de tout manquer. Des bruits commencèrent à lui parvenir lorsqu'un attroupement se fit autour du bureau d'accueil. Des étudiants, marmonnant leur frayeur d'avoir vu les mages du BREAK devant le bâtiment, s'y enregistraient sans problème. Trois ou quatre filles étaient venues ensemble. Certaines jetèrent un coup d'œil moqueur à Constance avant de s'avancer vers la porte rouge. Une voix bien connue s'éleva alors :

— Constance ? Mais qu'est-ce que… ?

La jeune femme se retourna vers Sidonie, interdite.

— La… la porte s'est fermée, je…

— Tu as manqué l'examen ! riposta son amie en lui saisissant les mains, inquiète. Mais que s'est-il passé ?

Constance fit volte-face vers ce satané greffier qui se léchait à présent tranquillement les moustaches et le pointa du doigt, la colère prenant le dessus :

— C'est à cause de ce stupide chat ! Il a envoyé valdinguer mon passeport, je lui ai couru après, mais c'était trop tard !

Sidonie observa l'animal et manqua le moment où Constance explosa. Cette dernière se rua sur le chat, l'attrapa sans ménagement et se mit à lui hurler dessus devant son amie, qui essayait tant bien que mal de tempérer tout cela.

— Tu mériterais que je t'écrabouille et que je te jette dans une potion de Mistigri, histoire que tu serves à quelque chose, chat de malheur !

— Allons, Constance, on va trouver…

— Voilà un choix intéressant…

Une voix grave et tranchante coupa net celle plutôt fluette de Sidonie. D'un même mouvement, les deux jeunes femmes se retournèrent pour tomber sur une silhouette élancée drapée dans une robe de sorcier ornée d'un oiseau au long bec et d'un bleu saisissant. Sidonie pâlit et s'agrippa à son amie, qui tenait toujours le maudit animal entre ses mains. L'homme s'avança vers elles et poursuivit d'une voix doucereuse :

— Ce n'est cependant pas une raison pour déranger les examens et se donner en spectacle. Inscrivez-vous ou partez.

— Je ne peux pas m'inscrire, je venais passer l'épreuve des enchantements, quand cette bestiole m'en a empêchée ! tonna Constance.

— Constance, c'est maître Dreoch, calme-toi, souffla Sidonie le plus bas possible.

Le sorcier en question haussa un sourcil et repoussa ses cheveux fauves qui retombaient de manière léonine sur ses épaules. Ses yeux étaient aussi sombres que de l'onyx et ils passaient de l'une à l'autre des jeunes femmes avec méticulosité.

Son visage était fermé, donnant tout le loisir à Constance d'observer ses traits rudes, son nez bien droit et sa mâchoire carrée, dont le menton était fendu d'une cicatrice que camouflait quelque peu une barbe de trois jours. Constance suivit machinalement le tracé de la balafre qui se perdait dans le cou de l'homme, raison pour laquelle il devait porter un col plus haut que de coutume. Elle le trouva séduisant, dans son genre. Et terriblement jeune pour un maître. Elle ne lui donnait pas plus de trente-trois ou trente-quatre ans, mais il se dégageait de lui une sorte de magnétisme écrasant, qui ne permettait pas de douter ni de son rôle ni de sa puissance. Sans parler de l'emblème sur sa robe. Constance avait déjà entendu parler de ce maître des Potions autoritaire. Il avait une réputation à faire peur et son air peu avenant ne lui rendait guère service. Elle devait cependant reconnaître que cela allait plus loin qu'une impression de froideur : son aura tout entière semblait vouloir repousser le monde. Ses yeux perçants se posèrent finalement sur le chat que Constance lâcha aussitôt. Il retomba tranquillement sur ses pattes, comme si de rien n'était.

— Dans ce cas, il ne vous reste plus qu'à vous représenter l'année prochaine pour obtenir ce travail. Cependant, quelqu'un ayant connaissance de la potion de Mistigri aurait tout intérêt à passer l'examen dédié et donc à choisir une autre spécialité, dit-il d'une voix lente.

— Les Potions ? Non, je… sans vous vexer cela ne m'intéresse pas. Je la connais simplement parce qu'elle était dans un grimoire de la bibliothèque de Baba Yaga.

— Que vous ayez pris la peine de lire, la coupa-t-il en arborant un petit sourire agaçant, contrairement au ramassis d'imbéciles qui peuple actuellement ce couloir, confirme ce que je viens de dire, mademoiselle.

— Constance, c'est une bonne idée, tu n'as rien à perdre ! intervint Sidonie. Et nous serons ensemble.

— Si vous réussissez, ajouta maître Dreoch en jetant un regard acéré à l'étrange trio.

Le chat ronronna de plus belle. Sans rien ajouter de plus, le maître des Potions tourna les talons. Sidonie se rapprocha alors de Constance :

— Ce type est glacial, mais il est connu pour avoir un excellent jugement. D'ailleurs, c'est quoi, une potion de Mistigri ?

— Une vieille potion pour contrer la malchance. Elle n'est plus pratiquée depuis près de deux siècles, car elle requiert un sacrifice animal.

— Eh bien ma vieille, il a raison, siffla Sidonie admirative. Tu as toutes tes chances !

— Tu sais que ça ne m'intéresse pas, fit Constance.

— Mais on sait toutes les deux ce qui va se passer si tu entres là-dedans… tu as tes chances !

— La théorie ne me sauvera pas ! Mes bons résultats en Potions n'étaient qu'un coup de bol.

— En fait, de ta mémoire photographique ! riposta Sidonie. Et tu apprendras ! De toute façon, l'autre solution ne te convient pas non plus, je me trompe ?

Constance réfléchit un instant. En effet, attendre un an de plus pour repasser l'examen en vivotant de petit boulot en petit boulot alimentaire ne lui faisait guère envie. De plus, elle perdrait sans doute un certain nombre de réflexes en ne pratiquant plus régulièrement ses sortilèges et elle devait rendre son appartement dans la soirée. Elle était coincée et se résigna dans un long soupir qui fit se trémousser son amie.

— Très bien, essayons…

Sans attendre, elle se dirigea vers le bureau flottant et laissa tomber son passeport dans le second bac, sans perdre le chat des yeux. Celui-ci ne bougea pas. Un courant d'air entoura Constance, tandis que sa présence était enregistrée à l'examen des Potions. La mort dans l'âme, elle suivit Sidonie lorsque cette dernière eut procédé au même rite.

La salle d'examen était vaste, suffisamment pour accueillir la dizaine d'étudiants espérant décrocher un poste d'apprenti. De grands chaudrons d'étain étaient disposés à côté d'un large plan de travail. Tout au fond de la pièce se trouvait une estrade sur laquelle différents maîtres des Potions attendaient.

Constance y distingua très nettement l'homme du couloir : il était parmi les seuls jeunes maîtres présents. Tout comme la femme qui se tenait à l'opposé de lui. Celle-ci était drapée dans une luxueuse robe de satin vert et le symbole de l'alcyon bleuté disparaissait presque sous le monticule de plumes de paon qui ornait sa tenue. Elle riait fort, de façon nasillarde, et semblait prendre plaisir à discourir avec les trois autres maîtres, mais ne s'approchait pas de Dreoch. Personne, d'ailleurs, ne semblait s'approcher de lui. Parmi les trois autres maîtres, l'un était particulièrement âgé et voûté. Les deux autres devaient avoir dans la cinquantaine : on discernait encore le blond de la chevelure du premier, bien que ses tempes grisonnent, et une sagacité exemplaire dans le regard du second, malgré son apparence frêle.

Constance parcourut la salle du regard et fronça les sourcils : cinq maîtres, dix postulants. Il ne fallait pas être un génie pour comprendre que tout le monde ne trouverait pas chaussure à son pied, car il était interdit aux maîtres de recruter plus d'un apprenti par an. Rares étaient les maîtres qui avaient, de toute façon, besoin de plus d'un assistant. Ajouté à cela la responsabilité qu'entraînait le simple fait de prendre un apprenti, puisqu'il fallait le former à devenir un jour un maître, le quota d'embauche était somme toute assez maigre. Elle se rappela les mots de Sidonie sur le peu de candidats en Potions et n'osa imaginer combien d'élèves postulaient en Enchantements, par rapport au nombre de maîtres disponibles. Elle ferma les yeux et respira doucement, envoyant toutes ses pensées vers Clara, qui devait elle aussi être confrontée à son épreuve. Elle espéra qu'elle ne paniquerait pas en ne la voyant pas arriver. Être la cause du trouble de son amie ne fit qu'ajouter à la pression que Constance ressentait.

Le plus âgé des maîtres prit la parole et tous les étudiants se tournèrent vers l'estrade, Constance incluse :

— Votre attention, jeunes gens. L'examen va commencer, prenez tous place à une table de travail.

Constance s'exécuta après un rapide signe de la main à Sidonie. Aussitôt que le vieux maître tapa deux fois des mains, un grimoire et des ingrédients apparurent sur le plan de travail.

Constance haussa les sourcils : aucun maître des Potions n'était capable d'un tel tour. Les bureaux devaient avoir été enchantés au préalable. Elle sourit devant ce petit tour de passe-passe qui impressionna les candidats.

— Pour réussir cet examen, vous devrez réaliser la potion de Pousse de cheveux. Vous ne disposez que des ingrédients présents au sein de votre table de travail, rien de plus, rien de moins. Vous avez une heure. Les maîtres choisiront leurs futurs apprentis non seulement selon le degré de réussite de votre potion, mais aussi en fonction de ce qu'ils observeront pendant la préparation. Vous pouvez commencer !

Des murmures de surprise retentirent dans la salle, mais Constance se concentra aussitôt sur le grimoire. Elle comprenait l'étonnement de ses camarades. Cette potion faisait partie des plus courantes apprises pendant le cycle de scolarité obligatoire à l'Institut. Personne ne pouvait l'ignorer, pas même elle. Cependant, elle requérait une rigueur totale, pour être parfaitement réussie et éviter des désagréments certains. Qui plus est, les maîtres jugeraient leur méthode, leur sang-froid, et sans doute leur humilité. Elle ne comptait donc pas se laisser prendre au piège si vite.

Elle ouvrit son grimoire à la bonne page et lut intégralement la recette. Tous les ingrédients étaient en effet présents sur la table, mais il fallait en réduire deux en poudres fines : la corne de gazelle et la menthe poivrée pour obtenir ce que le grimoire appelait «poudre à pigmentation». Avisant son plan de travail, un doute l'assaillit en voyant le petit paquet de sauge ficelé. D'autres étudiants la faisaient déjà fumer pour purifier l'air au-dessus de leur chaudron, mais quelque chose la chiffonnait. Soudain, elle se souvint d'avoir lu quelque chose là-dessus. Se reportant au sommaire, Constance chercha la recette de la poudre à pigmentation et un sourire éclaira son visage : une note en bas de la page indiquait bien que la sauge renforçait l'action de la menthe. Elle saisit les deux plantes et les plaça dans le mortier pour les passer au pilon. Elle râpa ensuite les cornes de gazelle et mélangea le tout.

Sans qu'elle ne les ait vus, les maîtres avaient quitté l'estrade et se déplaçaient entre les candidats, à l'exception de la femme. Ses talons hauts martelaient le sol de l'estrade à intervalle régulier, faisant lever la tête à nombre de candidats, en particulier les jeunes hommes qui ne perdaient pas une miette du spectacle de ses longues jambes gainées de bas. Lorsque Constance leva la tête vers elle, agacée par ce tintamarre, elle plissa la bouche de dégoût en réalisant que la maîtresse des Potions guettait la réaction des étudiants. Elle se replongea aussitôt dans son travail et respira profondément pour s'isoler des bruits environnants.

Un picotement au bas de la nuque la saisit et elle se retourna aux trois-quarts. Adossé contre un mur, maître Dreoch la fixait sans ciller ni bouger. Depuis quand était-il là, au juste ? Impossible de le savoir. Elle décida donc de l'ignorer superbement. D'autres candidats se retournaient pour observer les maîtres éparpillés dans la salle, ce qui aboutit nécessairement à l'explosion d'un chaudron et à une crise de larmes dudit candidat. Constance, quant à elle, parvenait presque au bout de sa recette. Tout le monde n'eut pas cette chance : deux rangs devant elle, une candidate n'avait mis que la moitié de ses ingrédients et un peu plus loin, à gauche, un grimoire prenait feu. Le moins que l'on puisse dire, c'était que l'atmosphère était agitée.

Lorsqu'il lui fallut incorporer la fameuse poudre, elle chercha une écumoire sur son plan de travail et constata qu'elle n'y était pas. Elle se recula un peu et aperçut un petit tiroir à sa droite. Se rappelant la consigne du début de l'examen, elle l'ouvrit et en extirpa l'instrument manquant. Ce fut à ce moment-là qu'un nuage de fumée envahit le premier rang : un postulant n'ayant pas cherché le fameux outil avait décidé de jeter la poudre d'un coup dans son chaudron. Constance resta concentrée, fit tourner sa potion deux fois dans le sens inverse des aiguilles d'une montre et eut le plaisir de sentir une odeur boisée s'en échapper alors. Elle attrapa les trois flacons vides qu'il restait près de la boîte à ingrédients, et après avoir vérifié qu'ils étaient parfaitement propres, y versa sa potion.

Elle les étiqueta d'un coup de baguette pour terminer. Un instant plus tard, le même gong qu'elle avait déjà entendu à la fermeture des portes retentit et tous les candidats reculèrent d'un pas. Elle réagit avec un temps de retard, mais rejoignit la ligne.

Maître Dreoch descendit alors immédiatement de son perchoir, tel un rapace pour regagner l'estrade et, d'un coup de baguette, fit voleter un papier dans une urne qui ressemblait à s'y méprendre à celle d'un apothicaire. Ses collègues s'étaient arrêtés, comme surpris par son attitude, avant de flâner encore un peu dans les rangs. Lorsque chacun d'entre eux eut rejoint l'estrade, le plus âgé reprit la parole.

— Cette année encore, vous n'avez pas démérité. Malheureusement, nous sommes peu de maîtres et il semble que certains d'entre nous n'aient pas trouvé d'apprentis à la hauteur de leurs espérances pour les assister dans leur travail.

À ces mots, l'homme blond aux tempes grisonnantes s'inclina et sortit.

— Cela signifie que nous aurons donc seulement quatre embauches cette année, poursuivit le vieil homme. Lorsqu'un maître a indiqué votre nom, vous ne pouvez plus être choisi par l'un de ses confrères. Au moment où je retirerai vos noms de l'urne, vous vous dirigerez vers le maître qui a décidé de valider votre candidature. Il vous appartiendra d'établir avec lui un contrat précis pour les trois années à venir, afin d'espérer recevoir, à votre tour, ce titre tant convoité.

Constance inspira profondément tandis qu'il plongeait la main dans l'urne et en tira le nom de Sidonie Hansen. Celle-ci rejoignit radieusement la femme aux plumes de paon, qui se présenta comme Mérédith Valda. Un deuxième candidat fut appelé et salué par ses condisciples, mais Constance n'y fit pas attention, trop occupée à suivre son amie quitter l'estrade. Cela ne fit qu'accentuer le silence qui s'était abattu sur la salle lorsque son nom fut répété une seconde fois et fit se mouvoir maître Dreoch.

Constance remonta vers l'estrade sous le regard effrayé des autres élèves. Elle s'inclina poliment et suivit rapidement le maître des Potions dans une petite pièce sombre et encombrée.

Les murs étaient recouverts de codex volumineux, tout comme le bureau cachant un minuscule lutin qui semblait perdu sous un chapeau de sorcier adapté à sa petite taille. Seules ses longues oreilles pointues et duveteuses en dépassaient. Une multitude de grelots était accrochée au rebord de son chapeau, produisant une charmante sonnerie à chacun de ses mouvements. Il remonta les longues manches de sa robe verte et pencha son petit corps vers eux, saisissant une plume au vol. Constance entraperçut un léger miroitement dans son dos : une élégante cape qui semblait tissée dans de la soie d'araignée tombait jusqu'à ses pieds.

— Maître Dreoch, quelle victime nous amenez-vous, cette année ? demanda le lutin d'un air taquin. Arriverez-vous enfin à former un assistant jusqu'au bout, cette année ? J'ai parié deux pièces d'or que non, le contraire serait étonnant, étant donné votre palmarès jusque-là !

Le visage de la créature se rida sous l'effet de son rire, sa petite bouche aux lèvres minces se recourbant pour révéler une série de dents anormalement pointues. Ses yeux, d'un noir profond, sans pupille, se posèrent avidement sur eux. Dreoch se tourna vers Constance, qui l'observa l'air hagard. Il leva les yeux au ciel, déjà agacé.

— Eh bien, donnez-lui votre nom !

— Pardon, bafouilla-t-elle. Constance Féar.

Le lutin conserva son étrange sourire, se saisissant d'un rouleau de parchemin faisant dix fois sa taille, mais qu'il transportait sans problème. Constance se sentit flotter, tant le moment semblait irréel. Le lutin avait-il bien dit que Dreoch n'était jamais allé au bout d'un apprentissage ? Le doute s'empara d'elle. Que faisait-elle, au juste ? Avant qu'elle n'ait pu réfléchir davantage, le lutin inscrivit les deux noms avant de parcourir rapidement le contrat à voix haute :

— Vous, maître Dreoch, vous engagez à devenir le mentor de mademoiselle Constance Féar. Elle vous assistera dans vos travaux et vous la formerez à la charge de maître des Potions, pour une durée de trois ans. Vous vous engagez à la faire participer aux assemblées annuelles, afin de valider les progrès de son apprentissage lors d'une cérémonie officielle ; à la mettre sur la voie de l'emblème qu'elle aura choisi lorsqu'une année sera révolue ; à la présenter à l'examen des maîtres au terme de ce contrat. Si toutefois, pour quelque raison que ce soit, votre assistante ne pouvait mener à terme ces trois années, elle se verrait aussitôt disqualifiée et son apprentissage prendrait fin.

À ces mots, le lutin posa un regard amusé sur Constance. Le sous-entendu était clair, il ne la jugeait pas capable de survivre tout ce temps à ce maître glacial. Il poursuivit néanmoins comme s'il n'avait pas remarqué le malaise de la jeune femme, produit aussi bien par les mots que par l'apparence de la créature.

— Vous, Constance Féar, vous engagez à suivre ces trois années d'apprentissage ; à obéir aux directives de maître Dreoch dès lors qu'il s'agit de parfaire vos compétences en potions ; de l'assister dans son travail ; de vous présenter à chaque examen que l'Académie jugera nécessaire. Durant cet apprentissage, vous serez logée et nourrie dans la demeure de votre maître avec, le cas échéant, les autres apprentis déjà présents. Vous recevrez également un salaire de l'Académie d'un montant de trois cents écus par mois. Ce montant sera à rembourser si vous ne terminez pas votre assistanat. Si l'un de vous souhaite apporter une modification, qu'il le dise immédiatement.

Constance fit signe que non et le lutin déplia alors le vélin, sans même attendre la réponse du maître.

— Signatures en bas de la page, à l'aide de vos baguettes, s'il vous plaît.

Constance serra sa baguette magique. Elle ne lui avait plus paru aussi lourde depuis le jour où l'Institut la lui avait remise. Elle se souvint de la recherche qui avait pris des heures pour trouver un bois qui lui convienne dans les forêts bordant Baba Yaga. Elle avait opté pour un beau bouleau blanc, ce qui avait contrarié ses enseignants, qui jugeaient cette essence capricieuse. Elle n'en avait pas démordu et avait patiemment attendu qu'un sorcier artisan taille doucement la branche et l'adapte à sa main.

C'était un instrument qui ne l'avait jamais trahie. Elle leva donc sa baguette et d'un simple tour de poignet inscrivit son nom en bas du parchemin. Dreoch fit de même et elle eut tout juste le temps de lire son nom complet avant que le lutin ne le repli. « *Tacitus Dreoch* ». Elle répéta son nom et son prénom un moment dans son esprit pour tâcher de s'en souvenir.

L'homme la fixa un instant avant de déclarer :

— De toute la salle, vous avez été la seule à ajouter la poudre de sauge au lieu de bêtement purifier votre chaudron. Pourquoi ?

— Un souvenir de lecture…, répondit-elle. J'ai une mémoire photographique.

Un sourire étrange se dessina sur le visage du maître des Potions.

— Voyez-vous ça… Sachez que, pour ne pas avoir purifié votre chaudron, vous avez été jugée par les autres maîtres comme une incapable. Heureusement pour vous, je ne me range que rarement à leur opinion. Je pense que vous avez du potentiel et seul un imbécile ne l'aurait pas compris rien qu'en respirant l'odeur de votre potion.

Il marqua une pausa, la fixant les sourcils froncés, avant de poursuivre d'un ton bourru :

— Vous devez également savoir que le fait d'avoir été choisie par moi va irrémédiablement vous placer au ban de la société, car j'accorde peu de libertés à mes apprentis et que mes méthodes ne sont pas orthodoxes. Cela ajouté au fait que le taux de réussite dans cette spécialisation est extrêmement faible, compte tenu du niveau requis, attendez-vous à des années pour le moins difficiles.

— J'aurais au moins été prévenue…, murmura Constance.

Elle était trop impressionnée par sa présence et ce présage menaçant pour oser s'exprimer davantage.

Dreoch renifla avant de sortir de la pièce sans un regard pour le lutin.

— Voyons à présent ce que vous avez dans le ventre !

Constance jeta un dernier coup d'œil au lutin, qui s'inclina devant elle, non sans une certaine ironie, et suivit Dreoch avec contrariété : à peine avait-elle signé qu'il fallait déjà qu'elle lui coure après.

Lorsqu'elle passa la porte du petit bureau, un brouhaha terrible l'assaillit. Inexplicablement, elle était de retour dans le hall de marbre.

— Constance !

La jeune femme se tourna vers une Clara essoufflée qui accourait derrière elle.

— Tu n'étais pas là, que s'est-il passé ? Il paraît que le BREAK est venu, est-ce que…

— Non, non rien à voir, bredouilla-t-elle. J'ai manqué l'examen à cause d'un chat.

Clara porta une main à sa bouche, tétanisée.

— Mais comment… que vas-tu faire ?

— J'ai passé celui des Potions à la place… c'était ça ou attendre une année de plus, et je ne pouvais pas…

— Mais, les Potions tu n'as…

Clara fut coupée par la voix tonitruante de Dreoch, qui venait d'envoyer paître un troupeau d'élèves entre lui et la sortie.

— Allons, allons Tacitus du calme, retentit une voix guillerette, ces pauvres élèves viennent déjà de subir une mauvaise nouvelle, ne les traumatise pas plus.

Constance aperçut un homme assez petit – dont la barbe argentée très fournie et soigneusement entretenue s'harmonisait parfaitement avec sa robe bleu saphir – donner une accolade bourrue, mais amicale à son nouveau maître des Potions. C'est à ce moment-là qu'elle remarqua qu'il portait deux chaussures différentes : une marron à talonnette et une noire cirée. La sorcière cilla, surprise, et se pencha vers son amie.

— Qui est-ce ? chuchota Constance.

— Le maître des Enchantements qui nous a fait passer l'examen, s'exclama Clara avec un petit sourire. J'ai été appelée la première !

— Oh ! Tu as réussi, j'en étais sûre ! répondit Constance en serrant son amie contre elle.

Au diable les chaussures, si Clara était satisfaite ! Un rire nasillard retentit derrière le groupe, mais Constance n'eut que le temps de voir la silhouette recouverte de plumes de paon de maîtresse Valda avant que son maître ne la saisisse par l'épaule.

— Mademoiselle Féar, qu'est-ce que vous attendez ? rugit la voix de Dreoch qui ne faisait pas plus attention à son collègue qu'au reste du hall. Qu'il pleuve des grenouilles ?

— Je dois te laisser, on se voit plus tard, je t'expliquerai tout !

Sans laisser le temps à Clara de répondre, Constance rejoignit son nouveau mentor en quelques foulées. Elle nota la surprise sur le visage d'Azarov, et l'espèce de silence religieux sur son passage, mais elle braqua obstinément son regard sur la porte de sortie et sur le grand dos de son maître. Il l'avait prévenue que la voie des Potions était pour le moins ardue, quelques minutes plus tôt, peut-être les autres apprentis avaient-ils été au courant de ce fait bien avant elle ? Peut-être cela expliquait-il aussi le manque de candidats dans cette discipline, contrairement aux autres ? Il lui faudrait en parler avec Sidonie dès qu'elle le pourrait. Elle avait au moins espéré la voir, pour la remercier. Dans la mesure où maîtresse Valda était dans le hall, elle espérait que Clara pourrait la mettre au courant des dernières nouvelles. Dreoch s'arrêta au pied des marches de l'Académie et lui tendit un parchemin :

— Voici toutes les fournitures dont vous aurez besoin pour l'année. Si certains éléments ne sont pas disponibles, faites-les livrer directement au manoir. L'adresse est dessus, mais l'apothicaire a l'habitude, de toute façon. Profitez-en aussi pour faire réviser votre baguette, je ne veux pas d'excuse, une fois que nous aurons commencé à travailler. Une fois vos « emplettes » effectuées, rejoignez-moi là-bas.

— Attendez, pour toute l'année ? Mais, il y a des ingrédients qui ne tiendront pas.

— Oh, je suis ravi de savoir que vous êtes également maître des Potions, mademoiselle Féar, rétorqua-t-il en plissant les yeux avec sévérité. Mais comme il se trouve que je ne demande pas votre avis, vous allez vous contenter de faire ce que je vous demande !

Constance hocha la tête. Message reçu, elle n'avait pas voix au chapitre. Cela la fit grincer des dents, mais elle savait qu'elle allait devoir s'y habituer. Elle était l'apprentie. Elle avait entendu des tas d'histoires, à Baba Yaga, racontant combien les maîtres étaient sévères avec leurs assistants, les premiers temps, pour jauger leur caractère.

Elle se sentait certes comme une gamine prise la main dans le sac de bonbons interdits, mais elle ne le montrerait pas. Elle regarda Dreoch gagner le cercle de runes miroitantes tracées au sol et disparaître dans un nuage de fumée verte sans oser ajouter quoi que ce soit. Elle espérait accéder à la zone de téléportation et voyager aussi bien, une fois chargée de toute la liste que son maître venait de lui donner. Étrangement, elle en doutait. Un bruit feutré la tira soudain de ses pensées. Le chat gris était tranquillement assis face à elle et bâillait. Constance en lâcha son parchemin et saisit aussitôt l'animal par la peau du cou :

— Alors toi j'ai deux mots à te dire ! C'est à cause de toi que je suis dans cette galère !

Le chat miaula piteusement, comme pour s'excuser et Constance poussa un profond soupir avant de le reposer au sol.

— Ça ne sert plus à rien de m'énerver contre toi, ce qui est fait est fait. Rejoins ton palais de marbre…

Elle récupéra la liste qu'elle avait lâchée et se détourna de l'animal, sentant soudain un étrange poids sur ses épaules. Avait-elle bien fait de s'entêter ainsi et de changer brutalement de voie ? Certes, elle ne pouvait compter que sur elle-même, mais ce chemin était-il judicieux ? Elle déambula dans les allées du quartier commerçant pavées de feuilles d'automne, de châtaignes et de glands portés par la brise, jusqu'à tomber sur l'échoppe de l'apothicaire. L'homme l'accueillit avec grâce et, comme Dreoch s'y attendait, commanda tout ce qu'il manquait avec la force de l'habitude. Il miniaturisa tous les ingrédients avant de tendre un grand sac de toile à Constance, non sans la regarder attentivement.

— Je vous souhaite bonne chance, mademoiselle.

— Merci, monsieur, dit-elle en saisissant les deux hanses.

Le sac ne pesait pas lourd, malgré tout ce qu'il contenait, à commencer par un grand chaudron en étain rutilant, plusieurs louches, flacons et éprouvettes, des passoires de toutes formes, un compte-gouttes, un pilon et son mortier, une balance, plusieurs paires de ciseaux et de gants. Les ingrédients étaient pour la plupart conservés dans des sachets hermétiques ensorcelés, ou des petites boîtes en bois. Tout cela tintinnabulait à chacun des pas de Constance et fit écho à la clochette de la porte du magasin lorsqu'elle l'ouvrit. Sur le seuil, elle se retourna pour constater que l'apothicaire ne l'avait pas quittée des yeux. Il lui sourit gentiment, mais son expression était trop figée pour être naturelle. Elle laissa la porte se refermer avec la sensation d'être une condamnée à mort. Elle était complètement perdue : tout ce qu'elle avait pensé faire venait de tomber à l'eau sans que personne y puisse rien et à une vitesse qui défiait l'imagination. En un instant, l'avenir qu'elle s'était tracé venait de tomber en miettes, et elle se sentait irrémédiablement seule. Elle inspira un grand coup pour faire refluer les larmes et remarqua soudain une vitrine clignotante. Elle relut plusieurs fois le nom sur l'écriteau. Des robes de travail étaient indiquées sur la liste, mais Constance se serait ruée dans le magasin, même si cela n'avait pas été le cas. Il brillait comme un phare dans la nuit.

Lorsqu'elle pénétra chez « Il était une fée », une douce odeur de poudre de talc lui parvint. Des kilomètres de rubans, dentelles et autres rouleaux de tissu étaient éparpillés dans la boutique. Un rideau de perles tinta et la femme de la veille apparut, toujours aussi élégante. Constance détailla sa robe et sentit les larmes rouler sur ses joues. Elle ne pourrait jamais lui demander de broder l'emblème de la Chimère sur ses tenues, désormais. La couturière se figea devant sa jeune cliente avant de se reprendre :

— Holà holà, que se passe-t-il ? Vous êtes bien la jeune femme que j'ai rencontrée au salon de thé, hier ? Votre examen s'est mal passé ?

Constance opina et s'assit sur la première chaise venue.

— J'ai fait n'importe quoi…

Elle entreprit rapidement de lui raconter la situation, les regards étranges des personnes qui connaissaient manifestement Dreoch, quand ils avaient appris qu'elle serait son apprentie. Une main douce, mais ferme s'abattit sur l'épaule de Constance.

— Peu de gens auraient eu votre réactivité, ma petite. Il faut que vous soyez fière de vous !

— Mais, la vérité… c'est que je déteste les potions, avoua-t-elle mortifiée. J'avais de bons résultats à l'Institut, car j'ai une bonne mémoire, mais je n'en vois pas l'utilité ! Je suis stupide, j'ai laissé mon orgueil et ma peur prendre le dessus.

— Pourquoi était-ce si important ? demanda alors Angélique.

— Parce que… je suis seule au monde. Mes parents sont morts, peu après mon entrée à Baba Yaga. L'Institut a été mon foyer, mais mes talents magiques sont… aléatoires. Désormais, il n'y a plus rien ni personne pour me guider. J'ai besoin d'un travail qui me permette d'être indépendante.

— Dans ce cas, vous avez fait ce qu'il fallait. Ne vous reprochez rien Constance, et voyez-y l'occasion de changer d'avis. Après tout, si c'est là le prix de votre indépendance, il va falloir y mettre du vôtre. Consacrez trois ans aux Potions et voyez si les choses se passent différemment. Si cela ne fonctionne pas, vous ne deviendrez pas maître, mais d'autres voies s'ouvriront à vous. Comment croyez-vous que font ceux qui abandonnent en cours de route ?

Constance se figea. Elle n'y avait même jamais pensé. Il devait en effet bien exister des passerelles entre les métiers. Si les choses tournaient aussi mal que tout le monde voulait bien le penser, elle aurait encore certainement une échappatoire. Elle accepta le mouchoir que lui tendit madame Latour et la regarda s'agiter dans la pièce pour attraper quelques rouleaux de tissu et une pochette à aiguilles en forme de hérisson. Celui-ci frémit lorsqu'elle s'en saisit et Constance se demanda s'il s'agissait d'un vrai ou d'une simple pelote ensorcelée.

La couturière tapa ensuite deux fois dans ses mains et ce qui ressemblait à un long ruban de fourrure accourut vers elle. Constance reconnut immédiatement l'hermine qui se cachait dans le sac, au salon de thé.

— J'ignorais que l'on pouvait dresser ainsi les hermines, dit-elle dans un petit reniflement, elle est magnifique.

— En fait on ne peut pas, mais Blanche est mon familier !

Constance ouvrit grand la bouche, mourant d'autant plus d'envie de la caresser. Les sorciers ayant un familier n'étaient pas particulièrement répandus dans la société magique. Beaucoup craignaient de voir le lien les unissant à une telle créature dénaturer leur magie. D'autres, croyant qu'un familier reflétait en fait la puissance du sorcier, évitaient ce genre de magie par peur du ridicule : être lié à un animal petit, lent ou étrange leur semblait être une tare impossible à masquer. Enfin, certains mages n'avaient tout simplement pas la chance de rencontrer l'être qui leur était destiné. L'hermine inclina sa petite tête vers Constance, comme si elle lui tendait son menton. Du bout des doigts, la sorcière la grattouilla, retrouvant le sourire. L'animal s'ébroua et vint s'enrouler autour du cou de madame Latour.

— Bon, puisque vous êtes là, autant en profiter pour s'occuper de votre robe.

— Ma robe ? croassa-t-elle.

— Bien sûr, vous êtes une apprentie en Potions qui doit avoir fière allure. Vos robes de travail, c'est une chose, mais il vous faut une garde-robe digne de ce nom ! Vos tenues sont-elles toutes en aussi bon état que celle que vous portez aujourd'hui ?

Constance jeta un œil à sa robe de sorcière. Elle en prenait grand soin, car elle n'en possédait pas plus de quatre ou cinq, n'ayant pas les moyens d'en racheter sans cesse.

— Je crois bien que oui.

— Dans ce cas, je vous donnerai une carte magique. Il vous suffira de l'appliquer sur les manches et les ourlets de vos robes pour que le motif s'y glisse autant de fois que vous le souhaiterez, cela sera plus pratique et moins cher que de tout refaire.

— On peut… on peut faire ça ? s'étonna la jeune femme.

— Avez-vous déjà entendu parler des trois préceptes magiques qui accompagnent les piliers, Constance ?

— Il me semble… la magie ne peut créer que ce que notre monde a déjà contenu ; la magie ne repose que sur la force d'âme du sorcier ; et…

— La magie est polymorphe, acheva madame Latour avec un clin d'œil. Elle change la nature des choses, à condition de prononcer les bonnes formules. Contenu dans ces cartes, se trouve un sort de transfert. Aussi basique que celui de rapetissage. Pour quoi optons-nous ?

À ces mots, des dizaines de rouleaux flottèrent sous les yeux de Constance, chacun réclamant son attention. L'hermine plongea dans les bouts de tissus, s'étirant et se rétractant comme pour en mesurer toutes les longueurs. Lorsqu'elle se mit à réciter des chiffres, Constance n'en crut pas ses oreilles.

— Je lui ai appris tous les nombres, elle m'est très utile, dans mon travail.

Admirative, Constance choisit un motif de feuilles d'érable dont les couleurs chatoyantes passaient du jaune pâle au rouge feu en quelques secondes, ainsi qu'un joli entrelacs de lierre d'un vert tendre. Elle laissa à nouveau l'hermine se déplacer sur le tissu et grimper sur ses manches pour en déterminer le tour exact. D'un léger tapotement de baguette, Angélique fit sortir les motifs des rouleaux et ils tournoyèrent autour de la robe de Constance. Une douce lueur les entoura et ils semblèrent se recroqueviller sur eux-mêmes jusqu'à devenir de fines particules de poussières qui rejoignirent deux cartes blanches cartonnées dans la main de la propriétaire de la boutique.

— Et voilà. Nous pourrions également assortir le collier de votre chat à ces motifs si vous les souhaitez.

— Je n'ai pas de chat.

Angélique Latour se figea à ses mots et pointa la vitrine du doigt.

— Dans ce cas, pourquoi cet animal semble-t-il vous attendre ?

Constance se retourna. Le chat gris était en effet tranquillement assis sur le muret de la boutique. Lorsqu'il croisa le regard de Constance, il en descendit, entra dans l'échoppe comme s'il en avait toujours eu l'habitude et vint se frotter contre elle.

— Ha non, ça ne va pas recommencer. Tu étais très bien à l'Académie, retournes-y !

Le félin miaula une fois de plus et se coucha sur ses pieds. Madame Latour se mit à glousser.

— On ne contrôle pas toujours ce que l'on voudrait, il va falloir vous y faire ! Je crois que, d'une manière ou d'une autre, ce chat est désormais à vous.

Elle attrapa un ruban vert pomme et le noua astucieusement autour du cou de l'animal. Celui-ci la laissa faire, puis s'avança vers le miroir et se mit à se secouer. Le ruban se défit aussitôt, tandis qu'il entreprit de faire sa toilette le plus naturellement du monde.

— Voilà autre chose… grommela Constance.

— Bon, apparemment pas de collier. Et quelques fantaisies sur vos bottines, ou votre chapeau, qu'en dîtes-vous ?

— Non merci, en général je ne décore que ma robe. J'aime ce qui est simple.

— C'est signe de bon goût, lui répondit Angélique avec un petit sourire, l'élégance s'encombre rarement de fouillis.

La confection des robes de travail fut d'autant plus simple qu'elles devaient toutes être taillées selon un modèle précis, avec des parties retroussables et un nombre considérable de poches. Constance se sentit soudain le cœur plus léger lorsque Angélique Latour empaqueta le tout. Elle régla les quelques écus demandés et saisit un pan de la robe en dentelle de madame Latour, un peu gênée.

— Merci. Pour votre aide, et pour votre travail.

— Je suis là pour ça, rendre un peu de joie à mes clients, c'est ce que je préfère dans mon métier, que ce soit avec une robe, ou une oreille attentive. Prenez soin de vous, Constance !

La jeune femme les salua une dernière fois, elle et son hermine, avant de se diriger au bout de l'allée. Le chat était bien entendu sur ses talons.

Il s'arrêtait quand elle s'arrêtait, courait quand elle le faisait, bondissait de murets en gouttières pour la suivre. Impossible de le semer. Une fois sortie de la boutique de baguette magique, qui lui avait confirmé que tout était en ordre, Constance renonça en le trouvant gentiment allongé dans une flaque de soleil.

— Très bien, j'abandonne. Tu veux me suivre, suis-moi. Mais ne me cause plus d'ennuis, c'est clair ?

Le chat ferma les yeux et se mit à battre de la queue. Constance se baissa pour le caresser en faisant une petite moue.

— On dirait que rien n'est censé se passer comme je l'avais décidé.

Le chat ronronna et se releva sans la quitter du regard. Constance l'ignora pour bifurquer quelques rues plus loin vers son logement temporaire. Elle y ramassa ses affaires en quelques minutes : des vêtements, des livres de magie, ses affaires de toilettes, quelques bibelots et photos, un vieux lion en peluche, un peu de vaisselle, ainsi qu'un grand coffre rempli d'accessoires de pâtisserie. C'était son péché mignon, la seule chose capable de la détendre ou de lui remonter le moral lorsque le besoin s'en faisait sentir. Elle les miniaturisa pour les faire rentrer dans un sac identique à celui de l'apothicaire, balaya la pièce du regard et lança un sortilège de récurage. Le parquet et les meubles brillèrent instantanément. Elle laissait l'appartement aussi propre qu'à son arrivée, ce qui lui permettrait, à coup sûr, de récupérer sa caution. Elle attrapa une feuille sur le bureau, écrivit rapidement un message, et le plia en quatre. D'un coup de baguette le papier se souleva jusqu'à former une sorte de losange dont les rebords se recourbèrent pour donner naissance à un poulet en origami. Il était à destination de son logeur pour lui signifier son départ, comme convenu, et sa nouvelle adresse pour la contacter. Le petit oiseau de papier déplia ses ailes plusieurs fois, comme pour s'échauffer avant de s'envoler par la porte d'entrée que Constance maintenait ouverte. Le chat regarda l'oiseau passer avec envie, mais la jeune femme lui tapota le crâne :

— On ne touche pas aux poulets !

Le félin se recroquevilla sur lui-même en piétinant le sol, l'air renfrogné, comme pour montrer qu'il n'était pas d'accord, mais laissa le message partir sans problème. Il y avait une zone de téléportation réglementaire, juste à côté. La téléportation de quartier en quartier était relativement simple : les molécules du sorcier s'étiraient et se déplaçaient dans les courants d'air, d'un point à l'autre, grâce aux runes gravées au sol. Il suffisait au mage de songer à sa destination pour qu'elle soit communiquée à l'air ensorcelé. L'adresse de Dreoch était cependant un peu reculée. Constance grimaça : les sorciers évitaient en général de se téléporter trop loin sans passer par de multiples portails, afin d'éviter tout accident et perte en cours de route. Elle ne se souvenait que trop bien des histoires de certains de ses professeurs sur les inconscients qui avaient cru pouvoir passer d'un bout à l'autre du pays en y laissant un bras. Ils pouvaient d'ailleurs s'estimer heureux de n'avoir perdu qu'un membre : Héxachanté était un pays de plus de cinq cent cinquante mille kilomètres de long ! Être déconcentré ou fatigué ne faisait donc pas bon ménage avec la téléportation. Constance ignorait combien d'arrêts il y avait exactement entre la demeure de son mentor et le centre-ville. Elle n'avait cependant pas le choix et pariait sur le sens des responsabilités flagrant de Dreoch. Coinçant le chat sous un bras, ses sacs sous l'autre, elle franchit le portail. Elle était partie, sa nouvelle vie commençait.

Chapitre 3

Le maître des Potions

— Êtes-vous proprement stupide mademoiselle Féar, ou simplement incapable d'écouter ce que l'on vous dit ? s'emporta Dreoch une fois de plus.

— Je fais de mon mieux, je vous assure ! répondit Constance avec un couinement de souris.

— Alors, expliquez-moi pourquoi vous venez d'ajouter des racines de gingembre grossièrement hachées, alors que je vous avais demandé de les tailler en fines lamelles. Essayez-vous de transformer votre potion en acide ?

Maître Dreoch levait les mains au ciel, en vociférant à pleins poumons, malgré l'épaisse fumée qui envahissait l'espace. C'était la troisième fois qu'elle recommençait cette potion d'amabilité, et Constance mourait déjà d'envie de lui en faire ingurgiter un flacon entier, quand bien même elle serait ratée. Elle chassa la fumée de devant son visage maculé de suie – suite à l'explosion, lors de sa seconde tentative – et remit derrière son oreille une longue mèche flamboyante qui s'était échappée de son chignon. Elle essuya son front plein de sueur.

— Recommencez ! aboya Dreoch avant de quitter le labo en claquant la porte.

Seule, Constance serra les poings et jeta sa potion dans le grand évier en porcelaine du laboratoire. Voilà cinq jours qu'elle était ici, et c'était à peine si elle avait pu se reposer. Il y avait toujours une potion à faire, un livre à lire, quelque chose à écrire. Pour ce qui était des livres et des comptes-rendus, elle s'en sortait bien, mais elle n'avait pas réussi une seule de ses potions : l'explosion et le nuage de fumée étaient sans doute parmi ses plus grandes réussites de la semaine en la matière. Elle était désespérée et désemparée par l'exigence et le niveau qui lui était demandés. Pire que tout, elle faisait perdre son temps à son mentor, au lieu de l'assister dans ses travaux.

Lorsqu'elle en avait fini de sa journée, elle retournait dans sa chambre, faisant simplement un crochet par le grand salon. Myrddhin seul savait comment, elle finissait toujours par rejoindre ses pénates, épuisée.

En dehors de sa chambre, des cuisines et du laboratoire, elle ne connaissait pas le manoir dans lequel elle vivait désormais. Elle rêvait de faire un tour dans le couloir rempli de tableaux et dans la bibliothèque, mais n'en avait ni la force ni le temps. L'impressionnante bâtisse de pierres claires trônait majestueusement dans un jardin aux mille senteurs étrangement verdoyant pour la saison, dont elle n'avait pu profiter que quelques secondes à son arrivée et lors de la livraison de sa commande.

Le hall d'entrée donnant sur ce prodigieux jardin était seulement occupé par quelques meubles : un porte-manteau en fer forgé ainsi qu'un porte-parapluie en grès et une commode en bois lustré aux poignées en forme de feuilles d'érable. Le manoir était chaud, grâce aux divers foyers allumés dans les pièces qu'elle avait entraperçues, en particulier dans la cuisine qui embaumait toujours les épices et les aromates. Quelques pots ou bouquets étaient continuellement mis à disposition et les étagères étaient toujours pleines.

Le laboratoire était l'endroit où elle passait nécessairement le plus de temps. Il était propre comme un sou neuf, malgré les très – trop – nombreux bocaux et livres qui remplissaient les étagères et les placards.

Quelques armoires à instruments, plans de travail en marbre clairs, et une collection de tabourets et fauteuils noirs disséminés dans la pièce complétaient l'ameublement. Ces derniers semblaient sans cesse appeler Constance à faire une pause, en particulier ceux près de la cheminée, mais elle s'était bien retenue de céder à ce chant de sirène. À la place, la jeune femme avait réalisé des potions assises devant des chaudrons de la taille d'un gobelet, ou debout sur la pointe des pieds pour faire face à ce qui ressemblait à des marmites de géants.

Sa chambre et sa salle de bains privative, d'un beau gris souris, étaient également toujours impeccables, même les jours où elle oubliait de s'en occuper. Le sol était en partie recouvert d'un tapis moelleux, près d'une fenêtre en vitrail représentant des lys surmontés d'une adorable mésange bleue. Un bureau de bois clair, un lit à baldaquin et une armoire occupaient le reste de l'espace. Aussi avait-elle déduit que quelque chose, ou quelqu'un intervenait sans qu'elle ne le voie. Encore un mystère à creuser au sein de cet étrange manoir. Lorsqu'elle se faufilait d'une pièce à l'autre, la jeune femme fermait les yeux pour savourer la sensation des rayons du soleil passant à travers les nombreux vitraux, comme pour mieux aspirer leur force. Parfois, elle songeait au jardin. Ses réflexions étaient en général vite interrompues : elle finissait forcément par se cogner contre un mur, un fauteuil, ou une statue. Les carpettes confortables disposées un peu partout amortissaient fort heureusement bien ses chutes.

Le soir venu, elle passait parfois un peu de temps dans le grand salon dans lequel une immense table en acajou pouvait recevoir au moins quinze personnes. Bien inutilement, puisqu'il semblait que personne n'entrait ou ne sortait de ce manoir. Derrière la table, une immense cheminée, dont le linteau sculpté était surmonté d'une tête de lion, lui tendait les bras. Elle dédaignait, en général, les épais fauteuils club en cuir pour s'allonger sur le tapis aux arabesques compliquées et lire un peu.

Mais ce genre de petit extra ne serait certainement pas possible, ce soir, compte tenu de ses performances. Fatiguée, Constance sortit donc une quatrième fois les ingrédients nécessaires à sa potion, les pesa, et les rangea aussitôt. Son mentor tenait à une propreté et une organisation draconienne du plan de travail. Jetant un coup d'œil à la page de son grimoire, Constance se sentit découragée et s'assit sur le tabouret d'en face. La tête entre les mains, elle se saisit de sa baguette et d'un élégant moulinet du poignet fit apparaître de petits carrés de chocolats ornés de jolis morceaux de sucre rose. C'était du sucre pétillant, semblable à des pierres précieuses miniatures, idéal pour faire crépiter tout son palais et lui redonner de l'énergie. Elle croqua le premier morceau avec délice et s'avachit un peu plus sur son siège en contemplant les autres. La pâtisserie lui semblait beaucoup plus facile. Elle observa un carré de chocolat sous toutes les coutures avant de l'avaler tout rond. Ce fut l'instant précis que Dreoch choisit pour revenir, les bras chargés de grimoire. Constance bondit sur ses pieds, avala le chocolat de travers, mais il était trop tard.

— Votre potion est-elle finie ? susurra-t-il en s'approchant d'elle avec une lenteur calculée.

— Non, mais…

— Alors, que faites-vous assise ? Et qu'est-ce que… ?

D'un mouvement brusque, Dreoch passa son index sur le plan de travail et ramena à lui une pluie de petits morceaux de sucre pétillant avant de saisir un carré de chocolat et de le brandir sous le nez de son apprentie :

— Vous pensez vraiment avoir le temps pour ces bêtises ? Et vous vous permettez d'introduire un élément aux antipodes des potions dans mon laboratoire, au risque de tout détériorer ! Mais pour qui vous prenez-vous ?

Constance pâlit et bredouilla des excuses, mais le mal était fait. Rouge de colère, Dreoch lui désigna la porte et elle fila sans demander son reste. Derrière elle, un fracas de tous les diables résonna, suivi d'une flopée de jurons. Honteuse, indignée, furieuse contre le monde entier, Constance courut se réfugier dans sa chambre.

Le soir venu, elle ne descendit pas manger aux cuisines et s'endormit au milieu de ses larmes, avec pour seul réconfort la fourrure du chat gris qui se lovait contre elle.

Lorsque les rayons du soleil la tirèrent de son lourd sommeil, le lendemain, elle espéra une meilleure journée. Elle prit une douche rapide, enfila sa robe ornée de lierres et descendit prendre une tasse de thé et un croissant en cuisine. Le chat l'avait suivie, comme s'il avait compris qu'elle était anxieuse. Elle se tordit les mains avant d'oser pousser la porte du laboratoire : de quelle humeur serait Dreoch ? Et quelle potion affreuse allait-il lui infliger, ce matin ? Elle n'eut guère l'occasion d'attendre, le chat poussa la porte de la patte, ce qui eut pour effet de faire choir un balai. Comme au ralenti, Constance vit le balai percuter une étagère, puis une deuxième, tous les flacons basculer et s'écraser au sol, sous le nez de son maître. Celui-ci se retourna d'un mouvement brusque et fixa les dégâts d'un air ahuri.

La jeune femme remarqua l'exact moment pendant lequel l'hébétement se mua en colère : lorsque ses yeux se posèrent sur le chat, une étincelle irradia la pupille du maître des Potions. La cuillère en bois qu'il tenait à la main se fissura sous la pression qu'il y imprima en s'avançant vers eux.

— Puis-je savoir avec quelles intentions vous avez décidé d'entrer dans ce laboratoire et d'apprendre ce métier, mademoiselle Féar ?

Constance remarqua le ton faussement calme et contenu de sa voix, ainsi que la pâleur de ses lèvres tant il les serrait et contractait la mâchoire.

— Je…

— Vous êtes un danger ambulant et une incompétente ! Amener votre animal ici est de la pure inconscience ! Non contente de manquer d'intoxiquer tout le pays avec votre sucre, vous essayez maintenant de réduire à néant mon…

Un bruit affreux interrompit le maître des Potions et Constance braqua machinalement le regard dans sa direction. Elle sentit son cœur s'arrêter lorsqu'elle se rendit compte qu'il s'agissait du chat qui trottait au milieu des débris et se penchait pour uriner sur les brindilles du balai.

— Ce n'est pas mon chat je vous assure ! fit-elle d'une voix blanche.

Dreoch, qui n'avait pas perdu une miette du spectacle était passé du blanc linceul ou rouge tomate. Sa voix puissante ébranla tout le manoir lorsqu'il hurla :

— Je me moque de ce que vous considérez comme juste ou pas, ce chat vous suit partout, il est donc à vous ! Vous êtes la honte des apprentis ! Virez-moi ce chat d'ici, si je le revois, je l'étripe ! Quant à vous, vous allez réparer tous les dégâts jusqu'à la moindre poussière de verre. Si vous en êtes incapable, prenez vos affaires et partez, je me passerai une fois de plus d'assistant, cette année !

Sans lui laisser le temps d'ajouter quoi que ce soit, Dreoch sortit du laboratoire en claquant la porte, au point d'en faire trembler les murs de pierre. Constance se mordit la lèvre, tentant de refréner ses larmes, mais les barrières cédèrent. Elle s'accroupit au sol et laissa libre cours à sa tristesse et à sa fatigue. Le chat vint se blottir contre elle et même si elle avait envie de l'envoyer balader, elle finit par le serrer contre elle. Sa douce fourrure et son ronronnement l'apaisèrent.

Bientôt, elle retrouva son souffle, essuya son visage et leva sa baguette. Les flacons se reformèrent, les étagères se redressèrent et tout reprit sa place. Avisant les toiles d'araignées au plafond, elle en profita pour le nettoyer. Plus elle avançait, plus elle fronçait les sourcils devant le ménage assez sommaire. La pièce avait toujours été sans une tâche jusque-là. Était-ce parce qu'elle avait enchaîné les réactions improbables avec ses potions ? Elle se sentit soudain coupable. Les mots de son maître étaient très durs, mais il avait raison de se mettre en colère, si elle arrivait en moins d'une semaine à bouleverser autant le laboratoire.

La jeune femme inspira un grand coup. Elle n'avait donc plus le choix, il fallait qu'elle s'améliore, qu'elle fasse en sorte que le prochain mot qui sortirait de la bouche de Dreoch soit un compliment. Si cela ne pouvait se faire tout de suite au sujet des potions, car à l'évidence, malgré sa bonne mémoire, il y avait un problème de niveau de compétences, au moins pouvait-elle agir comme une bonne apprentie et tout préparer.

Une fois le laboratoire entièrement dépoussiéré et les sols récurés, elle vérifia l'état des chaudrons et la présence de toutes les étiquettes sur les fioles, puis elle regonfla le tas de bûches pour la cheminée, vérifia le stock d'ingrédients et d'ustensiles. Enfin, elle positionna sur les plans de travail fraîchement lavés un petit pupitre sur lequel faire tenir les lourds grimoires de potions qu'ils utilisaient, afin d'éviter de laisser les précieux ouvrages traîner parmi des choses peu ragoûtantes.

Avisant des flacons vides, elle entreprit de les remplir d'eau purifiée grâce à un enchantement basique appris à l'Institut. Elle les plaça sur un petit portant qu'elle déposa sur le rebord de la fenêtre, afin qu'ils bénéficient des rayons de la lune. La pièce semblait comme neuve. Elle espérait que Dreoch en serait satisfait. Rien qu'en repensant au ton de sa voix, elle fit machinalement un petit moulinet du poignet et se saisit d'un carré de chocolat au sucre qu'elle grignota en sortant de la pièce. Elle en était à son quatrième lorsqu'elle s'approcha de l'étagère à grimoires, pour y emprunter un maximum de livres sur les Potions disponibles dans le laboratoire, qu'elle porta en une pile flottante, mais bien ordonnée derrière elle. Elle réalisa combien cet enchantement était facile pour elle et l'écart avec son niveau en Potion lui fit mal au cœur.

Allongée confortablement sur son lit à baldaquin, elle parcourut tous les livres en même temps. On ne distinguait que quelques morceaux de sa silhouette, tellement il y avait de pages ouvertes autour d'elle. Cependant, malgré tous ses efforts, Constance ne parvenait pas à se concentrer. Entre les potions contre les boutons, celles pour faire parler les morts et celles pour arrêter une hémorragie, elle ne pouvait que faire la grimace. Et ce, sans compter le nombre impressionnant d'ingrédients qu'elle se serait bien passée de toucher. Lorsqu'elle s'endormit sur un énième codex, elle rêva qu'un bataillon entier de scarabées dorés la grignotait avant de se jeter dans un chaudron.

***

Fort heureusement, le lendemain, comme tous les matins, ses draps glissèrent doucement sur son corps pour la réveiller tandis que la mésange de verre de son vitrail se mettait à chanter joyeusement. Complètement courbaturée, elle la fixa un moment. Il semblait faire beau au-dehors. C'était une nouvelle journée. Elle se redressa d'un coup : elle voulait voir la tête de Dreoch quand il entrerait au laboratoire. Elle se propulsa hors du lit magique qui se refit aussitôt, courut à la salle de bains et, après une toilette express, sauta dans son pantalon et son tee-shirt noirs, qu'elle recouvrit de sa robe de sorcière aux feuilles d'érable. Faisant suivre d'un geste de baguette la pile de livres, elle les envoya se ranger à la bibliothèque avant de poursuivre son chemin vers la cuisine pour y chiper une pomme qu'elle mangea en chemin. Les couleurs des vitraux n'atteignaient pas encore le haut des armures dans les couloirs, elle était en avance.

Fière d'elle, la jeune femme entra dans le laboratoire, obligeant le chat à l'attendre dehors. Mécontent, celui-ci lui jeta la patte, mais fut obligé de céder. Constance profita donc de sa solitude pour allumer le feu sous le chaudron de son maître et installa la balance, le sablier ainsi que le mortier près du grimoire. À peine eut-elle fini que la porte grinça en pivotant sur ses gonds. Elle se retourna doucement, toujours un peu honteuse, mais réussit à lever les yeux vers Dreoch. Une main encore sur la poignée, il semblait s'être figé sur place. Son regard passa de son apprentie au plafond, glissa sur les étagères et le plan de travail. La commissure de ses lèvres trembla un instant, comme s'il réprimait un petit sourire et il s'avança vers Constance :

— Bonjour mademoiselle Féar. Je vous remercie du soin que vous avez apporté à votre tâche, c'est pour ainsi dire un travail parfait. Néanmoins, ce n'est pas tout à fait ce à quoi je pensais en parlant de ne plus voir votre chat.

Du pouce, il désignait la fenêtre sur laquelle la jeune femme avait installé l'eau purifiée. Constance se pencha un peu et constata que l'animal s'était lové sur le rebord extérieur de la fenêtre. Il n'était pour ainsi dire pas dans le laboratoire, mais ne perdait pas une miette de ce qu'il s'y passait. La jeune femme se pinça l'arête du nez, dépitée.

— Je vais le faire partir, si vous le souhaitez…

— Non. Je juge cela acceptable. Et nous ne pouvons pas nous permettre de perdre davantage de temps, compte tenu de vos… maigres progrès et des listes de commandes que j'ai à réaliser.

Les traits du maître des Potions avaient retrouvé leur dureté habituelle, mais Constance nota un effort dans sa façon de considérer les choses et de s'exprimer. Elle opina donc et se plaça près de lui pour recevoir ses instructions, pour l'aider à réaliser la première potion tout en ouvrant grand les oreilles. Il s'adressa à elle de façon très calme :

— L'eau boue-t-elle ?

— Oui.

— Prenez trois feuilles de sauge et plongez-les dans l'eau, dans ce cas.

Elle s'exécuta et il poursuivit.

— Broyez deux os de lézard et ajoutez-les.

Constance attrapa une fiole sur sa droite, en extirpa deux os minuscules et les passa au pilon. Elle renversa ensuite la poudre dans le chaudron. L'eau prit alors une teinte verte. Le maître des Potions opina.

— Ajoutez-y un brin de lavande, trois gouttes de sang et une aile de chauve-souris. Tournez ensuite trois fois dans le sens des aiguilles d'une montre.

Constance plongea les ingrédients dans le bon ordre, les uns à la suite des autres, puis touilla la mixture. Le vert devint plus foncé et satiné. Elle poussa un petit soupir soulagé : jusque-là rien n'avait explosé, c'était de bon augure.

— À présent, coupez une gousse d'ail et ajoutez trois pétales de tulipe jaune.

À peine la jeune sorcière eut-elle ajouté les ingrédients qu'un craquement retentit. La potion sembla se figer dans le chaudron et se craqueler en surface. Elle resta interdite tandis que Dreoch grognait.

— Qu'avez-vous fabriqué, encore ?

— Je ne comprends pas, j'ai bien fait ce que vous m'avez dit !

— À l'évidence non, soupira-t-il en s'asseyant sur le tabouret près du plan de travail.

Il tourna un instant les pages de l'épais volume et croisa ses longues mains devant sa bouche en lisant attentivement une page.

— Mademoiselle Féar, il s'agissait de la potion la plus simple à apprendre que je puisse trouver sur la liste des commandes que je dois fournir à l'Académie, cette semaine : une potion d'engrais. Que voudriez-vous que je fasse de cela ?

— D'engrais ? Ça pourrait être pire, je suppose…

— Avez-vous seulement conscience de ne jamais faire ce qu'il faut ? susurra Dreoch sans la quitter des yeux.

Elle remarqua qu'un muscle tressautait sur sa joue. Sa mâchoire carrée semblait contractée, renforçant la dureté de son visage. C'était reparti… et cette fois, elle ne comptait pas se laisser faire. Elle était certaine d'avoir exécuté les gestes correctement. Constance se souvint du nombre considérable de fois où ce genre de choses s'était produit à l'Institut Baba Yaga. C'était ces anomalies inexplicables qui lui avaient valu d'être considérée comme une élève instable, aux pouvoirs fluctuants. Les explications qui avaient été avancées par ses professeurs l'avaient toutes davantage contrariée les unes que les autres.

— J'ai suivi vos ordres à la lettre, je ne comprends pas ce qui a pu se passer, vous savez ! répondit Constance en croisant les bras pour le défier du regard. Vous avez l'air de croire que je le fais exprès…

— Je m'interroge. J'ai parié que vos… connaissances suffiraient à faire de vous une bonne apprentie. Force est de constater qu'en matière de catastrophes, mais aussi de rangement, vous êtes particulièrement douée. En ce qui concerne l'art des Potions, non…

— L'art des Potions ? s'emporta Constance. S'il vous plaît, toutes les potions que j'ai pu voir ici ou dans les livres de la bibliothèque ne sont composées que d'horreurs. Je ne comprends même pas qu'on puisse avoir envie d'y toucher !

À ces mots, Dreoch se leva d'un bond, serrant les poings. Il se força néanmoins à se décrisper et à s'adresser à son apprentie le plus calmement possible :

— Savez-vous, mademoiselle, que ces ingrédients – et par extension ces potions – que vous trouvez immondes sont indispensables pour le bon fonctionnement de notre société ?

— Je n'irais pas jusque-là, non. La moitié de ce qui se trouve dans ce livre peut être compensé par des enchantements, cela n'a pas pu vous échapper !

— Mais vous n'êtes pas apprentie en Enchantements, et ne le serez jamais, compte tenu du fait que vous avez signé un contrat de travail avec moi.

— Par désespoir rien de plus et vous le savez ! vociféra Constance en s'écartant de lui. Si vous aviez l'intention de me le faire payer dès le début, il fallait le dire, j'aurais préféré croupir en enfer que de signer avec vous !

D'un geste de colère, elle renversa le chaudron dont l'épaisse purée à moitié figée s'échappa pour recouvrir une bonne partie du sol.

— Les potions sont inutiles ! fit-elle en claquant la porte.

Elle remonta les marches du laboratoire, furieuse et amère. Elle n'entendait aucun bruit de pas derrière elle ni aucun cri. Dreoch devait avoir renoncé à la poursuivre. Elle accéléra néanmoins l'allure en ruminant. Ce qu'elle faisait était stupide. Elle le savait en signant, mais elle s'était entêtée, et Dreoch aussi. Elle ne comprenait même pas pourquoi il l'avait encouragée à passer cet examen.

Toute à sa colère, elle ne vit pas l'homme qui surgit au détour d'un couloir et le percuta de plein fouet. Au moment où son corps allait toucher le sol, elle sentit une force la maintenir en l'air et la reposer délicatement sur ses deux pieds. Elle se tourna et découvrit la silhouette du maître qui avait apostrophé Dreoch lors de l'examen.

— Je vous prie de m'excuser maître, je ne vous avais pas vu ! dit-elle en s'inclinant poliment devant lui.

— Ce n'est pas grave. L'espace d'un instant, j'ai cru à une attaque de boulodroches, mais il est vrai qu'ils ne se déplacent qu'en troupeau, cela aurait été remarqué !

Constance le contempla, interdite :

— Heu… qu'est-ce qu'un boula...boulo… droche, maître ?

— C'est sans importance mon enfant. Je suis maître Domovoï Azarov, du pilier des Enchantements. Et vous êtes… ?

Constance avisa sa belle robe bleue ornée d'étincelles dorées, sa barbe blanche soignée et son étrange chapeau à pompon qui ressemblait, à s'y méprendre, à un bonnet de nuit. Elle songea avec regret à la différence entre ce maître, qui semblait si jovial et le sien, sinistrement cloîtré dans son laboratoire. Un pincement au cœur la prit en réalisant que se tenait devant elle l'homme qui aurait pu concrétiser son rêve, ne serait-ce qu'une semaine plus tôt.

— Constance Féar, finit-elle par répondre.

— Ah, l'apprentie de Tacitus, naturellement ! Vous allez pouvoir m'aider, dans ce cas. Je dois récupérer une cargaison de potions, mais il semble que mon vieil ami ait oublié ma venue. Pourriez-vous m'indiquer où...

— Je suis ici, retentit une voix sèche derrière Constance.

— Tacitus, mon cher ! Encore terré dans ton ignoble grotte de potionneux ?

— Elle te rend bien service, il me semble !

— Certes, rit le vieux mage.

Sans prêter attention à Constance, Dreoch entraîna maître Azarov derrière lui. Constance les regarda s'éloigner, quelque peu perturbée. Cet homme-là avait l'air de bien connaître son maître. Azarov l'avait appelé «mon ami». Or, personne n'avait semblé vouloir s'approcher de Dreoch lors de l'examen.

— Hé bien mon petit, que faites-vous ?

Constance sortit de ses réflexions, réprimant une grimace devant cette appellation qui lui donnait l'impression d'avoir dix ans. Le mage était certes bien plus vieux qu'elle, mais, à vingt et un ans, elle ne se sentait plus «petite» depuis longtemps. Maître Azarov avait fait demi-tour et se tenait devant elle, soucieux.

— Pardon, vous disiez ? l'interrogea-t-elle.

— Je disais qu'il était l'heure du thé, ce qui est impensable sans votre compagnie.

Azarov lui tapota gentiment la main et la saisit par la manche, l'entraînant derrière lui. Ils passèrent devant Dreoch, qui darda sur elle un regard d'avertissement sur lequel elle ne pouvait se méprendre. *Taisez-vous ou vous le regretterez.* Déglutissant, Constance se laissa conduire dans la cuisine où Azarov l'assit sur une chaise et entreprit de faire le thé comme s'il était chez lui. Il était assurément un habitué des lieux.

— Ne te reste-t-il pas quelques biscuits pour aller avec le thé, Tacitus ?

— Je suis désolé, mais non.

— Allons bon, ne me dis pas que tu recommences à ne pas manger correctement !

La voix d'Azarov laissait transparaître une inquiétude sincère, mais ce fut le sourire de Dreoch qui stupéfia le plus Constance. C'était un vrai sourire.

— Éviter les cochonneries est justement ce qui s'appelle « manger correctement », tu sais ?

Constance observa Azarov se lancer dans le meilleur plaidoyer qu'elle ait jamais entendu sur les vertus du sucre et ne put s'empêcher d'entrer dans la danse :

— Si vous me permettez maîtres, je peux résoudre ce problème.

Deux visages se tournèrent vers elle et elle ferma les yeux pour mieux se concentrer, soudainement un peu gênée d'être le centre de l'attention. Elle leva sa baguette et la farine, le sucre, les œufs et autres ingrédients sortirent de leur placard. Constance dessina une boucle dans les airs, qui se transforma en une spirale complexe. Un léger « pop » retentit et une série de petits gâteaux au thé et aux épices apparut sur la table. Elle les fit se ranger sur une large assiette qu'elle débusqua dans le vaisselier et s'approcha des maîtres. Ceux-ci la dévisageaient avec incrédulité. Dreoch fut le premier à tendre la main vers l'assiette, sans la lâcher du regard. Il croqua un petit financier au thé, sans rien dire. Azarov se pencha vers lui et éclata de rire.

— On dirait que ce n'est pas mauvais ! Donnez-m'en un, mon petit !

Constance ignorait si le maître des Enchantements s'était attendu à ce que son collègue s'empoisonne ou voit une seconde tête pousser, mais elle s'exécuta sans rechigner. Elle vit Azarov fondre de plaisir avant d'en gober un deuxième.

— Où avez-vous appris à faire ça ? C'est délicieux !

— À l'Institut, je me glissais souvent dans les cuisines, avoua l'apprentie. J'y ai appris quelques recettes.

— Dis donc, tu dois te faire gaver comme une oie, petit cachottier ! plaisanta Azarov en brandissant une madeleine aux épices en direction de Dreoch.

— J'ignorais même qu'elle était capable de faire ça, se défendit Dreoch en levant les mains.

— C'est ça. Comme si j'allais croire un arracheur de dents comme toi ! Ha, Tacitus, tu as toujours du nez pour dénicher ce qui est exceptionnel !

Constance coula un regard vers son maître, mais celui-ci évitait soigneusement de la regarder. Elle se demanda comment ces deux-là s'étaient connus. La voix de maître Azarov emplissait l'air d'un babillage agréable et la jeune femme sentit qu'elle se détendait. La tournure de la conversation devenait même intéressante.

— Et ta potion cicatrisante ? Ça, c'était du grand art. Combien en as-tu produit Tacitus, hum, de ces potions dont plus personne ne peut se passer, désormais ? Sans parler de celles contre les migraines, contre la toux, ou celle de veilleuse ! Tu ne cesseras jamais de m'étonner.

— C'est sans importance, répondit l'intéressé pour couper court à la logorrhée de son ami.

Constance cligna des yeux plusieurs fois. Une potion cicatrisante ? Elle fronça les sourcils. Un doute la prit.

— Pardon, vous parlez de cette potion rose, un peu nacrée ? Celle qui a un goût de banane et sent les fleurs ?

Maître Azarov rit gaiement.

— Tout à fait mon petit ! C'est une des premières potions produites par ton maître, suite à sa visite à l'hôpital des sorciers. Il venait tout juste d'entrer en apprentissage et déjà il dominait le monde des Potions. Il était dépité de voir combien de personnes refusaient de prendre leurs traitements à cause de leur goût ou de leur odeur !

— Domovoï…, l'avertit Dreoch.

— Tu es trop modeste mon ami. Beaucoup de personnes te doivent leur bonne santé.

— C'est vrai, intervint Constance. J'ai moi-même bu cette potion par litres, autrefois… c'est la seule que j'acceptais de prendre.

Le regard qu'elle posait à présent sur le maître des Potions avait quelque chose de reconnaissant.

— Par litres ?

Azarov haussa les sourcils en répétant ces mots. Cela lui donna un air étrange, arrondissant davantage son visage lunaire.

— Cela n'est pas très indiqué, à moins d'être grièvement blessé, reprit-il.

— C'était le cas, dit Constance en retenant son souffle. J'ai été victime d'un accident magique. J'ai perdu mes parents, à cause de ça.

Les deux maîtres la regardaient avec attention et la sorcière dut détourner les yeux, faisant mine d'être distraite par les petits gâteaux, tout en étant incapable de continuer. C'était sorti tout seul, mais elle n'aimait pas rentrer dans les détails de cette histoire. Malgré la dizaine d'années qui s'était écoulée, c'était toujours trop douloureux d'en parler ouvertement. C'était l'une des raisons pour lesquelles elle s'était souvent retrouvée dans les cuisines de l'Institut Baba Yaga. Les cuisiniers l'avaient accueillie sans mot dire. Mieux que quiconque, ils connaissaient les vertus de la nourriture pour panser les cœurs. Elle leur était devenue familière. L'autre raison était bien sûr les soubresauts de sa magie.

— Quel âge aviez-vous ? demanda Azarov, d'une voix voilée.

— Un peu plus de dix ans… Mais toujours est-il que votre potion m'a sauvée, maître Dreoch. J'ignorais que vous en étiez l'inventeur…

Elle se décida enfin à le regarder, se mordillant la lèvre de gêne. Les derniers mots qu'elle lui avait adressés étaient encore présents dans l'esprit de chacun. À cet instant, ils semblaient même flotter entre eux.

— Le monde est bien petit, dit Azarov en reposant sa tasse, tellement petit que l'heure y tourne trop vite !

— Oui, renchérit Dreoch, la caisse est prête si tu le souhaites.

Maître Azarov bondit sur ses petites jambes et sourit à son ami :

— Je te remercie.

Il attrapa le coude de Dreoch et le força à se pencher vers lui. Le visage du maître des Potions se ferma subitement lorsque Azarov lui murmura quelque chose à l'oreille.

Curieuse, la jeune femme se pencha vers eux, mais ne saisit qu'un mot au vol : BREAK. Dès qu'il la vit s'avancer, le maître des Enchantements lui sourit, lissa sa tenue et se tourna vers elle :

— Constance, voulez-vous bien me donner un coup de main ?

— Bien sûr maître !

La jeune femme posa sa tasse avec précipitation et suivit le maître des Enchantements hâtivement. Elle ne vit pas le regard pensif de Tacitus glisser sur elle ni sa main agile s'emparer d'un gâteau de plus pour le savourer tranquillement. Au lieu de cela, elle suivit le petit sorcier jusqu'à la sortie du manoir. La lumière du soleil la prit par surprise. L'air était encore doux, le parfum du jardin lui parut très agréable. Dreoch n'avait pas menti : une énorme caisse en bois, remplie de flacons de potion, attendait à l'entrée. Azarov s'en approcha avec gratitude :

— Ce sont toutes des potions de soins, vous savez. Tacitus les fabrique pour l'hôpital, les associations, mais aussi pour les échoppes d'apothicaire, qui les vendent au grand public.

— Je l'ignorais…, répondit Constance.

— Votre maître est très populaire auprès de la population sorcière d'Héxachanté, il est dommage que cela ne soit pas le cas à l'Académie.

Azarov secoua la tête d'un air malheureux, ce qui attisa la curiosité de la jeune femme.

— Alors… mon impression était bonne.

Le petit homme se tourna vers elle, interrogateur.

— Je veux dire, à l'Académie. Quand j'ai passé l'examen et signé mon contrat, tout le monde semblait l'éviter, sauf vous… j'ai cru, enfin disons que j'ai pensé qu'il n'était pas très sociable.

Azarov sourit et tapota doucement la caisse en bois.

— Ce n'est pas faux. Tacitus n'aime pas être étouffé par le monde. Et il n'a pas un caractère facile, ce qui n'arrange rien. Mais la vérité, c'est que l'Académie a une dent contre lui. La plupart des sorciers ne le considèrent pas comme un des leurs, là-bas, car il n'a jamais vraiment terminé son apprentissage…

— Quoi ? C'est impossible… commença Constance en portant une main à son cœur.

— Sans un malheureux incident, il l'aurait terminé, et avec brio. Fort heureusement, son talent et la reconnaissance des gens lui ont laissé ouverte la porte de l'Académie. Uniquement à titre honorifique, mais cela a été suffisant pour qu'il s'y glisse…

Constance se rappela les paroles d'Angélique Latour. Elle repassa rapidement dans sa tête les souvenirs de l'examen, l'écart que les autres maîtres laissaient entre eux et Dreoch, les silences sur son passage et surtout son avertissement lorsqu'elle avait signé son contrat. Elle plongea dans les yeux sagaces de maître Azarov et y lut une sorte d'attente.

— Vous, vous ne le considérez pas comme un simple pis-aller.

— En effet. Je pense qu'il est l'un des plus talentueux de sa génération. Et si jeune… trente-trois ans ! C'est un élément indispensable à notre monde. Vous savez, je vois beaucoup d'apprentis pousser ma porte et celle des autres maîtres. Ils rêvent tous de gloire et d'être utile au monde des sorciers. Qu'en est-il vraiment ?

— Les Enchantements sont très utiles, maître ! Sans eux, la moitié de notre monde ne fonctionnerait pas.

— Mais aucun enchantement ne permettra jamais de guérir quelqu'un. Ce qui signifie que sans les Potions, c'est l'autre moitié de ce monde qui s'écroulerait, et nous avec.

Constance se figea à ces mots.

— Qu'avez-vous dit ?

— La vérité ma chère. Les Enchantements peuvent servir la simple ménagère comme le sorcier qui affronte un dragon, mais en connaissez-vous un seul qui soit capable de faire disparaître une bosse ou une plaie, même petite ? Et pourtant, à quoi les apprentis passent-ils leur temps ?

— À chercher d'autres enchantements ? hasarda Constance d'une voix blanche.

— Précisément. Ou à fabriquer des potions qui en mettront plein la vue en changeant l'eau en vin et le plomb en or. Balivernes !

Azarov sourit, malgré ces paroles criantes de vérité et s'approcha de la jeune femme jusqu'à lui prendre la main.

— Mon ami n'est pas facile à vivre, mon petit, mais je vous assure que cela en vaut la peine. Je sens beaucoup de potentiel en vous. Ce que j'ai vu aujourd'hui me rassure, vous arriverez à vous entendre, même si cela peut vous sembler difficile.

— Était-ce si visible ? ronchonna la sorcière.

— Vous oubliez que je suis un maître des Enchantements, je vois ce que les autres sont incapables de percevoir.

— C'est la voie à laquelle je me destinais, à vrai dire… avoua Constance, penaude.

— Oui, Tacitus m'a parlé du… problème… que vous aviez rencontré lors de votre examen… vous auriez assurément réussi en Enchantement, Constance, mais je pense que le sort qui en a décidé pour vous ne s'est pas trompé. Vous verrez !

Il lui fit un clin d'œil et sortit sa baguette pour réduire la taille de la caisse jusqu'à ce qu'elle rentre dans la poche de sa robe. Constance le regarda faire avec curiosité et sourit lorsque le tissu se souleva, révélant deux chaussettes dépareillées : l'une noire à rayures orange, et une à pois rose et vert. Le maître tapota gentiment le rebond formé dans le tissu et salua la jeune femme.

— Je passerai votre bonjour à Clara.

— Clara ? Clara Avilar ?

— Elle-même. Je ne vous l'avais pas dit ? Je suis son maître.

Dans un éclat de rire devant l'expression ahurie de Constance, maître Azarov se téléporta en songeant qu'il avait bien fait de venir, non seulement pour rassurer cette jeune sorcière, mais aussi pour s'assurer que Tacitus avait fait le bon choix en reprenant déjà un apprenti. C'était définitivement le cas : Constance Féar allait clairement ensorceler son ami et ça ne pourrait pas lui faire de mal.

Cette dernière resta un moment songeuse dans l'allée. Elle écoutait les graviers blancs crisser sous ses bottines noires, prenait le temps d'observer les buissons épais qui les bordaient. Maintenant qu'elle avait une raison d'être hors du manoir, elle ne comptait pas s'en priver en rentrant tout de suite. Une tige de violette attira son attention et elle s'accroupit pour les contempler, à l'ombre d'un gigantesque vase ambré rempli de buis taillé. Faisant courir distraitement son index sur les pétales veloutés, elle songea à son maître. Cet ermite qui semblait avoir révolutionné le monde des Potions, et une partie de la société, méritait-il une telle froideur de la part de l'Académie ? Elle supposait que cela dépendait de la nature et de l'ampleur de l'incident qu'avait évoqué maître Azarov. Son index passa aux petites feuilles foncées qui soutenaient les fleurs et elle fronça les sourcils. Quand bien même, depuis tout ce temps, n'avait-il pas montré qu'il était capable ? Ne s'était-il pas amendé à leurs yeux ? Elle retira vivement sa main des fleurs, sentant la colère monter en elle. Elle savait mieux que personne que l'Académie n'accordait pas de seconde chance. Et que les sorciers pouvaient être cruels envers tout ce qu'ils estimaient imparfait, faible ou abîmé. Combien de fois avait-elle surpris sur elle des regards de pitié, suite à ses échecs magiques ou à la mort de sa famille ? Balayant quelques mèches rousses qui lui tombaient sur le visage, Constance reprit le chemin du manoir d'un pas décidé et s'arrêta à la cuisine. Dreoch était encore là, elle annonça donc son retour en toquant doucement à la porte.

Il faisait léviter tant bien que mal la vaisselle sale jusqu'à l'évier et lui décocha à peine un regard, y compris lorsque l'une d'elles heurta le bord avec un bruit de porcelaine brisée.

— La livraison s'est bien passée ?

— Très bien. Maître Azarov est reparti content.

— Bien.

D'un geste raide, Dreoch ordonna à la vaisselle d'aller se ranger une fois propre et Constance retint un hoquet lorsqu'un verre manqua de s'écraser au sol. Il l'ignorait délibérément. Elle eut envie de l'aider, mais se douta qu'il n'apprécierait pas son intervention. Constance se tortilla les mains, ne sachant comment formuler sa demande, perturbée par le calme de son maître.

— Je me demandais… si, à tout hasard, vous m'autoriseriez à emprunter votre ouvrage de potions avancées…

Un silence assourdissant lui répondit. Elle aurait nettement préféré que la vaisselle s'écroule sous la surprise de Dreoch. Apparemment, ce dernier était rancunier. Il fallait dire qu'il y avait de quoi, avec ce qu'elle avait osé proférer un peu plus tôt. Elle sentit une bouffée de chaleur gagner son visage : nul doute qu'elle avait le teint d'une écrevisse bien cuite… Dreoch la dévisageait. Son visage n'exprimait absolument rien, mais elle devina à sa posture qu'il était perplexe, qu'il hésitait.

— Vous n'y comprendriez rien du tout, dans la mesure où les potions les plus simples semblent irréalisables pour vous, dit-il en inclinant la tête.

Constance inspira. Il énonçait un fait, il ne cherchait pas à la mettre en colère. Elle se répéta cette phrase plusieurs fois avant de répondre sur un ton égal :

— Je ne cherche pas à les réaliser, je voudrais… essayer de voir les choses autrement. Peut-être trouverais-je là-dedans quelque chose qui me parlera davantage. S'il vous plaît.

Dreoch leva un sourcil. Après la sortie qu'elle lui avait faite, il n'était guère étonnant qu'il ne soit pas réellement convaincu. Mais Constance ne bougea pas. Alors, d'un geste de baguette, il convoqua le livre demandé. L'ouvrage vint se placer délicatement dans les mains tendues de Constance.

Il papillonnait des pages, comme s'il avait du mal à soutenir son poids. Les enchantements n'étaient manifestement pas le point fort de Dreoch.

— Si je retrouve ne serait-ce qu'une page cornée, mademoiselle Féar, je vous colle aux corvées de chaudron pendant un mois complet !

La jeune femme sourit face à cette menace, opina et sortit sans demander son reste. Elle remonta les marches en serrant le précieux grimoire contre sa poitrine. Son cœur battait la chamade sans qu'elle sache s'il s'agissait d'avoir eu le culot d'affronter à nouveau le maître des Potions, de se ménager un espoir, ou simplement parce qu'elle courait comme une dératée. Elle claqua la porte de sa chambre et se laissa choir sur son édredon épais. Elle se plongea dans le grimoire sans retenue. Dreoch avait raison, elle ne comprenait pas la moitié de ce qu'elle lisait en termes de technique, cependant la liste des potions était nettement plus intéressante.

Prenant un papier, Constance nota plusieurs titres de potions dont elle aimait la couleur vive, l'odeur décrite entre les lignes ou même la forme. Elle découvrit à ce titre que toutes les potions n'avaient pas l'apparence d'une soupe infâme : contenues dans le bon flacon, certaines pouvaient le tapisser de gouttes rayonnantes, d'autres ressembler à un pudding recouvert de gelée royale. C'était amusant. C'était nouveau, et cela semblait infini. Son regard passa soudain sur une potion dont le titre la fit sourire. Hésitante, elle fit tourner une mèche de cheveux entre ses doigts, la mordilla. Incertaine, elle fit les cent pas, s'assit sur un fauteuil et d'un tour de main fit apparaître ses chocolats préférés. Elle se releva et son regard tomba sur sa fenêtre éclairée par la lune. À travers se dessinaient les silhouettes des buis de l'allée du manoir. Elle inspira un grand coup, saisit le grimoire et descendit au laboratoire sur la pointe des pieds.

Le manoir semblait dormir, elle n'eut aucun mal à se glisser discrètement à son poste de travail. Elle installa le grimoire, alluma le feu sous le chaudron et parcourut la page de la potion arc-en-ciel permettant de faire fleurir toutes sortes de fleurs, même au cœur de l'hiver.

Elle récupéra les ingrédients dans les placards, les pesa avec méticulosité et relut plusieurs fois la recette. Elle ignorait comment couper la racine de mandragore en lamelles fines, aussi alla-t-elle chercher un économe à la cuisine pour la peler à la place. Elle fit de même avec les gouttes d'eau de lune : ignorant comment la purifier, elle la fit passer à travers un petit chinois. Voyant que sa potion prenait de beaux reflets, mais avait une texture trop liquide, elle y ajouta de la poudre d'algue et remua sans discontinuer, jusqu'à ce qu'elle épaississe. Enfin elle songea à la beauté du jardin qu'elle voulait voir fleurir, essayant de mettre toute son intention dans la potion, comme indiqué par le grimoire. La potion sembla étinceler. Fatiguée de rester debout, elle fit venir à elle d'un geste de baguette un petit tabouret, et quelques carrés de chocolat qu'elle grignota loin de son chaudron.

Au moment où elle retirait le chaudron du feu, un grincement retentit et Constance fit face à son maître, parfaitement réveillé. Il avait l'air ahuri et s'approcha d'elle avec une lenteur terrifiante. Son regard passait du grimoire au chaudron et elle se rappela soudain avoir affirmé ne pas vouloir tester les potions. Une boule se forma dans son estomac et elle se prépara au choc sonore.

— Seriez-vous tentée de mettre mon système d'alarme incendie à l'épreuve, mademoiselle Féar ? Ou bien avez-vous prévu de ne faire imploser qu'une partie de ma demeure ne nécessitant pas de tels recours ? Ou êtes-vous totalement inconsciente pour pratiquer la magie seule, avec des potions d'un stade bien trop avancé pour vous !

La voix de Dreoch montait en puissance au fur et à mesure qu'il la morigénait. Constance se contentait de secouer la tête, lorsqu'elle ouvrit la bouche pour lui expliquer, il ne lui en laissa pas l'occasion et lui hurla de sortir. Elle ne se fit pas prier et détala comme un lapin.

Tacitus entendit ses pas résonner un long moment et il porta une main à son front. Cette fille avait le don de lui donner mal à la tête. Il s'avança vers le chaudron, remontant les manches de sa robe noire sans fioriture, bien décidé à faire disparaître la millième abomination qu'elle aurait créée cette semaine, lorsqu'il se figea.

Le chatoiement dans le chaudron l'empêcha un instant de penser correctement : la potion miroitait comme de la nacre, passant doucement du violet, au bleu, puis au vert et au rouge. Comme un… il se tourna vivement vers le grimoire posé sur son piédestal et revint à la potion. Il avait sous les yeux une potion arc-en-ciel parfaitement exécutée. Ce qui était proprement impossible, Constance ne connaissait pas la moitié des techniques pour la réaliser. Il inspecta son plan de travail, y trouva toute une série d'instruments de cuisine et ce maudit sucre rose qu'il lui avait interdit de manger ici. Il s'assit sur le premier tabouret venu, le manquant de peu sous la surprise. C'était une potion à laquelle il avait recourt lorsque l'hiver devenait trop morne, même pour lui. Jardiner lui avait toujours permis de déconnecter son esprit fourmillant de trop de pensées, et cette potion lui en donnait l'occasion. Néanmoins, il ne la réalisait qu'avec un certain degré de concentration : une potion de cette catégorie nécessitait qu'on y insuffle une intention, que l'on saisisse sa composition globale.

Distraitement, Tacitus répartit la potion de Constance dans une grande fiole ballon et l'étiqueta. Il resta de longues heures à la contempler à la lueur des flammes, en se demandant ce qu'il n'avait pas compris sur sa singulière apprentie.

Chapitre 4

Le maître des Enchantements

Constance passa le reste de la nuit à se ronger les sangs. Elle se tournait dans tous les sens entre ses draps aux couleurs automnales. Que penserait Dreoch de sa potion et du fait qu'elle avait, en effet, été stupide de prendre le risque de faire une recette seule, connaissant jusque-là son palmarès ? Elle était assistante, pas chef de laboratoire. Mais elle était persuadée qu'elle pouvait y arriver. En effet, sa potion avait l'air réussie, à n'en pas douter. Elle se releva mille fois, pour s'arrêter, la main sur la poignée de la porte de sa chambre, puis pour tripoter les plumes sur son bureau ou son presse-papiers en forme de fleur de cerisier, en réfléchissant à voix haute. Le chat gris assistait à son manège. Il avait miraculeusement atterri sur son édredon et tournait la tête de gauche à droite comme pour l'interroger d'un petit «miaou» discret. Épuisée, et ressassant l'épisode en boucle, Constance finit par s'écrouler sur son lit, après avoir lamentablement frappé son coussin pour se défouler. Sortant la tête dudit oreiller après avoir crié au travers, son regard tomba alors sur son papier à poulet bleuté orné de petites tasses à thé. Elle savait qui pourrait l'aider, bien sûr ! Elle s'empara aussitôt du papier et écrivit à Sidonie et Clara.

Le lendemain était le jour de congé de tous les apprentis, elle leur donnait donc rendez-vous à l'Académie, devant la statue de Myrddhin. Elle avait besoin de leur expliquer cette semaine de folie, de mettre des mots sur sa situation. Elle ne les avait pas revues depuis les examens et n'avait reçu aucun courrier, mais ne s'en étonnait pas. Si leur semaine avait été à moitié aussi épuisante que la sienne, aucune n'avait pu trouver la force de la contacter ! Elle formula l'adresse de ses camarades devant les origamis et regarda les deux petits poulets se plier et s'envoler par sa fenêtre. Aussitôt, toute énergie la quitta et elle laissa sa tête retomber sur son oreiller malmené.

***

Le lendemain, un pâle rayon de soleil chatouilla le visage de Constance, à moins que ce ne soit les moustaches du chat gris qui se frottait à elle en ronronnant gentiment. Ses jolis yeux noisette papillonnèrent et elle s'étira, prenant plaisir à écouter le calme du manoir. Elle se tourna sur le côté et jeta un regard à sa porte : pas de message, ou de lettre de renvoi. Elle devait bien admettre qu'il aurait été très étonnant que Tacitus Dreoch ne prenne pas un malin plaisir à lui dire en face ce qu'il pensait, mais elle décida de le prendre comme une bonne nouvelle. Elle se saisit d'un pantalon propre, et de son pull bleu préféré, celui qui était brodé de perles sur les manches, avant de se diriger vers la salle de bains. Elle vérifia qu'elle avait bien sa baguette et attrapa au vol une de ses robes de sorcière encore sans fioriture. Peut-être ferait-elle un saut chez « Il était une fée » pour l'occasion.

Juste avant de sortir, elle rangea rapidement la pièce et refit son lit au grand dam du chat qui fut obligé de se loger sur le rebord de la fenêtre, dans une large flaque ensoleillée. Elle observa son bureau en bois clair, hésitante. Elle lâcha la porte pour prendre du papier à poulet. Tout en se mordillant la lèvre inférieure, elle griffonna un rapide message pour son maître. Cela lui semblait plus correct.

Un instant, sa main plana au-dessus de la feuille : devait-elle s'excuser ? En partie, c'était certain. Après lui avoir fait part de sa décision de sortir pendant son congé, elle ajouta donc une simple ligne, lui exprimant son regret de l'avoir fâché par son imprudence et lui affirmait son retour en fin d'après-midi. Elle plia la feuille et souffla dessus en espérant qu'il ne l'attendrait alors pas de pied ferme avec ses valises et leur contrat en miettes. Le poulet bifurqua à droite tandis qu'elle prenait à gauche, vers le hall et l'allée de graviers. Machinalement elle accéléra le pas, elle ne se sentait absolument pas prête à faire face à Dreoch tout de suite. Arrivée au bout de l'allée, elle entra dans l'aire de téléportation et lorsqu'elle rouvrit les yeux, elle faisait face à l'Académie. Ses deux amies étaient déjà au pied de la statue de Myrddhin. Elle les rejoignit en courant et se jeta dans leurs bras. Du moins dans ceux de Clara, qui semblait très inquiète. Elle était plus pâle que d'habitude, ses yeux bleus cherchant la moindre trace de fatigue chez Constance. Sidonie elle, semblait inflexible, les bras croisés sur sa poitrine, les lèvres pincées en un mince filet rose. Même les nombreuses roses présentes sur sa robe semblaient ne pas pouvoir égayer leur propriétaire.

— Je n'en pouvais plus de t'attendre, que s'est-il passé ? Maître Azarov m'a confirmé que tu faisais bien ton apprentissage en Potion, mais ton message d'hier soir m'a alarmée !

— J'ai… je crois que j'ai fait la bêtise de trop, répondit Constance en sentant soudain les larmes emplir ses yeux.

Clara lui entoura les épaules.

— Ne restons pas ici pour discuter, viens, ça ne peut pas être si grave que ça !

Sans attendre, elle entraîna Constance et Sidonie, toujours muette, quelques rues plus loin, à la terrasse d'un café qu'elles avaient souvent fréquenté pour ses délicieux mochas et dont le nom était tout un programme en soi : «Sortilèges». En prévision de l'hiver, de grands braseros à flammes violettes inextinguibles avaient déjà été installés, et les sorcières se glissèrent autour avec plaisir. Là, la jeune femme leur raconta tout : son contrat avec Dreoch, ses premiers jours désastreux, ponctués d'explosions et d'erreurs, ses peurs et ses doutes.

Ses amies l'écoutèrent attentivement, jusqu'à ce qu'elle en arrive à parler de l'incident avec le chat. Sidonie écarquilla les yeux et toussota :

— Tu veux dire, le chat assis juste derrière toi ?

Constance fit aussitôt volte-face et se retrouva nez à nez avec le chat gris qui occupait son dortoir quelques minutes auparavant. Elle fit mine de se lever, mais le chat bondit aussitôt à ses pieds, puis sur ses genoux, l'obligeant à se rasseoir.

— Oui, on dirait bien…, bredouilla-t-elle confuse.

— C'est peut-être un familier ? hasarda Clara.

— Les familiers ne sont-ils pas supposés avoir un signe distinctif clair ? fit la jeune femme. Or, ce chat, mis à part sa capacité à me suivre partout, n'en possède aucun, il me semble.

— Un familier est un animal choisi pour être ton guide par le Destin, récita Sidonie avec sérieux. Un chat, une licorne, un furet, n'importe quel animal peut en devenir un pour peu qu'il ait été en contact suffisamment longtemps avec la magie et qu'il croise ta route à un moment déterminant de ton existence. C'est ce contact avec la magie qui, en général, laisse ce que tu appelles un signe sur lui ou provoque une réaction physique anormale.

— C'est bien ce que je disais, dit Constance avec une petite moue.

— De toute façon, si tu n'as pas clairement prononcé une phrase indiquant que tu acceptais le familier auprès de toi, vous n'êtes pas liés, continua la blonde. Ce qui serait une véritable ânerie, je ne vois pas bien pourquoi refuser un cadeau du Destin, mais qui confirme que ce chat n'en est pas un.

— Tu n'as jamais entendu parler des cadeaux empoisonnés ? plaisanta Clara en roulant des yeux.

— C'est ridicule ! dit Sidonie avec un petit geste dédaigneux. Quoi qu'il en soit, il n'est pas très étonnant que maître Dreoch pète les plombs…

Elle s'enfonça dans son fauteuil avec un air désapprobateur. Ses deux amies la dévisagèrent, étonnées.

— Comment ça ? questionna Constance.

— Si je comprends bien ce que tu nous as expliqué, énonça Sidonie avec un petit haussement d'épaules, tu as clairement dit à ton mentor que tu ne supportais pas les potions, n'as pas été capable d'en réussir une seule et donc de faire correctement le travail pour lequel on t'a embauchée. Sans parler du fait que tu n'as causé que des problèmes dans sa maison. Et cela semble te surprendre que les choses se passent mal ! Si un chat osait entrer dans le laboratoire de maîtresse Valda, elle le transformerait en charpie et moi avec.

— Ça se passe mal avec elle aussi ? rebondit Clara.

— Pas du tout ! répliqua-t-elle vertement en rejetant ses cheveux blonds derrière elle. L'art des Potions est extrêmement compliqué. À dire vrai, je ne suis pas étonnée que quelqu'un comme toi, qui n'a pu bénéficier que de sa mémoire photographique et de bonnes connaissances théoriques, jusqu'à présent, n'ait pas réussi une seule potion. Seuls quelques élus parviennent à le maîtriser, tu sais. Et avec quelqu'un comme Dreoch, la chose est d'autant plus compliquée, après tout, il n'est pas vraiment apte à enseigner…

— Pardon ? s'emporta Constance devant le ton sec et hautain de Sidonie.

Elle crispa ses doigts dans la fourrure du chat, mais celui-ci ne sembla pas s'en apercevoir. Il fixait lui aussi Sidonie de ses grands yeux verts, comme s'il avait senti le mécontentement de sa propriétaire de fortune.

— Tu ne le sais peut-être pas, mais il n'a qu'un titre honorifique au sein de l'Académie. Il est dommage qu'on ne l'ait pas su lorsque tu as signé, cela t'aurait évité de perdre ton temps et permis de trouver un autre travail, comme ce pauvre Alosius.

Elle pointa quelqu'un du doigt et Constance suivit son regard : un jeune homme asiatique, à peine plus âgé qu'elles, remontait la rue menant à l'Académie, les bras chargés de livres. Sa robe de sorcier était couverte de symboles compliqués ressemblant à s'y méprendre à des clefs.

— Il s'est reconverti lorsque son année d'assistanat avec maître Dreoch a été interrompue. La rumeur dit qu'ils ne s'entendaient pas, que Dreoch n'a pas supporté le talent de son apprenti et l'a poussé à arrêter.

Constance ne put s'empêcher de se braquer, suite à cette réflexion :

— Par jalousie, tu veux dire ? C'est n'importe quoi, je n'en crois pas un mot !

— Qu'en sais-tu ? poursuivit la blonde. Tu as dit toi même qu'il était tout sauf aimable.

— Mais ce n'est pas son genre de décourager le talent, rétorqua son apprentie. Dreoch respecte l'intelligence, c'est évident !

— Peut-être. Mais il t'a trouvée intelligente lors de l'examen et regarde la situation. Quoi qu'il en soit, c'est une chance pour Alosius qu'il ait pu retomber sur ses pieds, tout le monde ne peut pas en dire autant.

— C'est tant mieux pour lui, en effet, mais je ne vois pas en quoi cela me concerne, rétorqua Constance, qui refusait de laisser à Sidonie le plaisir de les comparer davantage.

— Constance, franchement tu devrais laisser tomber, ce boulot n'est pas pour toi.

Sidonie leva les yeux au ciel, dépitée. Elle était persuadée que si Constance se donnait davantage de mal, elle pourrait réussir. Mais, à cet instant, elle doutait de la motivation de son amie, tout autant que de sa capacité à voir au-delà des exigences des Potions. Constance était une jeune femme entière et têtue. Il était toujours difficile de la faire changer d'avis. Sidonie s'en voulut de l'avoir poussée sur une voie qui, de toute évidence, ne lui convenait pas. Dans un coin de sa tête, la voix de maîtresse Valda résonna, lui rappelant l'intransigeance dont il fallait faire preuve pour réussir. Son mentor concevait les Potions comme un art de la guerre et, soudain, Sidonie comprit pourquoi. Une pointe de culpabilité la traversa lorsqu'elle songea que laisser Constance retourner aux Enchantements ferait une concurrente de moins. Elle observa Constance un instant et la culpabilité disparut tandis qu'elle songea à ses propres douleurs pour correspondre aux exigences de Mérédith Valda ; à ses efforts multiples. Sidonie se sentait prête à tout sacrifier pour son avenir, que Constance ne le comprenne pas l'irrita particulièrement.

— Laisser tomber, mais… tu n'as pas écouté la fin de mon histoire ! Tu as raison, je me suis mal comportée avec maître Dreoch, au début. Il y a plein de choses que je n'avais pas comprises et il ne m'a pas forcément aidée avec ses commentaires, mais hier…

— Peu importe, la coupa la blonde. Je te le dis parce que je suis ton amie : tu n'as pas l'étoffe d'une potionneuse. Prends cette année pour préparer une autre voie.

À ces mots, Sidonie déposa quelques pièces sur la table, ramassa son sac et les salua. Clara et Constance la regardèrent faire, médusées.

— Quelle mouche l'a piquée ? souffla Clara en regardant la silhouette de Sidonie s'éloigner.

— Je l'ignore…, mais ça m'inquiète.

— Tu disais que tu n'avais pas terminé ton histoire, toussota Clara pour changer de sujet.

— En effet. Hier, après la visite de ton maître, j'ai emprunté un vieux grimoire à Dreoch, et j'ai découvert… que tout ce que je pensais sur les Potions était faux. Il y avait là-dedans un nombre incroyable de recettes qui me plaisaient. J'en ai tenté une…

— Et ? l'interrogea son amie en retenant son souffle.

— Je pense que je l'ai réussie !

Aussitôt Clara tapa dans ses mains, mais s'immobilisa devant l'air dépité de Constance.

— Eh bien, quoi ?

— J'avais dit que je ne le ferais pas, mais je me suis laissé emporter par mon enthousiasme. Et Dreoch m'a surprise…

— Oh… autrement dit, il pense que tu lui as menti ?

— Je ne sais pas, il a surtout crié contre mon inconscience, parce que j'aurais pu détruire le laboratoire, comme de coutume… et il n'a pas tort. Depuis que je suis entrée en apprentissage avec lui, je cumule les bourdes. Et ce type me met hors de moi, parce que s'il a raison sur beaucoup de choses, la façon qu'il a de me le faire remarquer est insupportable. Il n'est pas patient, pas à l'écoute, on dirait qu'il attend toujours que je me plante pour me susurrer un «je vous l'avais bien dit». C'est ça, il s'attend à mon échec. Je me sens…

— Totalement dépassée et plus toi-même ? suggéra Clara avec un air terriblement complice.

— Oui, c'est ça ! Comment tu… ?

— Parce que, ce que maître Azarov ne t'a pas dit en venant te voir, hier, c'est que j'avais fait exploser son toit, brisé toutes les vitres de la bibliothèque et mis le feu à son tapis persan antique, tout ça dans la semaine…

Les deux jeunes femmes se regardèrent un instant avant d'éclater de rire. Des larmes de nervosité coulaient sur leurs joues rosies, mais leurs yeux brillaient de plaisir. Constance s'appuya sur la table en s'éventant.

— Ouh, ça fait du bien ! Eh bien, qui l'eût cru : Clara Avilar, la déesse des Enchantements, ruine le domicile de son maître !

— Il m'a dit que c'était tout à fait normal et que mon apprentissage était idéal. Je ne me sens d'ailleurs pas plus perturbée que ça, parce qu'il m'a beaucoup épaulée et rassurée. Apparemment, il y a un énorme fossé entre la fin des études à l'Institut et l'apprentissage. C'est une phase très courante pour les apprentis, mais peu de personnes osent en parler.

— Mis à part ton maître, fit Constance en se souvenant du discours du vieil homme et de ses tenues curieuses. Lui ne s'encombre pas tellement des apparences de la bienséance, n'est-ce pas ?

— En effet, répondit Clara avec un grand sourire. Il n'a pas le temps pour ça, de toute manière.

— Tu penses que Sidonie n'est pas non plus au courant ? demanda Constance en se tournant machinalement vers le lieu où son amie était partie.

— Je parierai tout ton chocolat là-dessus ! Ce qui n'explique pas pourquoi elle ne t'a pas laissé finir ton histoire ni accordé le bénéfice du doute… Elle a raison sur le fait que ton comportement n'était pas très juste avec maître Dreoch, mais je pense que tu as également raison quand tu dis que son attitude toujours sur la défensive est un problème.

— Je devrais peut-être remettre les pendules à l'heure… m'excuser, platement, et lui parler de ce problème de… communication. Proposer une sorte d'amendement à notre contrat, qu'en penses-tu ?

— Il a l'air d'être un homme de parole, acquiesça Clara, ça se tente…

— Et Sidonie, on devrait le lui dire non ?

— Quoi, que l'apprentissage est une galère pour tous ? répondit Clara en se levant à son tour. Elle ne nous croira pas. Surtout après ton histoire, elle va s'imaginer que c'est un moyen pour toi de te dédouaner. Mais je lui écrirai quand même ce soir pour introduire l'idée, je te tiendrai au courant.

— Tu t'en vas déjà ? s'étonna Constance.

— Pas du tout, je t'accompagne !

— Tu m'accompagnes ? Où ça ?

— Sidonie nous a donné une information importante : dans les murs de l'Académie se trouve le précédent apprenti de maître Dreoch, une petite visite de courtoisie s'impose non ?

***

— Je l'ai ! Alosius Moon, bibliothécaire de l'Académie ! En effet c'est de la reconversion, dis-moi.

Clara siffla d'admiration et sourit malicieusement, faisant onduler ses taches de rousseur au fil de ses mimiques. Constance connaissait bien cette frimousse : son amie n'en démordrait pas. Après tout, cela ne pouvait pas être une si mauvaise idée que ça. Réglant leur note, les deux sorcières retournèrent à l'Académie, non sans un crochet par la boutique d'Angélique Latour, qui fut ravie de les couvrir de rubans, dentelles et morceaux de tissus. Lors des essayages, elle s'extasia sur les perles de Constance et décréta qu'elle allait en ourler toutes ses prochaines créations. Les deux jeunes femmes sortirent de là tout étourdies, les mains remplies de motifs animés et parfumées pour toute la semaine, tant la couturière avait eu la main leste sur les sent-bon d'armoire qu'elle avait tenu à leur offrir. Certains sorciers ne manquèrent d'ailleurs pas de les dévisager étrangement lorsqu'elles traversèrent le hall de marbre, mais elles y prêtèrent le moins d'attention possible. Elles sentaient littéralement la rose et cela les faisait beaucoup rire. Elles ignorèrent ainsi superbement l'attroupement des sorciers autour d'un nouveau tableau qu'on était en train d'accrocher dans le hall de marbre.

En s'approchant du bureau flottant, Constance sentit à nouveau la présence du chat près d'elle. Elle baissa les yeux et s'aperçut qu'il jouait avec un des rubans qui dépassaient du sac de la boutique. Elle essaya tant bien que mal de le lui retirer tandis que Clara consultait l'annuaire qui venait d'apparaître devant elle.

Constance opina en tirant d'un coup sec sur le ruban une fois pour toutes et demanda au bureau de bien vouloir leur fournir un laissez-passer pour la bibliothèque. Le meuble se mit à trembler et une petite feuille cartonnée rose jaillit d'un de ses tiroirs à boutons dorés. Constance s'en saisit au vol et suivit la flèche fuchsia qui clignotait dessus. Celle-ci les dirigea entre le tableau de maître Roséïs et de maîtresse Pertuis, deux spécialistes de l'Âme. Les exclamations consternées des sorciers près d'elle lui firent finalement tourner la tête et elle se figea. Le nouveau portrait représentait un sorcier que tout le monde ne connaissait que trop bien : Theosodius Irastus. L'actuel chef de la milice du BREAK. C'était bien la première fois qu'un tableau présentant un sorcier de la police magique faisait son apparition entre les murs de l'Académie, parmi les grands sorciers reconnus comme des bienfaiteurs pour le monde de la magie. Et cela sans parler du fait que l'Académie et la police magique se tiraient dans les pattes depuis des décennies.

Constance n'eut cependant pas le loisir de s'appesantir là-dessus : Clara venait d'activer son laissez-passer. Constance tendit le petit carton et une fissure apparut progressivement dans le marbre devant elle, révélant une porte entre les deux tableaux, qui s'ouvrit sans un bruit. Les contours du passage semblaient avoir été découpés avec une sorte de flamme bleue dont il subsisterait quelques étincelles. Elle allait la franchir lorsque le chat miaula pour attirer son attention. Constance le regarda s'éloigner de quelques pas et se poster près du bureau flottant.

— D'accord, attends-moi ici, répondit-elle en souriant.

Elle suivit ensuite Clara et pénétra dans l'immense bibliothèque de l'Académie. Il n'existait rien au monde qui aurait pu la ravir autant : des milliers de livres aux couvertures chatoyantes recouvraient chaque rayonnage, chaque mur, chaque chariot autour d'elle.

Aussi haut qu'on puisse l'imaginer s'étendaient des étagères pleines à craquer d'ouvrages, que d'élégants rideaux verts à pompons dorés venaient recouvrir, ou découvrir, selon les besoins des visiteurs. Des échelles avec des milliers de barreaux s'entrecroisaient pour atteindre le sommet de cette véritable tour de Babel. Les livres, dotés de fines ailes cotonneuses, dansaient dans un ballet aérien d'une grâce sans faille, pour aller d'un lecteur à l'autre. Il suffisait au visiteur de demander aux bibliothécaires un livre et celui-ci appelait l'ouvrage par enchantement. C'était comme si le livre, de l'autre bout de la pièce, entendait un doux murmure. Il frémissait, ses ailes se déployaient, et il virevoltait jusqu'à son nouveau lecteur. Constance les comparait souvent à des papillons attirés par le nectar.

Elle n'avait eu l'occasion de venir qu'une ou deux fois ici, durant ses études, lorsque l'Institut Baba Yaga avait organisé des ateliers de repérage pour savoir comment utiliser et classifier les grimoires. Chacune de ces visites avait été pour Constance un ravissement. Elle avait gravé dans sa mémoire le bruissement des ailes, l'odeur du bois verni, le bruit de ses pas sur l'épaisse moquette rouge, qui semblait entourer ses pieds menus à chaque pas. Levant les yeux de ce paradis culturel, elle aperçut enfin la silhouette qu'elle cherchait : Alosius Moon était plutôt grand, et musclé, ses cheveux noirs en bataille donnaient à son visage un certain charme. Ses yeux en amande, ornés d'un grain de beauté, au bas de la paupière gauche, parcouraient rapidement les cotes des ouvrages devant lui tandis qu'il les renvoyait vers leurs rayonnages. La jeune femme sentit plus qu'elle ne vit son amie se statufier.

— Il est drôlement beau, tu ne trouves pas ? dit Clara.

— Heu… oui, dit Constance en haussant les épaules. J'avoue qu'il est plutôt plaisant à regarder, mais on n'est pas là pour ça !

Il leva les yeux, juste au moment où elle arrivait à son bureau. Ils étaient d'un noir d'encre, assortis à ses cheveux. Elle lui tendit la main sans hésiter.

— Bonjour, je suis Constance Féar. La nouvelle apprentie de maître Dreoch. Je me demandais si tu aurais quelques instants à m'accorder…

— Je sais qui tu es. Tout le monde connaît la malchanceuse nouvelle apprentie du terrifiant maître des Potions ! Mais je n'ai rien à dire à son sujet, ni à toi ni à personne. Désolé.

Sa voix était calme, mais on devinait une petite moue agacée sur ses lèvres pleines. Constance s'humecta les lèvres, mal à l'aise.

— Je ne voulais pas être importune, c'est juste qu'on m'a dit que tu t'étais reconverti et…

— Ça ne te regarde pas ! aboya-t-il en faisant sursauter une partie de la salle, qui se tourna aussitôt vers eux. Maintenant j'ai du travail, au revoir !

L'un des bibliothécaires les fusilla du regard en plaçant son index devant sa bouche pour leur rappeler la règle d'or en ces lieux : le silence absolu. Clara attrapa le bras de Constance et la traîna hors de la bibliothèque. Elles firent fi des murmures sur leur passage. Constance ne reprit son souffle et des couleurs qu'une fois revenue dans le hall. Le chat trotta jusqu'à elle aussitôt et elle se baissa pour le prendre dans ses bras. Sa fourrure douce et rassurante lui fit du bien. Décidément, peu importait comment elle s'y prenait, mentionner Dreoch ne lui attirait que des ennuis. Elle se remémora alors son avertissement funeste lors de l'établissement de leur contrat. Elle coula un regard vers Clara, qui pestait contre le pauvre Alosius. Sa présence la rassura : elle pouvait bien devenir un paria aux yeux de tous, s'il lui restait ne serait-ce qu'une amie fidèle !

— Tiens, tiens, que fait donc ma jeune apprentie ici pour son jour de congé ? demanda soudain une voix amusée.

Les deux sorcières pivotèrent aussitôt sur leurs talons et Clara s'avança d'un pas, comme illuminée.

— Nous étions de sortie lorsque Constance et moi avons pensé faire un tour à la bibliothèque maître Azarov.

Ce dernier les observait, l'air amusé, sa longue barbe argentée enroulée autour de ses doigts. Sa robe de sorcier bleue était ornée d'un nombre incalculable d'étoiles, mais Constance y reconnut quelques constellations. Il se tourna vers elle et la regarda par dessous ses lunettes à ce moment-là :

— Hum hum… et je doute que votre visite ait été fructueuse, fit-il remarquer en haussant un sourcil, l'air entendu. Je crains que certains de nos bibliothécaires n'aient un fichu caractère !

— Certes…, reconnut Clara un peu gênée à côté de lui.

Azarov les regarda tour à tour et son sourire se figea un court instant lorsqu'il aperçut l'animal dans les bras de Constance.

— Qu'avons-nous là ?

— C'est le chat qui… m'a adoptée. Celui dont vous avez entendu parler et qui me suit depuis mon inscription à l'examen. Vous avez donc sous les yeux le coupable de la situation, maître.

Constance prit un petit air chagriné, partagé entre le découragement et l'envie de rire d'elle-même. Azarov s'approcha un peu plus près :

— Il me dit quelque chose. Vous avez affirmé qu'il était apparu près du bureau flottant, n'est-ce pas ? Eh bien, d'où venais-tu donc mon cher ami ?

Le chat se contenta de miauler tandis qu'Azarov se penchait un peu plus vers lui. Il l'observa un instant avant de se relever en marmonnant dans sa barbe, qu'il essayait de discipliner par ailleurs, et de tapoter la tête de Constance.

— Ma foi, les voies de la magie sont impénétrables. Je doute que vous trouviez des réponses fiables ici Constance. Si toutefois vous avez besoin de quelque chose, ma porte vous est ouverte. Je pense que ma jeune apprentie n'y trouvera rien à redire !

Azarov leur adressa un clin d'œil complice et Clara rit avant d'opiner fermement.

— Je vous remercie, maître Azarov, je ne l'oublierai pas. Mais en fait, je crois avoir trouvé tout ce qu'il me fallait aujourd'hui !

— Je vois en effet que ces demoiselles ont fait quelques emplettes, plaisanta-t-il en pointant les sacs d'un doigt amusé.

— Ce qui n'était pas prévu, ou, disons pas dans de telles mesures. Mais je faisais référence à autre chose.

Constance regarda Clara d'un air entendu.

Le vieux mage sourit doucement avant de caresser la tête du félin dans les bras de la jeune femme :

— Il est des forces dans ce monde dont on ne peut se passer. Vous semblez décidée, c'est l'essentiel. Je vous souhaite bon courage, Constance !

Sur ces mots, il se dirigea vers l'extérieur de l'Académie et sa zone de téléportation. Constance se rendit compte qu'un léger couinement retentissait lorsque maître Azarov se déplaçait : il portait des charentaises qui s'accordaient fort mal du sol de marbre ! Clara la serra contre elle avec un sourire et lui fit promettre de la tenir au courant, puis elle rejoignit son maître. Quel curieux duo ! Constance leur emboîta le pas et observa le ciel qui se parait de rose. Il était l'heure de rentrer. Maître Azarov avait raison, son amie lui avait permis d'affronter ses démons : elle avait à présent le courage de se confronter à Tacitus Dreoch, ainsi que celui de s'avouer qu'elle voulait réellement devenir maîtresse des Potions. Pas par dépit, pas par peur, mais parce qu'il s'agissait d'un nouveau monde, qui pouvait s'avérer très différent de ce que ses préjugés lui avaient toujours soufflé : un monde où elle serait elle-même et dans lequel les Potions pouvaient changer les choses.

Chapitre 5
Le statu quo

Constance poussa un petit soupir et fit remuer ses épaules endolories. Cela faisait des heures qu'elle était penchée sur la même page. Elle coula un regard vers Dreoch, qui semblait aussi immobile qu'une statue. Voilà de nombreuses semaines qu'elle lui avait présenté ses plus plates excuses, suite à sa discussion avec Clara et Sidonie, mais il s'était contenté de grommeler, sans lui répondre. L'ambiance entre eux était étrange, depuis. L'automne avait largement cédé sa place à l'hiver, le froid et la glace s'étaient emparés du paysage et la sorcière était satisfaite d'être bien au chaud à l'abri des murs du manoir. Un soir, pourtant, elle avait eu la surprise de trouver Dreoch dans le hall. Il avait un air impatient inhabituel, ce qui avait fait tiquer Constance. Lorsqu'il l'avait conduite au laboratoire, elle avait reconnu avec surprise le grimoire qu'elle avait utilisé, ouvert à la page de la potion arc-en-ciel. Alors qu'elle avait ouvert la bouche, Dreoch avait levé une main autoritaire et l'avait interrogée sur sa façon de réaliser la potion arc-en-ciel avant d'exiger qu'elle la refasse devant lui. Constance s'était exécutée sans mot dire, tremblante à l'idée d'échouer ou de décevoir son mentor, compte tenu du procédé de fabrication qu'elle employait. Il l'avait observée un moment, sans rien dire, son regard perçant passant des instruments à la potion. Un éclat singulier brûlait dans ses prunelles sombres. Il avait passé sa main sur la cicatrice qui lui barrait le menton à plusieurs reprises, comme pris dans de vieux souvenirs. Enfin, au grand soulagement de Constance, il avait lentement opiné et posé une main sur son épaule. Constance avait senti la chaleur passer à travers le tissu. Elle en avait été surprise et la sensation avait perduré un long moment sur sa peau. Aussitôt l'aval de maître Dreoch reçu, elle s'était assise, vidée de ses forces. Il l'avait regardée, vaguement amusé, et elle en avait profité pour lui réitérer ses excuses pour ses propos et sa conduite déplacés. Il l'avait écoutée sans broncher, attendant qu'elle eut terminé par les nouvelles perspectives que maître Azarov avait ouvertes, pour agiter le main, balayant tout cela comme si de rien n'était :

— Fort bien, mademoiselle Féar, dans ce cas je suppose que nous n'avons plus une minute de mon précieux temps à perdre, n'est-ce pas ?

Elle avait levé des sourcils étonnés, avant de sourire doucement.

— Je suppose, en effet, maître.

Il avait passé une main lasse sur sa nuque avant de lui désigner sa place d'assistante près du chaudron, sans rien ajouter. Depuis, elle devait reconnaître qu'il avait lui aussi mis de l'eau dans son vin en assouplissant ses règles de conduite.

Si, à tout hasard, Constance trouvait un moyen de réaliser une potion sans respecter le cadre techniquement exigé, il la laissait faire, avant d'essayer de lui enseigner ensuite la façon réglementaire de procéder. Parfois Constance réussissait avec succès, mais souvent elle rencontrait beaucoup de difficultés. Ni l'un ni l'autre ne comprenait d'où pouvaient venir les résultats aléatoires que rencontrait la jeune femme. À plusieurs reprises, Dreoch l'avait regardée faire, sans perdre une miette de ses gestes. Lui-même ne comprenait pas pourquoi une potion réalisée dans les règles de l'art tournait subitement à la catastrophe. Constance savait parfaitement tailler, couper, piler, mélanger. D'un commun accord, ils avaient décidé qu'il serait le seul à terminer les potions, distillant la formule à l'aide de sa baguette au dernier instant. Cela leur permettait d'en réussir davantage.

— C'est comme ça depuis l'Institut, lui dit-elle un jour. Mes pouvoirs sont comme… erratiques.

— Et personne n'a trouvé à y redire ? s'étonna le sorcier.

— Oh si ! Mais rien n'y fait. Cela se manifestait parfois plus dans une discipline qu'une autre.

Dreoch n'avait rien ajouté. Il avait parfaitement vu la petite grimace qui avait fugacement déformé les traits de son apprentie. Mal à l'aise à l'idée de l'accueil qui lui avait certainement été réservé à Baba Yaga avec de telles facultés, il avait décidé de ne pas l'accabler davantage. Il méprisait, de toute façon, trop l'ordre rigoriste de ces sorciers bien-pensants, pour se priver du diamant brut que représentait Constance. Cette fille l'impressionnait pour sa ténacité et son courage. Un aspect de sa personnalité qui n'était pas sans trouver écho avec la sienne.

Parfois, elle s'emmêlait les pinceaux dans l'ordre des ingrédients ou oubliait un détail. Tacitus y voyait autant d'étourderie que de génie lorsqu'elle parvenait à rattraper ses erreurs par des moyens qu'il n'aurait jamais imaginés. Il comprenait tout à fait pourquoi son apprentie se destinait au départ aux Enchantements : elle avait un côté créatif, qui collait parfaitement à cet art presque ludique.

À l'inverse, il y avait une rigueur dans la pratique des Potions, qui ne pouvait que heurter son imagination. Elle faisait néanmoins une assistante acceptable, qui ne ménageait pas ses efforts et il se développait entre eux une relation plus apaisée.

Raison pour laquelle il tâchait de la faire travailler sur des potions d'un genre bien différent de celui qu'on destinait aux apprentis lors de leur première année. Si tout n'était pas parfait, ils avaient tous deux trouvé de quoi équilibrer leur travail et installer une entente cordiale. Il était, de plus, indéniable que Constance avait fait beaucoup de progrès. C'était pourquoi il avait commencé à la faire plancher sur le philtre de méditation qui lui permettrait, d'ici la fin de son apprentissage, de choisir la voie qu'elle souhaitait emprunter : celle dont l'emblème était un basilic, ou celle de l'alcyon, tout comme lui. Il se doutait bien qu'il était un peu tôt pour aborder la question, ainsi que l'invocation de l'animal mythique, mais il ne voulait pas risquer de briser le lien fragile qu'ils tissaient. Ajouté à cela la longueur de cette préparation – contrairement aux autres piliers qui se contentaient, d'après lui, de formuler quelques sortilèges ou à trépaner quelques créatures – et il était quasiment convaincu que prendre les choses dans cet ordre ne pouvait que leur être très bénéfique.

L'autre avantage d'un tel changement entre eux avait été, pour Constance, la découverte de la bibliothèque personnelle du sorcier. Comme elle s'y était attendue, c'était une pièce immense, dont les vastes étagères de bois sombres avaient peine à contenir la profusion de livres qui les recouvraient. La pièce sentait le papier et une odeur boisée, très proche du parfum de Dreoch, qu'elle mit un peu de temps à identifier. Des échelles en métal solides coulissaient sur les bibliothèques afin de pouvoir se saisir de n'importe quel ouvrage. L'astucieux rail permettait de parcourir la pièce en entier sans avoir à en descendre. La majorité des grimoires étaient reliés en cuir coloré, mais Constance découvrit aussi de vieilles tablettes de cire protégées par des couvercles en bois, ainsi que des rouleaux de parchemin.

Un pupitre éclairé par une lanterne magique ignifugée était disposé dans un coin de la bibliothèque, afin de pouvoir mettre au jour ces vieux documents sans toutefois les abîmer. De petites lampes vertes ornées de fleurs étaient également disposées çà et là près de fauteuils crapauds et de méridiennes dans lesquels le lecteur pouvait se laisser couler confortablement. Elle passait donc des heures dans cette forêt de livres, avec délice.

La jeune femme en avait d'ailleurs profité pour adresser ses remerciements et excuses à Sidonie, espérant laisser leur brouille de côté. Malheureusement, elle n'avait reçu qu'une réponse lapidaire, qui l'avait décontenancée :

« Je n'ai dit cela que pour ton bien. Tant mieux si les choses peuvent s'arranger. »

La seule chose qui avait rassuré Constance était l'affirmation de Clara que Sidonie lui écrivait le même genre de lettre, s'agaçant du fait qu'on la dérangeât alors qu'elle était débordée. Constance avait songé non sans angoisse, que Sidonie devait se sentir acculée, face à toutes ces nouvelles responsabilités. Elle lui avait proposé plusieurs fois de la voir, mais son amie avait décliné à chaque fois.

— Non je n'ai toujours pas terminé, mademoiselle Féar, il est inutile d'essayer de percer un trou dans ma nuque à force de m'observer !

Constance sursauta et la voix de Dreoch la sortit de ses pensées contemplatives. Il l'avait encore surprise en train de l'espionner. Elle ne pouvait s'en empêcher. Depuis que leur relation avait dépassé le stade des disputes perpétuelles pour laisser la place à un partenariat, certes fragile, mais plein de saines réparties, elle était toujours curieuse de ce qu'il fabriquait. Contrairement aux rares fois où il pratiquait quelques enchantements, les gestes de Dreoch devenaient d'une fluidité remarquable dès lors qu'il s'agissait de potions ou d'ingrédients. Elle trouvait cela d'autant plus fascinant qu'elle se sentait à l'inverse comme un éléphant dans un magasin de porcelaine.

— Je ne vous regarde pas, je m'étire. Je suis lasse du traité d'herbologie appliquée !

— Et je suis sûr que son auteur en dirait autant de vous ! Malheureusement pour nous tous…

— « Il est indispensable de connaître les plantes permettant de créer le philtre, qui mettra l'esprit du sorcier en contact avec l'emblème du pilier qu'il aura choisi » ! ânonna Constance en levant un index et en se redressant pour imiter son Maître.

— Ha ! tiqua Tacitus avec une petite grimace. Il semble que j'arrive finalement à vous faire retenir quelque chose.

Constance rit doucement et une sorte de torpeur confortable s'installa dans la pièce. Tacitus déposa ses flacons alambiqués et s'approcha d'elle en pointant une feuille d'arbre d'un rouge profond.

Afin de ne pas compter uniquement sur la mémoire photographique de la jeune femme, il avait veillé à effacer les noms des plantes et à les lui faire reconnaître par leurs formes et vertus.

— Quelles sont donc ces plantes, mademoiselle Féar ?

— Le coquelicot, l'érable, la passiflore et…

— Et ? répéta-t-il en croisant les bras d'un air impatient.

— Ça commence par un A…, je le sais parce que ces plantes forment l'acronyme « CEPA » et que vous ne cessez de me répéter que je dois justement les savoir !

— Et contrairement à vous, on pourrait dire que cette plante contient dans son nom la lumière qui se répand sur le monde, ironisa-t-il dans un soupir.

— La lumière…, le jour, l'aube ! s'exclama Constance en tapant sur la table. C'est l'aubépine !

— Myrddhin soit loué ! Moralité, vous avez bien d'autres compétences que votre mémoire photographique. Vous me ferez donc le plaisir de faire travailler votre cervelle, en vous adonnant à de nouvelles activités, cela stimule les neurones.

— Vous écouter répéter quels ingrédients je dois utiliser n'en est-il pas une ? Ou cela veut-il dire que c'est vous qui radotez, maître Dreoch, malgré votre trentaine de printemps ?

Tacitus grinça des dents devant l'impertinence nouvelle de son apprentie, ces derniers jours. C'était lui qui avait commencé le premier à l'asticoter, essayant de briser la glace, de communiquer avec elle plus aimablement. Malheureusement, l'amabilité dont il disposait autrefois semblait s'être réduite à peau de chagrin. L'ironie était, fort heureusement, une forme d'humour que son apprentie appréciait. Passée la première surprise, elle avait pris le pli et entreprenait maintenant de lui répondre sans flancher. Si elle semblait bien plus à l'aise en sa compagnie, elle ne savait pas encore jusqu'où elle pouvait pousser ces joutes verbales distrayantes. La voir hésiter et atermoyer était on ne peut plus distrayant pour Dreoch.

— Je vous trouve bien audacieuse pour quelqu'un qui est à la merci d'une corvée de nettoyage de laboratoire au gré de mon humeur !

— N'y voyez rien de malicieux, je me contente d'appliquer vos consignes : je m'essaye au mordant de l'ironie !

Constance lui tendit le traité d'herbologie et s'inclina devant lui.

— Il est quatre heures de l'après-midi et nous sommes vendredi, maître Dreoch, je vous souhaite donc officiellement un bon week-end et m'en vais rejoindre mes amies à l'Académie. Souhaitez-vous que je fasse passer un message à maître Azarov ?

— Non, je vous remercie, répondit Tacitus en jetant un coup d'œil distrait à la pendule du laboratoire.

Ces derniers jours, les leçons et le temps semblaient passer plus rapidement. Il rangea le traité d'herbologie et attrapa une feuille blanche assez épaisse sur laquelle il avait inscrit une petite liste.

— Par contre, vous me rendriez service si vous pouviez demander à l'apothicaire de nous envoyer ceci. Comme j'ai modifié votre programme d'apprentissage, un petit ajustement est nécessaire.

— Bien sûr, c'est mon travail !

Constance se saisit du papier et le plia soigneusement pour le ranger dans la poche intérieure de sa robe de sorcière. Comme souvent, seules ses manches étaient décorées : de jolis bouquets de houx scintillaient sur le tissu noir. Tout à sa joie de retrouver Clara et Sidonie, qui avait enfin accepté de se joindre à elles pour la seconde fois depuis des lustres, elle ne remarqua pas que ses doigts frôlaient ceux de Tacitus ni que celui-ci les recroquevilla aussitôt, comme brûlé à son contact ni la façon dont il la regarda s'éloigner.

— Je serai de retour d'ici trois ou quatre heures. Nous pourrons dîner ensemble au petit salon si vous le voulez ? Il commence à faire froid, le feu sera appréciable.

C'était une pièce qu'elle avait découverte au cours des dernières semaines, de taille plus raisonnable que le grand salon d'apparat. La table en bois était ronde, ce qui facilitait leur rapprochement lors des différents repas et, avec sa cheminée de granite et ses nombreuses causeuses, ce salon avait des allures de boudoir.

Le grand lustre couvert de bougies et les lourds rideaux de velours blancs y apportaient un éclairage agréable, sans en gâcher l'intimité. Tacitus se contenta d'opiner et la regarda filer comme le vent. Instinctivement, il caressait de son pouce le bout des doigts qu'elle avait effleurés.

La jeune femme décrocha sa longue écharpe beige, sa cape fourrée ainsi que ses gants, qu'elle avait déposés près de l'entrée en prévision du froid de ces derniers jours, et arpenta gaiement l'allée de graviers jusqu'à la zone de téléportation. Elle songea aussitôt à celle de l'Académie et le temps d'un clignement d'yeux elle était face au magistral bâtiment. Contrairement à sa crainte lors de son premier voyage, le manoir était à une distance raisonnable du centre-ville, lui évitant de multiples arrêts. Elle en avait été la première surprise, tant la propriété de Dreoch semblait vaste et sans aucun voisinage. Elle suspectait quelque enchantement, mais n'en avait soufflé mot. Peut-être maître Azarov avait-il ainsi veillé à la tranquillité de son ami ?

Quoi qu'il en soit, cela faisait bien quinze jours que Constance faisait des allers-retours réguliers au sein de l'Académie et du quartier commerçant, elle avait déjà pris un certain nombre d'habitudes : elle passait dire bonjour à Angélique Latour, prenait un mocha ou un thé épicé ainsi qu'une friandise au café «Sortilèges», et vérifiait sa liste de courses éventuelles. Ensuite elle passait dans l'Académie, empruntait des ouvrages à la bibliothèque, retrouvait généralement Clara et saluait maître Azarov, qui ne manquait jamais de traîner dans les parages. Elle pariait régulièrement sur l'excentricité de sa tenue avec Clara. Maître Azarov était d'un naturel distrait et empressé : la magie accaparait toute son attention, au point qu'il en oubliait parfois comment accorder les couleurs, ou les vêtements… Constance croisait souvent d'autres apprentis ou maîtres qui la saluaient respectueusement. C'était un net progrès, dans la mesure où ils ne la dévisageaient plus comme si une corne lui avait poussé au milieu du front.

Elle ignorait si elle gagnait leur respect en conservant son poste d'apprentie auprès de Dreoch, ou s'ils se comportaient toujours ainsi avec les nouveaux venus. Constance avait encore un peu de mal avec leurs noms et prénoms, mais elle ne doutait pas que l'inverse soit aussi vrai.

À moins d'une semaine des fêtes de Noël, le monde des sorciers était en ébullition, et un grand nombre d'entre eux passait par le quartier commerçant et l'Académie afin de dénicher un cadeau ou de passer une commande spéciale à un maître. Le lieu devenait alors une véritable ruche, illuminée de toutes parts par des lampions dorés qui tintinnabulaient allégrement. Les colonnes de marbre, mais aussi tous les réverbères dans le quartier, étaient recouverts d'épaisses guirlandes de pin ornées de rubans, de petits sujets se déplaçant entre les branchages sans jamais tomber, et d'étoiles qui semblaient faites de milliers d'éclats de diamants. La jeune femme avait été quelque peu dépitée de voir que personne ne venait frapper à la porte de Dreoch. Elle qui décriait tant les potions trouvait désormais inadmissible que l'on ne pense pas à en offrir à cette période de l'année.

Bien au chaud dans sa cape d'hiver, Constance observait son souffle se muer en une buée blanche légère. Aujourd'hui, la routine serait un peu différente. Sidonie serait là et Constance espérait vraiment retrouver sa camarade en bonne santé, et bonne disposition. Elles ne s'étaient vues qu'une seule fois, après les excuses de Constance, et ça avait été étrange. Lors de cette rencontre, la jeune femme avait semblé très agitée, et avait ingurgité pas moins de dix cafés en deux heures, tout en soulignant, avec force gestes, la difficulté de ses études devant l'exigence de sa maîtresse des Potions. Elle avait régulièrement coupé la parole à ses camarades, sans demander la moindre nouvelle. Son teint était pâle et elle avait clairement maigri, bien qu'elle n'en ait pas eu besoin le moins du monde. Constance n'avait donc pas relevé ce qu'elle avait estimé être une pique volontaire à son encontre : l'attitude de son amie l'avait par trop inquiétée pour cela.

Le regard troublé de Clara, qui avait assisté à la scène, ne l'avait pas rassurée. Elle avait donc régulièrement guetté Sidonie, ces dernières semaines, en vain. Même les week-ends, temps libre par excellence pour les apprentis, ne lui avaient pas permis de la recroiser, et ses réponses par poulet se faisaient toujours plus laconiques. Les fêtes approchant à grands pas, Constance avait parié sur une sortie shopping et envoyé un poulet qui était revenu chargé d'un simple mot : «*entendu*». Clara s'était, quant à elle, montrée très enthousiaste, comme de coutume. Elle descendait justement les marches de l'Académie, vêtue d'une robe de sorcière rouge pétant très ajustée. Constance la regarda bouche bée, ce qui fit rire son amie :

— Quoi ? C'est Noël, après tout, non ?

— Heu oui, oui c'est juste, mais tu fais…

— Lutin ? Mère Noël ?

— Sexy ! s'exclama Constance avec un sourire canaille.

— Je suis apprentie, pas nonne. Avec les fêtes, tous les beaux partis sont de sortie, je ne compte pas passer inaperçue, figure-toi.

Constance roula des yeux, partagée entre le rire et la consternation. Elle décida de revenir à un sujet plus sérieux.

— Est-ce que tu as eu des nouvelles de Sidonie ? Elle devrait déjà être là.

— Non…, avoua Clara en baissant les yeux sur ses chaussures assorties à sa tenue. J'espère qu'elle va bien…

Ni l'une ni l'autre ne prirent la peine d'épiloguer, ayant en tête la mine de déterrée de Sidonie des semaines auparavant. Elles patientèrent au point de rendez-vous un long moment, avant de devoir se rendre à l'évidence : plus que du retard, Sidonie leur avait posé un lapin.

Constance soupira et se gratta la tête.

— Ça ne lui ressemble pas. Je crois que je vais devoir en parler à Dreoch… au moins pour avoir quelques informations sur cette maîtresse Valda.

— Vu la façon dont tu dis ça, on dirait qu'elle ne te plaît pas.

— C'est le cas, je n'ai pas aimé sa prestation lors de l'examen. Il n'empêche qu'elle aurait pu être un très bon mentor. On sait toutes les deux que Sidonie est sujette au stress, mais à ce point…

— « Quatre-vingts pour cent des apprentis en Potions abandonnent », tu te souviens ? récita Clara en essayant d'imiter l'air autoritaire du maître des Potions.

Constance rendit les armes, ne voulant pas faire part de son mauvais pressentiment à son amie, sans aucune certitude. À la place, elle agita la liste de fournitures qu'elle venait de sortir de sa poche :

— J'ai un détour à faire chez l'apothicaire, en dehors de ça, je suis toute à toi pour une session cadeaux !

Les emplettes officielles furent vite organisées et les deux sorcières se perdirent rapidement dans la foule, au milieu des boutiques, cris, bruits de clochettes et loupiottes scintillantes censées attirer l'attention des passants. Chaque boutique avait sa stratégie : du lutin vociférant des chants de Noël à la publicité pour la bonne idée de la saison, en passant par les pavés lumineux qui guidaient les clients vers une boutique croulant sous les décorations. Constance choisit un pendentif en cristal enchanté pour Clara lorsque son amie eut le dos tourné. En forme de longue goutte d'eau, il émettait une légère lueur bleutée et projetait les constellations si on le faisait pivoter d'un quart sur la gauche. Quelques douceurs en chocolat pour maître Azarov, une balle faisant surgir de fausses souris pour le chat et un traité sur les potions pour Sidonie rejoignirent rapidement son panier. Elle jeta un coup d'œil aux plumes, grimoires, ou objets insolites qu'elle put croiser, mais elle ne trouva rien qui convienne pour Dreoch. Soit c'était clairement inaccessible pour elle, soit totalement inapproprié.

Attendant que son amie termine un achat dans une échoppe voisine, Constance contempla un long moment la boutique des miniatures en face d'elle. Une charmante boîte à musique jouait un air bien connu en Héxachanté : *La berceuse de Mélusine*. Elle se souvenait qu'on la lui chantait enfant, mais elle était bien incapable de dire s'il s'agissait de son père ou de sa mère.

Peut-être même l'avait-elle imaginé. C'était il y avait si longtemps. Elle observa la petite figurine représentant la femme serpent tourner sur elle-même. La boîte scintillait doucement et elle se mit à fredonner la musique pour patienter. Elle avait l'habitude d'une certaine solitude. Quand on est orpheline, cela va de soi. Malgré tout, les fêtes de Noël n'avaient jamais été une torture pour elle, grâce à Clara et Sidonie, et grâce à l'Institut qui organisait tous les ans des festivités colossales. Bien sûr, ces jours n'étaient pas sans la plonger, parfois, dans une certaine mélancolie, mais elle ne se sentait plus dévastée comme dans les premiers temps. Perdre ses parents à dix ans était une épreuve qui l'avait plongée dans le monde des adultes plus vite qu'il ne l'aurait fallu. Clara surgit soudain devant elle, la tirant de ses pensées. Si son amie avait noté l'effet qu'avait produit la boîte à musique sur elle, elle n'en montra rien, mais Constance fut prise d'un doute en voyant la détermination avec laquelle elle l'en éloignait. Il y avait pourtant de nombreux bancs libres avant celui choisi par Clara. Elle la remercia silencieusement en serrant un peu plus fort la main qu'elle avait prise. Lorsqu'elles déposèrent enfin leurs paquets pour s'asseoir, les deux jeunes femmes étendirent leurs jambes avec délice.

— Je crois que j'ai réussi à tout trouver ! C'est bien la première fois que je serai à temps pour les fêtes, plaisanta Clara en recomptant les emballages.

— Et une fois n'est pas coutume, il m'en manque un… je n'ai absolument pas d'idée pour Dreoch.

— Il est toujours difficile de choisir quelque chose pour un collègue de travail, ton mentor, de surcroît… que dirais-tu d'un livre de blagues, pour ses jours pince-sans-rire ?

Constance envoya sa lourde écharpe dans la figure de son amie en guise de réponse. Imaginer offrir ce genre de choses à maître Dreoch revenait à vouloir mourir, elle en était certaine. Elle songea à cet homme drapé dans ses robes obscures. Lorsqu'il se décidait à sourire, ses yeux s'illuminaient et l'aura qu'il dégageait se muait en quelque chose de chaleureux.

Elle aimait quand il souriait, inexplicablement. Elle aimait aussi ses mains fines. Des mains d'artiste, sans l'ombre d'un doute. Avec un certain inconfort, Constance réalisa pour la première fois qu'elle songeait à un homme et non pas à son mentor. Et elle lui trouvait du chien. Lorsque Clara retint bruyamment son souffle, Constance eut peur de l'avoir blessée, mais elle fut vite détrompée par le regard soudain brillant de son amie. Tournant la tête, la sorcière chercha ce que sa camarade pouvait contempler avec de tels yeux et ne put s'empêcher de sourire : Alosius Moon venait de sortir du café d'en face.

— Je vais l'inviter à boire un café avec moi, déclara soudain la petite brune en bondissant de son banc.

— Il en tient déjà un dans la main..., fit remarquer Constance, sans que Clara en prenne note.

— Ça m'est égal, je tente ma chance ! Tu ne m'en veux pas de te laisser là ?

— Pas du tout, de toute façon, il faut que je réfléchisse à une idée, et nous avons déjà fait toutes les boutiques du quartier !

Constance se pencha vers son amie en abritant sa bouche de sa main gantée, comme pour lui glisser un secret à l'oreille :

— Si tu as le temps de penser à mon problème cinq minutes après ton rendez-vous avec ton Adonis bibliothécaire, fais-moi signe !

Clara opina vivement, ramassa ses paquets et se précipita vers l'enseigne de café. Par chance, Alosius semblait chercher quelque chose dans ses poches et la jeune sorcière n'eut qu'à le saluer en lui proposant de tenir son gobelet. Constance les observa de loin, amusée. Il semblait que la robe de Clara avait l'effet escompté, le sorcier paraissait hypnotisé. Il bredouilla quelque chose et suivit Clara, qui agita la main vers Constance. Celle-ci lui rendit son salut et se leva à son tour. Il était temps de lever le camp, de la neige fine commençait à tomber et elle était curieuse d'admirer le manoir sous ce nouveau jour. La pensée de rentrer au chaud, devant un bon feu n'était pas pour lui déplaire.

Ce ne fut qu'une fois les pieds bien enfoncés dans la neige, qui avait envahi l'aire de téléportation, qu'elle se rendit compte qu'elle avait pensé se rendre «à la maison» pour la première fois, au lieu de simplement se représenter le manoir de son apprentissage. C'était décidément une journée peu commune…

Elle remonta l'allée de graviers lentement, écoutant la neige, qui s'était déjà bien déposée ici, crisser sous ses chaussures. Les buis avaient des allures de gâteaux en cours de glaçage, certains arbres ressemblaient à des buissons argentés perdants des milliers de petites fleurs floconneuses. L'herbe des plates-bandes était encore visible par endroit, comme une étrange invitation au printemps dans un paysage pourtant déjà conquis par l'hiver.

Arrivée sur le seuil de la porte, elle hésita un instant. Elle avait de la neige absolument partout. Une voix aigrelette la fit alors sursauter :

— Si vous vouliez bien laisser vos chaussures dehors, mademoiselle, ça me rendrait service !

Se tournant sur sa droite, Constance aperçut une petite femme à l'allure de brindille sèche. Son teint brun était pourtant chaleureux. Ses cheveux gris étaient relevés en un chignon plat, son visage évoquant un quartier de lune était dominé par un long nez pointu et un menton proéminent, qui ne dépareillaient pas de sa silhouette longiligne revêtue d'une longue robe de sorcier couleur châtaigne. Un petit tablier blanc couvert d'une multitude de poches colorées complétait la silhouette de la nouvelle venue. Celle-ci tendit une main d'une finesse extrême à Constance, qui la prit machinalement. Elle évita de serrer, ayant peur de la briser tant elle était mince.

— Heu, pardon, mais… qui êtes-vous ?

— Oh, il est vrai que nous ne nous sommes guère croisées et on ne peut pas compter sur le maître pour vous avoir parlé de moi, répondit la femme en haussant un sourcil. Je suis Amanda Springerle, la gouvernante du manoir.

— La… la gouvernante ? Nous avons une gouvernante ?

— Un peu que vous avez une gouvernante.

Ses lèvres s'étirèrent soudain en un sourire, dévoilant au passage une série de dents, pour la plupart recouvertes d'or.

— Enchantée madame Springerle, je suis…

— Constance Féar, l'assistante de mon maître, évidemment. Comme je vous le disais, j'apprécierais que vous laissiez vos chaussures dehors, moins j'aurais de neige à faire enlever sur ces maudits parquets cirés, mieux ça vaudra !

— Vous… heu… je suis désolée, bredouilla Constance, je n'avais pas imaginé qu'il y avait beaucoup de domestiques au manoir.

— Et que croyiez-vous ? rétorqua la gouvernante dont les petits yeux sombres semblaient avoir soudain pris une teinte rougeoyante. Qu'il était hanté ?

— Plutôt qu'il était enchanté ! répondit-elle nerveusement.

À sa grande surprise, la gouvernante partit d'un rire caverneux, qui détonnait avec son aspect filiforme. C'était le genre de rire qu'aurait pu pousser un génie du mal d'un mètre vingt. À la fois effrayant et cocasse, évoquant le danger, mais une certaine forme d'ironie.

— Certainement le meilleur compliment que l'on m'ait jamais réservé, jeune fille ! Je vous en remercie. Néanmoins, comme vous devriez le savoir, à ce stade de vos études, la magie a certaines limites dont ne s'embarrasse pas une imagination fertile. À présent… vous voulez bien ?

La gouvernante agita son index démesurément long vers le sol. Constance baissa les yeux sur ses chaussures en même temps que la gouvernante qui se frottait les mains. Elle les retira et les déposa sur le paillasson où une autre paire attendait déjà. Il s'agissait de bottes noires épaisses, doublées de fourrure. La taille indiquait clairement qu'elles appartenaient à un homme.

— Nous avons de la visite ? s'étonna Constance.

— Non, maître Dreoch est sorti un peu après vous, répondit la vieille femme en haussant les épaules d'un air blasé. On avait besoin d'aide dans les fermes voisines. Une histoire de troupeau de boulodroches mal en point.

— Boulodroches ? Il me semble avoir entendu ce nom-là quelque part…

— Certainement dans la bouche de maître Azarov, il est fou de ces bestioles. Je ne vois pas ce qu'il leur trouve, elles ne tiennent pas en place et quand elles perdent leur laine on en retrouve des moutons jusque dans notre grenier !

— Vous ne semblez pas les aimer beaucoup…

La gouvernante opina et s'éloigna en continuant à maugréer dans sa barbe. Constance l'observa un moment, et cligna des yeux lorsqu'il lui sembla que la vieille femme se mit à se ratatiner juste avant de tourner à l'angle de la maison. Elle aurait juré avoir aperçu une queue fourchue dépasser de la robe. Frigorifiée, sans ses chaussures, Constance décida de laisser madame Springerle en paix, bien qu'il lui semble désormais évident qu'elle n'appartenait pas au genre humain. Elle referma la porte du manoir avec un certain contentement, déposa sa cape et ses gants sur le porte-manteau de l'entrée, sous lequel un baquet avait été ajouté afin de recueillir les flocons dégoulinants. Cet objet lui sembla tellement incongru et dénué de magie qu'elle resta un moment interdite. Elle l'observa un instant et en conclut qu'il s'agissait certainement d'une invention de ladite gouvernante pour éviter que les gouttes d'eau ne tachent le sol. Constance s'estima soudainement heureuse de ne pas avoir été obligée de se mettre quasiment toute nue pour avoir le droit de rentrer, et remonta sans tarder dans sa chambre, honteuse du désordre qu'elle avait pu y laisser. Il faudrait qu'elle demande à maître Dreoch jusqu'où pouvait aller Amanda Springerle dans sa chasse à la saleté. Constance fut parcourue d'un petit frisson : quelque chose lui disait que la gouvernante faisait partie des femmes qu'il ne fallait surtout pas contrarier. Elle se changea rapidement et s'arrêta pour observer la nouvelle parure de lit qui avait été installée : les couleurs de l'automne avaient laissé place à des draps d'un bleu glacier tout à fait de saison. Il semblait que la gouvernante aimait aussi que les choses soient coordonnées.

Le chat gris semblait du même avis : il se prélassait entre les oreillers, s'étirant de tout son long. Constance le gratta copieusement entre les oreilles, avec une petite moue devant un tel malheureux. Le moins que l'on puisse dire, c'était que ce chat avait eu du flair, de la suivre.

Comme convenu, elle dîna en compagnie de Dreoch. Les repas de la sorte s'étaient multipliés, au cours des dernières semaines, au fur et à mesure que leur relation était devenue plus sereine. D'abord gênée par les nombreux silences, Constance s'était vite détendue, en réalisant que l'homme fonctionnait ainsi : s'il n'avait rien à dire, il ne cherchait pas nécessairement à faire la conversation. Pour une bavarde comme elle, le concept lui avait d'abord paru étrange, mais elle apprenait à profiter de la sérénité du moment. En l'occurrence, ce soir, elle savait pertinemment qu'il ne durerait pas forcément, compte tenu des nombreuses interrogations qu'elle avait.

— Maître Dreoch, j'aurais une question à vous poser, commença-t-elle timidement, lorsqu'ils eurent terminé leur dessert. Ou deux…

— Et à votre façon d'aborder la chose, j'en déduis que cela n'a rien à voir avec notre entreprise pour vous enseigner les Potions sans que vous ne fassiez exploser mon laboratoire, n'est-ce pas ?

Il s'adossa à sa chaise en alignant parfaitement ses couverts du bout des doigts. Son ton moqueur indiquait qu'il n'était pas fermé à la discussion, mais la sorcière savait que tout n'était pas gagné. S'il en décidait soudainement ainsi, plus un mot ne sortirait de sa bouche. Elle essaya donc de formuler les choses correctement.

— Vous vous souvenez peut-être de la jeune femme blonde qui était dans le hall de l'Académie, lorsque vous avez… heu… proposé que je tente l'examen des Potions ?

— Pas le moins du monde, répondit-il en jouant négligemment avec sa petite cuillère.

Une main sous sa joue gauche, il observait Constance avec attention. La gouvernante aurait détesté qu'il mette ainsi un coude sur la table, mais il n'en avait cure.

La jeune femme en face de lui gigota un peu sur sa chaise et rougit. Elle était clairement mal à l'aise, mais il ne parvenait pas à cesser de l'observer.

— C'était mon amie Sidonie. Elle-même a également réussi cet examen. Elle est entrée en apprentissage auprès de la maîtresse Valda.

La petite cuillère s'échappa des mains de Tacitus pour rebondir sur le verre à pied devant lui. Constance s'humidifia les lèvres et poursuivit. Il se redressa, le regard dur, et attendit.

— Vous aviez raison de dire que l'apprentissage était extrêmement difficile, je comprends que le taux d'abandon soit… conséquent. Mais je m'inquiète pour mon amie. Cela fait plusieurs semaines que je n'ai pas de réponse de sa part. Je ne l'ai pas non plus croisée à l'Académie. Pensez-vous… enfin… puis-je faire quelque chose pour elle ?

Tacitus posa ses coudes sur la table et joignit ses mains devant sa bouche, juste assez pour dissimuler une réaction trop prononcée. Ses yeux d'onyx étaient plissés et ne se détachaient pas de Constance. Elle n'ajouta rien, consciente que de son attitude dépendrait une réponse. Celle-ci ne vint pas tout à fait sous la forme qu'elle espérait :

— Êtes-vous en train de me demander si je considère ma collègue apte à enseigner et travailler avec votre amie, mademoiselle Féar ?

— Jamais ! s'exclama Constance en se redressant vivement.

— Dans ce cas, que me demandez-vous exactement ? s'enquit le maître des Potions d'une voix hésitante.

Cela perturba la sorcière. Dreoch n'était jamais hésitant.

— S'il est normal que je n'aie aucune nouvelle. Est-ce… courant que les assistants ne soient même pas visibles à l'Académie ? Ou son année est-elle en mauvaise posture ?

À nouveau, Tacitus se tut. Constance sentait qu'il cherchait comment lui répondre. Elle se doutait que sa question pouvait le mettre en porte-à-faux vis-à-vis d'une collègue et qu'il préférait l'éviter. Elle se lança donc, tortillant la nappe entre ses doigts sous l'effet du stress.

— Je ne vous tiendrai pas rigueur de votre réponse, je veux seulement savoir si j'ai raison d'être inquiète ou pas. Si je devais utiliser vos mots, je suppose que je demanderais si ma sensiblerie me joue des tours.

Le maître des Potions sourit derrière ses mains, c'était en effet en ces termes qu'il se serait exprimé. Il desserra les doigts et se laissa aller contre le dossier de sa chaise en réfléchissant. Machinalement, il passa sa main droite sur son menton et suivit le fil de sa cicatrice. Cette discussion risquait de l'emmener trop loin. Il se leva tranquillement de table, ne voulant cependant pas effaroucher son apprentie.

— Votre inquiétude est légitime à tous points de vue. Je demanderai à Domovoï s'il a entendu quelque chose.

— Et heu… je n'ai pas terminé, répondit Constance en se levant à son tour pour s'approcher de lui.

Il la regarda, un sourcil arqué, le corps tendu.

— Votre après-midi a-t-il été si fructueux, que vous vous octroyiez le droit de m'interroger, mademoiselle Féar ? dit-il d'une voix plus sèche qu'il ne l'aurait voulu.

Il redoutait qu'elle ne l'entraîne sur un terrain qu'il ne souhaitait pas aborder, en approfondissant ses questions sur sa collègue potionneuse.

— Un mentor n'est-il pas censé étancher une soif de connaissances ? En outre il s'agit d'un tout autre sujet !

Le sourire taquin qu'elle lui envoya le perturba. Il lui fit donc un petit signe de la main afin qu'elle poursuive.

— J'ai croisé en rentrant Amanda Springerle. Je me demandais donc depuis quand nous avions une gouvernante, ce qu'étaient des boulodroches, et si je devais m'attendre à devoir raser les murs, compte tenu du fait que je mettrai ma main au feu qu'elle n'est pas ce qu'elle semble être ?

Tacitus sentit l'air circuler à nouveau dans ses poumons. Voilà un sujet qu'il était tout à fait prêt à aborder et qui permettrait à son apprentie d'éviter de le questionner plus avant sur quelque chose d'épineux. Rejetant un pan de sa robe de sorcier sombre, il s'assit dans un des fauteuils proches de la cheminée et désigna celui d'en face pour y inviter la jeune femme.

Celle-ci s'assit, captivée d'avance. Il sourit à l'idée de ce public déjà tout acquis. Le feu faisait luire sa chevelure rousse, lui conférant des reflets irréels. Ses yeux noisette curieux étaient braqués sur lui, avides de connaissance. Elle était à couper le souffle. Il se morigéna, repoussant cette idée loin au fond de son esprit. Il ne savait que trop bien où ce genre de considération menait.

— Il est vrai que j'aurais pu vous le préciser, mais l'utilité ne m'en a pas paru absolue. Nous avons donc toute une tripotée de domestiques que vous aurez le plaisir de croiser au détour des couloirs. Ils prennent en général leurs ordres de madame Springerle, qui les prend de moi. Quant à sa nature, je me contenterai de dire que vous avez peu de choses à craindre d'une kobold tant que vous ne tentez pas de détruire la maison sur laquelle elle veille jalousement.

— Une kobold ? Sérieusement ?

L'homme acquiesça, observant la réaction de son apprentie. Une certaine fascination transparaissait sur son visage.

— Je n'en avais jamais rencontré. C'est bien ce que l'on appelle un « esprit du foyer », n'est-ce pas ? Est-elle ici depuis longtemps ?

— En fait, c'est grâce à elle que le manoir a pu subsister, jusqu'à présent. Le fait que vous n'en ayez jamais rencontré n'est pas très étonnant, il n'en reste plus beaucoup. La majorité de ces créatures se sont retirées avec Myrddhin, il y a des siècles. Comme beaucoup de créatures légendaires, les kobolds ont estimé que la disparition de Myrddhin marquait la fin de l'âge d'or de la magie. Si vous souhaitez en apprendre plus sur la variété de ce que l'on appelle « le petit Peuple », nous avons un excellent ouvrage à la bibliothèque. Je vous le donnerai demain. Sur ce, je vous souhaite une bonne nuit, mademoiselle Féar.

Toute à son émerveillement, Constance lui répondit distraitement. Elle se leva cependant d'un bond au moment où il allait franchir la porte :

— Oh attendez, et les boulodroches alors ?

Tacitus la fixa un instant, pesant le pour et le contre.

— Est-ce si important ?

— C'est que… je ne sais pas ce que c'est et madame Springerle avait l'air de dire que nous en étions entourés ! Dans sa bouche, je vous assure que cela ressemblait à une invasion de sauterelles !

Tacitus sentit ses lèvres frémir et il dut se retenir de ne pas éclater de rire devant l'air absolument naïf de Constance. Reprenant contenance, il affirma d'une voix qui se voulait implacable :

— Réussissez à mémoriser les plantes de méditation de votre emblème et je vous emmènerai les voir, cela sera plus parlant que toutes les descriptions du monde.

***

Au bout de quinze jours et avec un peu d'application, Constance finit en effet par arriver à retenir toutes les plantes nécessaires à sa potion de méditation. La réalisation de cette dernière s'avéra par ailleurs particulièrement délicate pour la jeune femme : non seulement il lui fallait jongler avec la technique pour pallier ses manques, mais il fallait aussi la produire en grandes quantités afin d'en disposer régulièrement par la suite. La mise en cuisson de la potion durant vingt-quatre heures, elle n'aurait tout simplement pas pu dormir sans l'aide de Dreoch, compte tenu du temps supplémentaire que cela lui avait pris. Constance observa la potion à présent recouverte d'une fine pellicule verte et grimaça. Elle la fit passer dans un entonnoir pour en remplir une grande bouteille en essayant de ne pas penser au fait qu'elle allait devoir la boire. Dreoch surveillait la manœuvre et hocha la tête pour valider la composition et l'aspect final de la potion. Il n'était intervenu que deux fois, formule magique incluse, ce qui était un score acceptable pour Constance. Puis, sans un mot, il déposa un verre à liqueur près de la bouteille et Constance déglutit péniblement. Elle savait déjà que cela n'allait pas être terrible, mais il était inutile de râler : il n'existait pas d'autre moyen pour entrer suffisamment en transe et communiquer avec les emblèmes des piliers de la magie.

Quoique communiquer soit un bien grand mot, à ce stade : elle se contenterait pendant des mois de tracer son chemin dans les méandres de son esprit pour espérer atteindre l'une des créatures magiques régentant l'art des Potions. Elle remplit le verre et le but sans respirer, espérant faire passer plus vite l'amertume qui se répandait dans sa bouche. Dreoch venait de tracer un cercle à la craie, orné de runes à même le sol et le pointa du doigt.

— Asseyez-vous en tailleur, à présent, dit-il en se rapprochant d'elle, fermez les yeux et essayez de suivre les instructions que je vais vous donner.

Constance obéit, repoussant quelques pans de sa robe de sorcière. Elle sentit que le maître des Potions saisissait ses mains pour les placer sur ses genoux, paumes vers le haut. Il passa ensuite derrière elle pour appuyer doucement entre ses omoplates jusqu'à ce qu'elle se redresse.

— Bien, maintenant, inspirez et expirez profondément. Représentez-vous l'ouverture et la fermeture de vos poumons, essayez de penser à un circuit que l'air emprunterait à travers vous. Figurez-vous ce chemin. Cela peut vous prendre quelques minutes.

La sorcière s'y employa. Elle commença par sentir ses épaules se relâcher, et son cœur ralentir doucement. Elle imagina des volutes d'air gris passer à travers elle, tourbillonner dans son corps et ressortir. Elle fit un petit signe à Dreoch.

— Maintenant, imaginez que tout le long de ce souffle s'enroule un ruban.

— De quelle couleur ?

Tacitus réfléchit un instant. Lui-même visualisait un vert émeraude, mais il ne pensait pas qu'imposer une couleur à son apprentie soit une bonne idée. Elle allait se concentrer davantage sur la couleur que sur le geste.

— Celle qui vous viendra en premier, c'est totalement subjectif.

— Bleu alors. C'est un ruban bleu…

— Soit. Suivez ce ruban bleu et faites-le descendre en dessous de vos poumons comme si vous vouliez ensuite l'enrouler sagement autour de votre nombril.

Le menton de Constance retomba un peu plus bas comme si elle s'endormait. Tacitus attendit un instant, alerte. Son apprentie semblait être déjà tombée en transe.

— À présent, déployez ce ruban jusqu'à ce qu'il soit assez grand pour former une route sur laquelle vous pourrez marcher. Il peut prendre la forme de marches, au fur et à mesure que vous plongez en vous-même. Ce ruban semble infini, il n'est d'ailleurs plus attaché à vous, mais vous savez qu'il est constitué de votre magie. Vous pouvez avancer sans rien craindre. La route est vide. Il s'agit simplement de parcourir le plus de chemin possible.

Il n'obtint aucune réponse, ce qu'il interpréta comme un signe de bon aloi. Il jeta un coup d'œil à la pendule, cela avait pris moins de dix minutes à Constance pour être en phase avec la potion. Il semblait qu'elle tenait là un talent certain. Cette jeune femme le surprenait, de jour en jour. Puisqu'elle ne pouvait le voir, il autorisa un sourire attendri à fleurir sur ses lèvres. Il lui accordait un gros quart d'heure avant de la réveiller, cela serait déjà suffisamment conséquent pour un premier voyage. Le délai écoulé, il se baissa à sa hauteur et déposa doucement une main sur son avant-bras en essayant de ne pas faire attention au fait qu'il la touchait. La jeune femme respirait régulièrement et calmement, si bien qu'il ne s'aperçut pas tout de suite qu'elle ne répondait pas à son geste. Fronçant les sourcils, il serra un peu plus sa prise, sans succès.

— La route est trop longue pour être faite en une fois, mademoiselle Féar. Arrêtez de marcher, imaginez que le ruban s'étiole doucement et vous avec. Votre esprit doit revenir à la réalité, et votre magie aussi.

Constance suivit la voix. Elle la connaissait, elle était ferme et coupante, mais pas désagréable. Elle regarda sous ses pieds et le ruban bleu se mit à se décomposer en millier de petites lueurs qu'elle regarda s'envoler. C'était très beau et rassurant.

Elle souriait, cela ressemblait à un vol de papillons. Mais soudain, elle sentit les restes du ruban trembler sous ses pieds et se sentit tirée en avant. Le ruban continuait de s'effilocher, mais semblait comme absorbé par une force invisible devant elle et elle était incapable de bouger. Il se déchirait en minces lambeaux, à présent. Un mur gigantesque se dressa alors devant elle : il avalait littéralement les mètres de ruban. Elle essaya de décoller les pieds du sol, de bondir, impossible. Voyant le mur s'approcher inexorablement, elle leva les mains et poussa un cri. Ce faisant, elle s'agrippa aux mains de Dreoch avec une force qu'il ne soupçonnait pas. Ses yeux papillonnèrent et elle les ouvrit brusquement, cherchant son souffle.

— Calmez-vous, tout va bien !

— Non, la route, elle a été aspirée ! Le mur… je…

Elle s'évanouit avant de pouvoir terminer sa phrase. Dreoch la rattrapa et la serra instinctivement un instant contre lui avant de l'allonger doucement et de vérifier son pouls. Il était normal, tout comme sa respiration. Il la transporta donc jusqu'au fauteuil, près de l'âtre, qu'il utilisait parfois et récupéra un flacon de potion revigorante. Débouchant le flacon, il s'arrêta un instant pour déplacer délicatement une mèche de cheveux rougeoyante de son front. Avec un naturel qui l'effraya, il fit courir sa main sur l'arrondi de sa joue, jusqu'à la bordure de ses lèvres. Réalisant son geste, il retira vivement sa main et reporta son attention sur la potion. Lorsqu'elle l'eut absorbée, elle revint lentement à elle, interdite.

— Ça va aller ? demanda-t-il avec une certaine inquiétude.

Constance le fixa alors qu'il se trouvait à quelques centimètres d'elle. Elle accrocha son regard et le temps s'arrêta. Quelque chose parut flotter entre eux, jusqu'à ce qu'il se redresse lentement.

— Oui, je crois, croassa-t-elle en portant une main à son front, j'ai juste mal à la tête.

— C'est assez courant, après ce genre d'expérience. Le mur que vous avez évoqué, par contre…

— Il n'était pas censé se trouver là, n'est-ce pas ?

Elle le dévisageait avec inquiétude. Il s'agenouilla à sa hauteur avec une certaine douceur.

— Non. Je ne connais personne qui ait rencontré un mur sur sa route. Comme je vous l'ai dit, ce chemin n'est censé être qu'un long fleuve tranquille. C'est la persévérance et la patience que vous mettez à contrôler et déplier votre magie qui vous mène à l'emblème. Il n'y a pas d'autre obstacle que vous-même.

— Vous pensez que j'ai créé ce mur ? souffla la jeune femme. Il est apparu seulement quand le ruban a commencé à disparaître et que j'ai voulu… revenir.

— J'ignore totalement ce qui a pu se passer, il va falloir que j'en parle à…

— Non ! dit-elle en posant vivement sa main sur la sienne, s'il vous plaît. Je ne veux pas qu'on me prive encore d'une chance de…

— Vous resterez mon assistante quoi qu'on en dise, vous avez ma parole ! tenta de la rassurer Dreoch. Mais nous ne pouvons pas recommencer ce genre d'exercice sans savoir ce qui vous pose problème. Cela pourrait vous mettre en danger et je m'y refuse.

Il chercha son regard et le soutint un moment. Elle réfléchit un instant, et serra un peu plus sa main. Lorsqu'elle ouvrit la bouche, il sut qu'il l'avait convaincue.

— Vous pensez que ça a un lien avec le côté… erratique de ma magie, n'est-ce pas ?

— Ce n'est pas impossible, répondit Dreoch, l'air fermé. Et cela expliquerait que personne à l'Institut n'ait compris avant ce jour d'où venait le problème…

— À qui pensiez-vous demander conseil ? fit la jeune femme en se mordillant la lèvre inférieure.

— À Domovoï Azarov. C'est un mage cultivé, qui a beaucoup d'expérience. Et vous l'avez vu, c'est un ami. S'il n'a pas la réponse, il connaîtra quelqu'un capable de nous la donner.

— Entendu. Je lui fais confiance également, ajouta Constance avec un petit sourire.

Dreoch le lui rendit et leva la main qu'elle ne tenait pas et l'avança vers elle avant de réaliser ce qu'il faisait. Il la reposa aussitôt pour tapoter celle de son apprenti, avec maladresse. Il ne put cependant s'empêcher de transformer le geste en caresse.

— Ne bougez pas, je vais vous chercher quelque chose à boire et à manger. Ensuite vous irez vous reposer.

Il sortit sans attendre sa réponse et surtout sans se retourner. Il avait failli lui caresser la joue, comme un imbécile. Rangeant férocement ses mains dans les poches de sa robe, il se dirigea vers la cuisine en essayant de vider son esprit. Il mit de l'eau à bouillir, attrapa un morceau de pain et de fromage, jeta un sachet de thé dans une tasse et entassa le tout sur un plateau. Il y mettait une certaine brusquerie, au point qu'il faillit renverser la tasse. Il fallait qu'il se concentre sur ce mur, c'était la meilleure chose à faire et, ironiquement, c'était tout à fait approprié. Mais l'ironie n'était-elle pas sa spécialité ? Lorsqu'il pénétra à nouveau dans le laboratoire, Constance était endormie dans le fauteuil. Tacitus poussa un petit soupir, déposa le plateau et glissa ses bras sous le corps de la jeune femme pour la remonter dans sa chambre. À peine eut-il poussé la porte du laboratoire du bout du pied que la gouvernante surgit. Elle s'approcha vivement de lui :

— Tout va bien, maître ? J'ai senti une perturbation dans toute la maison. Et un drôle de bruit de vaisselle aussi… Oh !

La gouvernante poussa un petit cri lorsque ses yeux tombèrent sur la jeune femme endormie dans les bras de Dreoch. Elle se ratatina soudain. Ses allures de brindilles disparurent, laissant place à une créature trapue disposant d'une longue queue fourchue.

— J'appelle quelqu'un, maître ?

— Elle est épuisée, je lui ai donné une potion. Je vais la coucher, ensuite je contacterai maître Azarov. Si vous pouviez veiller sur elle pendant ce temps, madame Springerle, cela me rassurerait.

La gouvernante pencha la tête pour observer son maître, un peu surprise. Puis acquiesça vivement. Tacitus hésita une seconde et ajouta :

— Avec votre glamour si possible. Je ne pense pas que vous puissiez l'effrayer, elle est d'un autre bois que les midinettes que vous avez pu croiser, mais je ne voudrais pas qu'elle se demande qui vous êtes sans comprendre qu'une kobold possède une magie d'illusion.

— Vous inquiétez pas, ça va aller pour ce petit oiseau !

La gouvernante le suivit, observant le dos bien droit du sorcier et la façon dont il veillait sur son précieux fardeau. Un sourire dévoila les crocs dorés de la kobold. L'heure était-elle venue de cicatriser toutes les plaies, pour son maître ? Elle en serait plus qu'heureuse : son foyer resplendirait à nouveau des joies d'autrefois. Resserrant sa prise sur Constance, Tacitus la remonta dans sa chambre et la déposa sur son lit, inconscient des pensées de l'esprit protecteur du manoir. Il rabattit l'édredon sur la sorcière, délogeant au passage le chat gris avec un certain plaisir. Il aimait les animaux, mais il avait la rancune tenace. Le chat parut le saisir et se déplaça sans protester. Amanda Springerle, appuyée contre le chambranle de la porte, ne perdait pas une miette du spectacle. Elle remarqua la gentillesse avec laquelle son maître borda la jeune femme ainsi que la façon dont ses yeux parcouraient son visage. Lorsqu'il sortit de la pièce, non sans s'être retourné une dernière fois sur la sorcière épuisée, elle prit son rôle de gardienne d'autant plus au sérieux. Cela faisait près de dix longues années qu'elle n'avait plus vu une telle étincelle dans le regard de son maître. Plus jamais elle ne souhaitait la voir s'éteindre.

***

Lorsque, plusieurs heures plus tard, Constance sortit de son sommeil, elle trouva penché sur elle le visage lunaire de la gouvernante et lui adressa un petit sourire. La kobold grommela, posa sa fine main sur son front et lui tendit un grand verre de jus d'orange. Constance le but sans broncher et la remercia.

— Le maître a dit de le prévenir lorsque vous seriez réveillée. Il dit aussi de vous reposer qu'il a la situation en main.

— D'accord..., répondit Constance en jouant avec un bout de sa couette.

Elle finit le verre et fit mine de se lever lorsqu'un autre grognement l'interrompit. Madame Springerle se saisit du verre et lui tendit un plateau débordant d'œufs au bacon, de toasts grillés et de pancakes couverts de sirop d'érable.

— Je ne vais pas pouvoir manger tout ça !

— Vous devez reprendre des forces. Et maître Dreoch a dit que si vous refusiez, il serait obligé de reporter l'expédition des boulodroches qu'il a prévue pour vous demain.

Constance se saisit aussitôt de la fourchette et goba un œuf pour montrer sa bonne volonté. Satisfaite, la gouvernante sortit de la chambre. Elle traversa les couloirs avec un petit rire, c'était une sacrée bonne femme, que cette sorcière-là.

Constance passa le reste de la journée alitée, comme promis. Elle eut un mal fou à s'endormir, trop excitée à la perspective du lendemain et trop perplexe par ce qu'il venait de se passer. Un instant, elle fut tentée de visualiser à nouveau le mur, mais la voix de Dreoch retentit à ses oreilles comme s'il avait été à côté d'elle : «*êtes-vous inconsciente à ce point ?*» Non, elle ne l'était plus depuis qu'il lui en avait fait la remontrance, des jours plus tôt. Rapidement, cependant, sa voix lui murmura d'autres choses. Elle finit ainsi par trouver le sommeil au son de la voix imaginaire qui la réprimandait et la complimentait tour à tour. Des compliments qui l'auraient fait rougir dans la réalité.

Chapitre 6

BOULODROCHES, FAMILIERS ET AUTRES ENNUIS

Lorsque Constance sentit une brise chargée d'un parfum herbeux lui chatouiller les narines, elle ouvrit les yeux, surexcitée. Elle se tenait dans une vaste prairie rendue humide par la fonte du gel matinal et devant elle s'étendait un véritable troupeau de taches multicolores.

— Mademoiselle Féar, je vous présente les boulodroches.

— C'est incroyable ! répondit la jeune femme avant d'éclater de rire.

Elle fit quelques pas dans l'herbe, et plusieurs créatures, qui ressemblaient à des moutons taillés à même le granite se tournèrent vers elle. Elle observa leurs petites oreilles allongées, les yeux globuleux, leur laine, qui avait l'air d'une douceur extrême et surtout leurs petites pattes, qui fendaient l'air. L'un d'entre eux, d'une belle couleur orangée, s'approcha en remuant ses petits sabots pour se déplacer comme s'il faisait le petit chien dans l'eau, à ceci près qu'il ne touchait pas le sol. L'animal fit tourner ses yeux totalement dans leurs orbites et émit un bruit proche du hennissement. Constance tendit les mains et l'animal vint se coller à elle en culbutant sur lui-même.

Sa couleur était très proche de la chevelure de Constance et s'harmonisait tout à fait avec sa grosse écharpe beige. Aussitôt, d'autres boulodroches se regroupèrent vers elle : un vert, un bleu très pâle, un rose fuchsia. Aucun d'entre eux ne semblait tenir correctement sa position ni au sol ni en l'air. Ils tournaient sur eux-mêmes faisant preuve de bien peu de grâce, mais de beaucoup de persévérance. Constance retira ses gants et passa ses doigts sur la laine, puis sur la tête du boulodroche orangé. Le contraste était saisissant entre sa peau de pierre rugueuse et le reste de son corps.

— J'ignorais que de telles créatures existaient !

— Si vous les laissez faire, vous allez vous retrouver immergée dans la laine. Les boulodroches n'ont aucune mesure et ce sont de vrais moutons : qu'un seul aille quelque part et le reste l'imitera. C'est la raison pour laquelle on les garde en dehors des villes, et des Instituts magiques…

Constance relâcha donc le boulodroche orangé et recula d'un pas. L'animal tournoya sur lui-même et s'éleva de quelques mètres pour aller se percher dans l'arbre le plus proche. Aussitôt les autres suivirent, laissant Constance remplie de boules de laines colorées accrochées à sa robe.

— Vous ressemblez à un sapin de Noël ! la taquina Dreoch.

— Je comprends mieux l'agacement de madame Springerle ! Ont-ils d'autres pouvoirs que celui de voler ?

— Pas en l'état, mais si on tisse leur laine, on obtient un vêtement d'une solidité et d'une résistance à la magie remarquable, répondit Dreoch en écartant les bras.

— Vous voulez-dire… qu'on se sert de leur laine pour nos robes de sorciers ?

— Exactement. Et parfois pour d'autres accessoires. C'est la raison pour laquelle les boulodroches sont des créatures qui nous sont précieuses, malgré leur manque évident de jugeote…

Tacitus désigna de la main deux boulodroches en train de pédaler dans les airs pour essayer de se remettre dans le bon sens.

Il s'assit près d'un arbre exposé au soleil hivernal et laissa Constance circuler entre les animaux, qui semblaient aussi curieux d'elle que l'inverse. Elle remarqua alors que l'un d'entre eux tournait sur lui-même comme une toupie. Elle rit en l'attrapant pour le stabiliser. Le boulodroche, d'un beau violet, émit son petit bruit en penchant la tête comme pour la remercier. Constance le caressa jusqu'à ce qu'elle le sente littéralement vibrer sous ses doigts.

— Heu… c'est normal qu'il fasse ça ? demanda-t-elle au sorcier.

— Pas tout à fait…, répondit Dreoch en les fixant d'un air pénétrant.

Constance essaya d'apaiser l'animal, en vain. Lorsqu'elle se retourna vers Dreoch pour solliciter son aide, le regard du maître des Potions était focalisé sur quelque chose derrière elle. Il leva la main pour lui demander de se taire et se redressa lentement. Le sérieux de son expression alerta Constance, qui se retourna aussitôt. À quelques pas de là, un loup énorme se tenait devant elle. Du moins, ce qui se rapprochait d'un loup. Son corps était totalement transparent, si bien qu'elle voyait la forêt à travers lui. Les contours de son corps et de ses membres étaient d'un bleu électrique, sa tête épaisse surmontée d'une sorte de crinière flottante, pareille à des flammes dans le vent. Sa gueule était ornée de crocs grands comme des sabres, au-dessus desquels une truffe d'un bleu foncé humait sans discontinuer son environnement. Elle distingua de longues vibrisses sur ses babines et au-dessus de ses yeux azur. L'animal fit un pas en avant et le boulodroche trembla de plus belle. Constance le passa dans son dos pour le soustraire à la vue du monstre, mais il ne semblait malgré tout pas s'en émouvoir. Un autre pas et la jeune femme put mesurer la taille de ses pattes et de ses griffes. Si elle l'avait voulu, elle aurait facilement pu se servir de ce loup comme d'une monture.

— Mademoiselle Féar !

Constance se tourna vers Tacitus, surprise. Ce dernier, qui tentait de s'approcher le plus discrètement possible, s'immobilisa, secoua la tête et posa un index sur sa bouche.

La sorcière fronça les sourcils, elle l'avait pourtant bien entendu l'appeler. Tacitus poursuivit son avancée lentement, en s'arrêtant régulièrement lorsque le loup grognait ou posait son regard sur lui.

— *Sapin de Noël précieuse ! Remarquable !*

Les mots résonnèrent dans l'air comme s'ils venaient de toutes les directions. Ils avaient quelque chose de mécanique, mais la jeune femme était sûre de reconnaître la voix de Dreoch. Or, ce dernier était derrière elle, et n'avait pas prononcé un seul mot depuis l'arrivée du monstre. Au moment où Tacitus arriva dans le dos de Constance, le loup bondit. Constance sentit une vibration dans l'air et se rendit compte que Tacitus venait de sortir sa baguette magique pour projeter un bouclier devant lui, qui maintenait la bête à moins de deux mètres d'eux. Le long bâton était en bois d'aulne : sa couleur auburn était veinée de rouge profond.

— Plus un geste, mademoiselle Féar, et si vous tenez à la vie, je vous conseille de lâcher ce boulodroche…

— Quoi ? Mais il va se faire dévorer !

— Aussitôt relâché il va décoller, ne vous inquiétez pas pour lui, lui assura le sorcier.

Constance déglutit et libéra l'animal de son emprise. Comme l'avait prédit le sorcier, l'animal battit férocement des pattes pour s'élever comme un ballon de baudruche et passa à travers le bouclier de Dreoch. Il diminua un peu et Constance se rappela avec effroi que son maître n'était pas un spécialiste des enchantements, loin de là. Malheureusement, elle-même était incapable de produire un sort de protection aussi avancé.

Le loup ne chercha même pas à s'en saisir. Au lieu de ça, il baissa la tête et fit gonfler sa crinière.

— *Pas tout à fait…*, répéta la même voix éraillée.

Constance ouvrit les yeux et plongea directement dans ceux du loup. La créature plissa les yeux et tendit le cou vers eux, dévoilant une sorte de zébrure.

— Vous comprenez ce qu'il veut dire ? s'alarma la sorcière, prise d'un mauvais pressentiment.

— C'est impossible…, murmura Tacitus en essayant de cacher davantage Constance derrière lui.

L'animal éternua de mécontentement et se déplaça de façon à se retrouver à nouveau face à la jeune femme. Le maître des Potions pivota en même temps que le loup et murmura :

— Vous avez devant vous une lucrote. C'est un animal plutôt rare. Comme vous l'aurez peut-être remarqué, il a la capacité d'imiter les voix, mais seulement en utilisant les mots qu'il a déjà entendus.

— *Luuuuuuucrote*, ronronna le loup en un semblant de hurlement à la lune.

— Et je crains… qu'il ne s'agisse d'un familier…, poursuivit le mage. Si j'interprète ce qu'elle vient de dire comme il faut.

— Le vôtre ? bafouilla la jeune femme

— Je ne pense pas…, répliqua Tacitus, c'est vous que la lucrote cherche à garder dans son champ de vision.

— Vous devez vous tromper, je n'ai rien à voir avec cette…

— Taisez-vous ! lui intima Tacitus en refermant sa prise sur sa baguette. Si vous finissez cette phrase, vous renverrez la créature d'où elle vient. Ce qui signifie que vous refuserez votre familier. Il ne s'en présentera pas d'autre, jamais.

Constance songea à ce que lui avait dit Sidonie et à ce qu'elle savait sur de tels êtres. L'image de Blanche, l'hermine d'Angélique Latour lui revint clairement. Elle reporta son attention sur la lucrote. Jamais elle ne se serait attendue à ça. Elle fut frappée par la même peur qu'elle avait si souvent moquée chez ceux qui repoussaient leur familier, par peur du qu'en-dira-t-on. Cette seule pensée la dégoûta d'elle-même. Constance saisit alors le bras du maître des Potions, l'air encore un peu paniqué, mais décidé.

— Que dois-je faire, au juste ? s'exclama-t-elle nerveusement. À part éviter de me faire dévorer ?

Elle perdait pied. Une goutte de sueur dévala son dos et la fit frissonner. La lucrote ne l'avait pas quittée du regard, elle semblait simplement attendre. En son for intérieur, Constance comprit que le bouclier magique ne lui poserait pas longtemps problème, si la lucrote en décidait ainsi.

Elle leva les yeux pour chercher le boulodroche violet et le trouva posé sur une branche de l'arbre, juste au-dessus d'elle sur le point de s'envoler un peu plus loin.

Dreoch se rapprocha d'elle tandis que le bouclier rétrécissait.

— La meilleure preuve consisterait à tenter de toucher la lucrote : elle n'a de consistance que pour son possesseur.

— Vous d'abord ! le railla Constance en avisant les crocs de la bête.

— Un familier n'acceptera que son maître, répondit Tacitus en serrant de sa main libre celle de Constance. Un seul geste déplacé envers la lucrote pourrait s'avérer fatal. Vous êtes la mieux placée pour mesurer la taille de ses crocs, ou de ses griffes…, mais aussi pour l'apaiser.

Constance sentit la chaleur du maître des Potions passer à travers sa peau et ce simple contact lui fit du bien. Elle se sentit rassurée de le savoir près d'elle et se rapprocha de lui jusqu'à sentir son dos contre sa poitrine. Une sensation étrange lui noua l'estomac. Il passa ses mains devant elle, la baguette toujours en avant. Les yeux de la lucrote passèrent alors du visage de Constance à la main de Tacitus et elle poussa un soupir, qui balaya leurs cheveux comme si un courant d'air leur avait claqué à la figure. Par chance, l'haleine de la lucrote ne sentait rien d'autre que l'herbe. L'animal s'inclina davantage. Tacitus abaissa alors un peu sa baguette. La lucrote ne bougea pas d'un pouce. Hésitante, la sorcière tourna légèrement son visage vers le sorcier. Son souffle balaya sa barbe de trois jours. Il glissa son visage dans son cou, la faisant frissonner lorsqu'il murmura à son oreille :

— Je vous protège, allez-y.

Sa baguette s'illumina davantage. Constance pinça les lèvres et osa un premier pas, puis un second. Arrivée à la hauteur de la lucrote, elle tendit une main fébrile et l'animal bondit. La sorcière ferma les yeux en hurlant, mais rien ne se produisit, si ce n'est un contact avec une fourrure épaisse et chaude. Elle ouvrit brutalement les yeux et vit que Tacitus avait désactivé son bouclier pour les observer sombrement.

La lucrote était debout devant elle et la fixait. Elle était terrifiante, de près. Le bleu électrique qui la colorait avait des allures d'aura spectrale. Constance voyait l'herbe à travers son corps et pourtant ses mains heurtaient bel et bien de la matière.

— Acceptez-la, c'est la meilleure chose à faire, expliqua doucement Tacitus. Un sorcier qui refuse son familier se condamne à ne pas développer son plein potentiel magique. Et ce faisant, il condamne aussi la créature à l'errance, jusqu'à ce qu'elle meure de solitude ou ne se fasse capturer pour être vendue au marché noir.

— Au marché noir ? répéta Constance.

Elle observa alternativement l'homme près d'elle et l'espèce de loup. Elle ne doutait pas des paroles du maître des Potions, mais accepter un animal pareil l'angoissait. Elle ne savait rien des lucrotes. Pour autant, pouvait-elle condamner cette créature à un tel destin ? Était-elle donc aussi lâche ? Tremblante dans ses bottes, Constance pressa ses paumes un peu plus contre la lucrote. Elle sentit une larme rouler sur sa joue, de peur, de froid, d'épuisement. Elle ouvrit la bouche avec difficulté :

— Entendu, tu es… désormais… mon familier.

Elle espéra que cette phrase suffirait, comme l'avait sous-entendu Sidonie des semaines plus tôt. La lucrote poussa un rugissement qui se mua en rire, celui de Constance lorsqu'elle jouait avec les boulodroches quelques minutes plus tôt. Cette fois encore, cependant, le son était comme déformé et le rendu mettait mal à l'aise, comme un raclement sur un tableau. L'animal se coucha sur les pieds de Constance, qui tremblait comme une feuille. La créature ferma les yeux et ramassa son énorme queue touffue sur son museau, comme pour se lover au plus près de sa nouvelle maîtresse. La jeune femme se tourna tant bien que mal vers Dreoch, toute pâle.

— Est-ce que ça veut dire qu'il faut la ramener au manoir ?

— Oui j'en ai bien peur… Si vous permettez, je vais m'approcher.

Constance opina et vit avec surprise la lucrote ouvrir un œil d'azur pour observer le maître des Potions. En un éclair elle s'était relevée, montrant les crocs. Les deux sorciers s'immobilisèrent. L'animal en profita pour les renifler l'un après l'autre, parcourant la faible distance entre eux d'un petit bond. Elle passa un coup de langue sur la chaussure de Constance, ou tout du moins essaya, car l'appendice la traversa comme le ferait un fantôme.

— Je croyais que je pouvais la toucher… fit Constance.

— Vous le pouvez, seulement lorsqu'elle le décide. C'est ainsi qu'elle peut parcourir notre monde sur ses quatre pattes, ou se nourrir.

— Mais ce «privilège» n'est réservé qu'à son possesseur… quand elle y consent. Autrement dit, je n'aurais guère de prise sur elle. Vous vous rendez-compte que cela va compliquer les choses ? demanda l'apprentie d'une petite voix.

— Je vous avais prévenue qu'en travaillant avec moi, vous seriez mise au ban de la société, je ne crois pas vous avoir menti, ironisa le maître des Potions.

— Vous ne mentez jamais, approuva Constance.

— Certaines fois, j'aimerais, souffla Dreoch en se redressant. Nous trouverons une solution pour cela, comme pour le reste mademoiselle Féar.

Le sorcier observa un instant la lucrote avec appréhension. L'animal soutint son regard, le faisant frissonner. Il hésita à avouer à Constance à quel point elle ne mesurait pas les problèmes qu'elle allait en effet rencontrer. Puis il posa les yeux sur son visage tourmenté et renonça. Il ne le permettrait pas, un point c'est tout. Tacitus resserra sa robe de sorcier autour de lui et rebroussa chemin, se drapant dans son rôle de mentor. Arrivé au bout du champ, il se retourna et constata que son apprentie était toujours debout dans le froid, la lucrote étendue à ses pieds.

— Avez-vous l'intention de geler sur place avec elle ? dit-il en croisant les bras d'agacement.

— Vous devez regretter de m'avoir acceptée comme assistante…, lui lança la jeune femme pour toute réponse.

Cela voulait sans doute dire oui, tant elle était mortifiée. Tacitus secoua la tête et eut soudain un petit sourire en coin.

— Au contraire, mademoiselle Féar, déclara-t-il d'une voix forte, vous faites une collègue tout à fait acceptable : s'il est une chose que je déteste plus que le monde, c'est l'ennui. Et vous, vous n'êtes pas ennuyeuse !

Il l'invita d'un geste à le rejoindre et se dirigea vers l'entrée du pâturage. Il entendit Constance bouger derrière lui et en fut rassuré. Fort heureusement, ils ne croisèrent personne avant d'arriver au manoir. Ils laissèrent leurs bottes à l'entrée et Constance se saisit de son écharpe pour essuyer les pattes de la lucrote. Celle-ci manqua de lui mordre les doigts et se dégagea avec brusquerie. Elle contourna la sorcière avec un grognement et s'arrêta au milieu du hall. Constance reposa sa serviette, qui était à plus d'un titre inutile : le pas spectral de la lucrote ne marquait pas le carrelage. C'était comme si elle n'effleurait même pas le sol. Un bruit de porcelaine brisée se fit entendre, suivi d'un crachin féroce. La lucrote émit ce qui ressemblait à un ronronnement, mais le chat gris, qui venait de miauler en signe d'avertissement lui jeta la patte, toutes griffes dehors. D'abord surprise, la lucrote frémit et bondit en avant. Ses crocs claquèrent sur la queue du félin, arrachant une touffe de poils. Dans le tumulte qui suivit, Constance aperçut un éclair gris filer par une fenêtre.

— Le chat ! lança-t-elle paniquée.

— Je crains que votre animal ne mette un peu de temps à s'habituer à… son nouveau compagnon. Je demanderai à la maisonnée de garder un œil sur lui. Si vous voulez bien m'excuser, je vais devoir rallonger mon poulet à ce bon vieux Domovoï.

Tacitus s'éclipsa avec un certain malaise, il devait faire des recherches sur cette créature, avant que l'inévitable ne se produise. Pendant ce temps, Constance resta un instant à contempler l'animal.

— Est-ce que tu peux rester tranquille dans une chambre ?

— *Tranquille, oui.*

Constance pria pour que ce soit la vérité et qu'elle ne retrouve pas le lit saccagé par les griffes gigantesques de la créature. Sur le chemin, Constance dévalisa la bibliothèque du manoir. Elle devait savoir ce qu'était vraiment une lucrote. Malheureusement, un seul livre la contenait dans sa table des matières, et le chapitre ne devait pas faire plus d'une demi-page. Déçue, la jeune femme emporta néanmoins l'ouvrage pour le parcourir au calme. La lucrote tint parole, et, aussitôt la porte de la chambre ouverte, elle se glissa sur le tapis près de la fenêtre. Constance s'assit sur son lit pour l'étudier attentivement. À travers la crinière de flammes, on devinait un pelage tacheté par endroit. La zébrure sur son cou ressemblait à une flamme, mais n'était pas mentionnée dans l'ouvrage. Peut-être était-ce sa marque de familier ? L'espace d'un instant, Constance s'imagina écrire à Clara, puis se ravisa. Dreoch avait les choses bien en main. Tout allait bien se passer. La sorcière reprit le livre, mais le lâcha de peur lorsque la voix de la lucrote retentit de nouveau avec force :

— *Vous ne mentez jamais !*

Constance grimaça en entendant sa propre voix déformée dans la bouche de la bête.

— Quoi ?

— *Vous ne mentez jamais ! Problème ?*

— Tu parles de maître Dreoch ? s'interrogea la jeune femme, perturbée.

— *Dreoch. Problème ?*

— Non pas du tout, pourquoi dis-tu ça ?

La lucrote se contenta de rire à nouveau, faisant grincer les dents de Constance, et d'un bond passa à travers la porte de la chambre.

— Hé, attends ! l'interpella Constance en abandonnant le livre sur son lit. Ce n'est pas ce que j'appelle rester tranquille, ça !

Elle la suivit, devant presque courir pour rattraper les immenses foulées de l'animal. Elle eut beau l'appeler, la lucrote refusa de s'arrêter jusqu'à ce qu'elle atteigne la fenêtre du premier étage, au fond d'un couloir dans lequel Constance n'était jamais passée.

Là, la bête gratta au vitrail. À travers les dessins bariolés, la jeune femme aperçut ce qui ressemblait à un jardin d'été. Le couloir donnait manifestement sur l'arrière du manoir. Deux silhouettes se tenaient en son milieu, dont une que Constance aurait reconnue entre mille : Sidonie ! Elle se frotta les yeux, colla son visage à la vitre, mais dut admettre que sa vision était claire. Elle posa une main sur la lucrote, mais celle-ci s'écarta, avant qu'elle n'ait pu faire autre chose que l'effleurer et reprit aussitôt sa route en direction du jardin. Constance s'interrogeait : que faisait son amie ici ? Et comment avait-elle fait pour ne pas se rendre compte de l'existence de ce jardin ? Elle n'avait certes pas encore visité tout le manoir, mais, au cœur de l'hiver, comment manquer une étendue de perce-neige et de roses ?

Elle descendit à toute allure. L'air glacial lui brûla la gorge et elle réalisa qu'elle était sortie sans se couvrir. Elle suivit la lucrote, qui avait pris les devants, à un rythme plus facile à suivre. La créature slalomait entre les buissons argentés de givre, passa sous une arche de pierres et se figea. L'air embaumait la rose, mais il n'y avait plus personne. Constance chercha de tous côtés, en vain. Elle regarda autour d'elle et inspira à pleins poumons. Elle distingua plusieurs parfums de roses plus ou moins forts, avec une pointe de citron. S'approchant doucement, elle repéra quelques pétales égarés sur le sol sans neige ni verglas. Quelqu'un les avait fait tomber : les fleurs n'étaient pas fanées et il n'y avait pas la moindre brise. Elle s'avança pour en saisir un, d'un rose foncé, et le porta à son nez. Il sentait encore bon. Machinalement, elle le glissa dans sa poche et se releva pour contempler la multitude de fleurs qui grimpaient sur des cerceaux, poussaient en buissons épais, s'écroulaient par brassées près de statues anciennes.

Par endroit, du lierre se mêlait au feuillage des rosiers, apportant un lustre foncé à cette débauche de couleur. À l'abri du feuillage des roses, les petits perce-neige offraient un beau contraste avec les pétales colorés, semblables à des étoiles éclatantes cherchant à éclairer le sol.

Émerveillée par toutes ces fleurs, Constance se pencha sur chaque partie de celles qui se présentaient à elle : le velours des roses rouges, l'éclat des jaunes, le flamboiement des roses, la pureté des blanches, l'étrangeté des rayées. Elle était, à n'en pas douter, dans un palais de roses. Il y avait comme de la magie dans l'air et elle trouva cet endroit extrêmement apaisant. Il invitait à l'insouciance. La lucrote, quant à elle, jouait au sol avec les quelques pétales chus, essayant de les soulever de ses pattes spectrales sans y parvenir. Constance la contempla, fascinée : il semblait que la créature et elle étaient éprises de la même beauté. Au milieu de toutes ces fleurs, elle ne semblait plus aussi effrayante. La sorcière oublia ce qu'elle avait vu et se joignit au jeu, baignant volontiers dans cette bulle printanière inattendue, attrapant les pétales au creux de ses mains pour les laisser voltiger devant l'animal.

Blottie au creux de cet écrin végétal, Constance crut d'abord que son esprit lui jouait des tours lorsqu'elle entendit le bourdonnement d'une conversation, mais la réaction de la lucrote la convainquit du contraire. L'animal avait en effet relevé la truffe et retroussait férocement les babines. La magie s'étiola aussitôt. Quittant à regret le jardin, la sorcière contourna le manoir par la gauche, de façon à revenir vers l'allée centrale. Sans surprise, celle-ci était remplie de neige, figurant un grand écart climatique extrême avec le jardin arrière. Un éclat de voix la fit bondir derrière un des grands vases remplis de buis saupoudrés de poudreuse. Ce faisant, elle manqua de faire choir une grande pelle qu'elle rattrapa de justesse. Elle fit signe à la lucrote de s'allonger. L'animal obéit. Son corps se mariait étonnamment avec le blanc du décor, malgré ses contours bleu électrique. La jeune femme se cala contre une paire de gants gigantesque et un sécateur redoutable que quelqu'un avait manifestement oublié près du vase.

— C'est une visite de courtoisie dont je me passerais bien, mais tu dois toujours faire attention aux apparences Sidonie ! C'est capital pour une maîtresse des Potions. Allons, redresse-toi, on dirait une chiffe molle !

Constance ignora le frisson de déplaisir qui remonta le long de sa colonne vertébrale et se pencha un peu. Elle n'avait pas rêvé, c'était bien Sidonie. Cette dernière était pâle à faire peur. Lorsqu'elle obtempéra à l'ordre de la maîtresse des Potions, Constance replongea derrière son buisson.

— Et je t'interdis de perdre encore ton temps avec cette gourgandine qui lui sert d'apprentie, c'est bien clair ? Tacitus Dreoch jouit à tort de certains privilèges à l'Académie. Tant qu'il est dans les bonnes grâces, nous veillons à ne pas nous le mettre à dos, rien de plus. De toute façon, cela fait des années qu'il n'a pas réussi à former qui que ce soit et je suis prête à parier que cette année encore, nous aurons droit à une magnifique représentation d'incompétence de la part de cette fille.

— Constance est débrouillarde et…

— Alors, tâche de t'inspirer de ça, et, si tu n'as pas le choix, veille à ce qu'elle nous soit utile.

— U… utile ? bredouilla Sidonie, troublée.

— Par exemple en lui soutirant des informations sur son maître, ou sur ce qu'ils comptent présenter lors de l'examen de fin d'année.

Mérédith Valda se baissa, veillant à ce que son impeccable chevelure tienne en place. De sa main gantée de satin rose, elle saisit une touffe de fleurs et l'arracha du sol d'un geste vif.

— Traite-la comme j'ai traité ces fleurs : approche ta main en douceur, et détruis-la d'un coup sec et sans appel. Ce n'est plus ton amie, mais ta concurrente directe !

— *Gourgandine !*

Constance, que les propos de Sidonie et de Mérédith avaient tour à tour ravie et horrifiée, se jeta sur la lucrote, qui sortait la langue d'un air espiègle, pour la faire taire. La maîtresse des Potions laissa aussitôt tomber les fleurs au sol, projetant quelques petites mottes de terre et de neige autour d'elle en cherchant d'où venait cette voix si semblable à la sienne, lorsque le bruit d'une porte que l'on ouvre l'interrompit.

— Puis-je savoir, Mérédith, ce que me vaut ta visite, et la dévastation de mon jardin ?

La voix coupante de Dreoch était encore plus dure que d'habitude. Constance songea qu'il pouvait couper quelqu'un en deux, avec une telle intonation, et elle aurait souhaité que cela soit le cas. Constance se déplaça légèrement et surprit le regard d'onyx du maître des Potions directement sur elle. Elle ignorait comment la chose était possible, mais il semblait avoir deviné exactement l'endroit où elle se trouvait, ainsi que sa complice.

— Comme chaque année, mon cher, je suis venue t'apporter un présent pour Noël ! répondit Mérédith Valda en s'approchant de lui au point d'envahir son espace vital. Un peu en avance, mais sommes-nous vraiment à quelques jours près ?

— Et comme chaque année, je te répète que cela n'est pas nécessaire, je n'échange de présent avec aucun maître des Potions.

— Certes, mais je ne peux pas passer à côté, ne serait-ce… qu'en souvenir du bon vieux temps.

Le sourire ravageur qui étira les lèvres pulpeuses de la maîtresse des Potions révulsa Constance. Elle crut qu'elle allait littéralement lui bondir dessus lorsqu'elle la vit poser ses mains manucurées sur le col de la robe de sorcier de Tacitus. Ce dernier écarta vivement Mérédith avant qu'elle n'ait pu dire « ouf », comme si un insolent insecte venait de se poser sur lui. Malheureusement, ce geste eut pour conséquence de mettre Constance dans la ligne de mire de la maîtresse des Potions. Le sécateur en main, Constance se redressa, faisant mine de s'être servi de l'outil, même s'il devait peser aussi lourd qu'elle, tout en faisant signe à son familier de ne pas bouger.

— Tiens, tiens, qu'avons-nous là ? susurra Mérédith.

— Constance Féar, madame. L'assistante de maître Dreoch.

— Ah, la fameuse, bien sûr. Mais je ne te félicite pas Tacitus, laisser des corvées de jardinage à ton apprentie. Quel que soit son niveau, tu te dois de l'éduquer ! À commencer par ce « madame », je suis à peine plus vieille qu'elle, après tout…

Dreoch grimaça, mais Constance le devança pour répondre :

— Il ne s'agit pas d'un travail pour mon «éducation». J'aide simplement à l'entretien du lieu où j'habite, c'est normal.

Elle se retint à grand-peine de signaler à la maîtresse des Potions qu'elle ne devait franchement pas s'occuper beaucoup d'herbologie et de botanique pour imaginer qu'on pouvait aisément jardiner avec un instrument de cette taille. Mais la moquerie aurait éventé l'excuse de Constance, aussi garda-t-elle le silence.

— Oh, j'imagine donc que pour avoir autant de temps libre tu sais déjà quelle potion tu vas présenter en fin d'année, n'est-ce pas ?

Le regard que lui lança la maîtresse des Potions lui évoqua une sorte de serpent cherchant à gober sa proie et mit la jeune femme mal à l'aise à plus d'un titre. Elle n'osait pas risquer un coup d'œil vers Dreoch, aussi choisit-elle de rester fidèle à elle-même.

— Non, pas encore je…

— Comment ? rit Méredith de façon théâtrale. Sidonie le sait depuis un moment déjà, mais je suppose que la… nature… ne nous gâte pas tous de la même manière !

— En effet, répondit Constance avec un grand sourire qui coupa net le rire de la maîtresse des Potions.

Il était impossible que Constance n'ait pas saisi l'insulte, elle avait néanmoins choisi de considérer qu'elle ne s'appliquait pas à elle. Devant la tête de sa collègue, Tacitus sentit ses lèvres s'étirer en un mince sourire qu'il musela tant bien que mal et s'interposa entre Constance et elle. Il ne laisserait pas cette vipère abîmer Constance, comme elle l'avait fait avec lui. Il toisa la maîtresse des Potions de toute sa hauteur et désigna l'allée de graviers d'une main, tandis qu'il posait l'autre sur l'épaule de son apprentie.

— Tu connais le chemin du retour, je présume.

— Quelle froideur ! répliqua-t-elle en lui déposant un paquet entouré de rubans noirs dans la main qu'il avait pointée vers l'allée. Tu ferais bien de te souvenir que tu parles au Premier maître des Potions de ton ordre, cela pourrait te jouer de vilains tours.

Le visage de maîtresse Valda s'était fermé et elle recula avec un sourire mauvais, mais Tacitus refusa de baisser les yeux. La maîtresse des Potions saisit le bras de Sidonie, qui était restée muette durant tout l'échange, et l'entraîna derrière elle. Sidonie jeta un regard désolé à Constance, traînant des pieds pour lui adresser un geste d'excuse, qui lui serra le cœur. Son amie était manifestement dans la détresse, tiraillée entre sa loyauté envers elle et ce que tentait de lui inculquer Mérédith Valda. Elle comprenait mieux la brièveté de ses messages. Manifestement, la maîtresse des Potions dissuadait, ou empêchait peut-être carrément, Sidonie de la voir. Juste avant de disparaître, Mérédith Valda se figea, plissant les yeux. Constance fit volte-face, cherchant ce qu'elle observait ainsi et son sang se glaça : la lucrote était visible depuis l'aire de téléportation. Elle pria pour que la maîtresse des Potions croie avoir rêvé. Dreoch lui jeta un coup d'œil interrogatif, mais Constance secoua la tête. Inutile de mettre la charrue avant les bœufs. Dreoch s'écarta d'elle et reprit le chemin du manoir. Arrivé en haut des marches, il fit volte-face, semblant l'attendre, mais Constance secoua la tête pour lui indiquer qu'elle préférait rester dehors. Il n'insista pas et la laissa à ses réflexions. L'instant suivant, la porte d'entrée claquait avec fracas, faisant rebondir le lourd heurtoir de bronze qui l'ornait. Sans hésiter, la jeune femme se dirigea vers les fleurs abandonnées dans l'allée de graviers. C'étaient des perce-neige, exactement comme dans le jardin extérieur. Dépitée, Constance chercha un instrument autre que son sécateur pour les replanter, lorsque l'énorme pelle de tout à l'heure apparut dans son champ de vision. La sorcière en suivit le manche et tomba sur la gouvernante, dont la peau avait pris une étrange teinte verdâtre.

— Non, mais vous avez vu ce culot ? Celle-là, un jour, j'espère que quelqu'un lui fera manger les pissenlits par la racine !

— Calme-toi Dada, répondit une voix de baryton juste au moment où le sol se mit à trembler sous les pieds de Constance.

Elle observa l’énorme créature à la peau d’un vert tendre, pourtant extrêmement épaisse, se placer à côté d’Amanda Springerle.

Chacun de ses pas ressemblait à un minuscule tremblement de terre et Constance se retint de justesse au buis le plus proche, pour ne pas vaciller.

— Puis-je vous aider ? demanda Constance.

— Hum ? Oh je ne vous avais pas vue, z’êtes encore plus petite que maître Dreoch. C’est normal ça, Dada ?

— Bien sûr, nigaud, tous les humains ne font pas la même taille, répondit la gouvernante en reposant son instrument. Mademoiselle Féar, voici Aster. C’est un troll.

— Enchantée, Aster, répondit la sorcière en lui tendant la main.

Constance se souvenait avoir eu un professeur troll à l’Institut. Il avait disparu du jour au lendemain et elle était bien trop jeune pour s’en préoccuper, alors. Celui-ci semblait plus grand que le premier qu’elle avait fréquenté, mais tout aussi doux. Aster la regarda sous tous les angles avant de la saisir dans sa grande pogne avec le plus de délicatesse possible. Pour ce faire, il se baissa légèrement et Constance remarqua avec plaisir que ce qu’elle avait pris pour une longue chevelure verte était en fait un ensemble de feuilles de bougainvillée. Quelques fleurs violettes persistaient çà et là. Elle se retrouva juste contre l’arête du nez du troll, qui l’observait de ses grands yeux humides. Ce qu’il vit dut lui plaire, car il sourit et la reposa délicatement par terre. Il jeta ensuite un coup d’œil navré vers la kobold et les pauvres fleurs déracinées.

— Cette femme arrache des plantes chaque fois qu’elle vient, fit-il observer, et j’répare ses bêtises derrière.

— C’est vous qui êtes le jardinier, alors ? s’émerveilla Constance.

— Les trolls y z’ont le pouvoir d’la terre mam’zelle, répondit Aster comme si cela tombait sous le sens.

— Tu pourras bien faire tout ce que tu veux, rétorqua la gouvernante d’un ton acerbe, elle a zigouillé ces pauvres fleurs et perturbé toute l’harmonie du jardin que maître Dreoch s’échine à faire pousser.

— J'ai peut-être de quoi vous aider ! déclara alors Constance en se relevant vivement.

Elle rendit son outil au troll. Puis, d'un signe, elle ordonna à la lucrote de ne toujours pas bouger, attirant de ce fait l'attention des deux domestiques dessus. Ils se raidirent immédiatement, mais la sorcière n'y prêta pas attention. Elle était trop heureuse que l'animal lui obéisse deux fois de suite. Elle ne se faisait cependant aucune illusion : la lucrote avait décidé de rester immobile, car cela lui convenait. Elle ne perdait pas une miette du spectacle dans lequel elle avait poussé Constance. Cette dernière courut jusqu'au laboratoire et se rua sur l'étagère murale où étaient stockées les potions. Parcourant les étiquettes, elle en saisit un flacon en forme de ballon contenant un liquide blanc à bulles ambrées. Lorsqu'elle revint au petit trot, ni Aster ni Amanda n'avaient bougé d'un pouce, ils semblaient pétrifiés sur place et avaient perdus toutes leurs couleurs, contrairement à la lucrote dont la voix mécanique imitait à la fois celle de Constance, de Dreoch et de Mérédith dans une cacophonie assourdissante.

— Ah ! ça suffit, tu vas nous rendre sourds ! s'exclama la jeune femme.

La lucrote se roula au sol, exposant son ventre avec un petit rire sournois.

— Excusez-la, je crois qu'elle aime bien jouer des tours aux gens…, bafouilla Constance.

— Mamz'elle cette chose c'est…, commença le troll.

— Mon familier, ne vous inquiétez pas. C'est en tout cas ce que ne cesse de me répéter maître Dreoch.

Les deux domestiques échangèrent un drôle de regard et reculèrent d'un pas prudent tandis que Constance s'approchait de l'emplacement où s'étaient trouvées les fleurs. Amanda Springerle glissa ses mains dans l'une des nombreuses poches de son tablier en tremblant.

L'animal vrilla alors sur elle son regard azur et la domestique fut certaine que cette créature de malheur pouvait voir à travers elle.

— Aster, intervint la sorcière, si vous voulez bien les remettre en place, j'ai une potion d'engrais qui devrait les aider à repartir.

Le troll observa tour à tour Constance, la lucrote et la gouvernante avant de reprendre contenance. Il s'exécuta sans quitter l'animal des yeux plus d'une seconde, posant sa grande main sur le trou. Celui-ci devint net et propre à ce simple contact.

À l'aide de la pelle, la gouvernante ramena rapidement la terre sur les racines des fleurs et s'écarta vivement. Elle marchait à reculons, le manche de sa pelle devant elle comme un bouclier. Toute à sa tâche, Constance n'en vit rien. Elle versa quelques gouttes de potion au pied des fleurs abîmées et aussitôt, elles se redressèrent tandis que leurs feuilles récupéraient leur beau lustre verdâtre.

— Ah ben ça, j'y aurais jamais pensé ! s'exclama la kobold.

— C'est aussi à ça que servent les Potions, répondit la jeune femme avec un clin d'œil.

Dans un gros reniflement, Aster se moucha avec le dos de sa main tandis qu'Amanda Springerle vint lui tapoter l'échine.

— Voilà, voilà, elles vont bien, tes fleurs.

— Oui, merci mam'zelle, renifla-t-il encore un peu.

— Ce fut un plaisir Aster. Ce jardin est magnifique, vous avez raison, il ne faudrait pas que de mauvais esprits le désagrègent !

Le troll hocha la tête et tordit ses gros doigts en regardant la lucrote. Les fleurs sur sa tête semblèrent s'ouvrir un peu et il se redressa soudain. La lucrote recula, visiblement impressionnée, mais essayant de ne pas le montrer. En quelques pas retentissants, le troll en avait profité pour atteindre le jardin arrière dans lequel s'était promenée Constance. D'un geste, il cueillit plusieurs roses qu'il tendit à la sorcière.

— Pour vous !

— Oh, merci Aster, elles sont magnifiques, je vais les savourer !

Aster sembla rosir de plaisir tandis que Constance les saluait pour mettre les fleurs à l'abri. Elle rentra au manoir avec une seule pensée en tête : Mérédith Valda se trompait. Elle n'était pas une démonstration de l'incompétence, pas plus que Dreoch n'était un imbécile qui allait se faire ridiculiser. Et elle allait le lui prouver. La lucrote la suivit comme son ombre, non sans adresser une dernière fois la parole aux domestiques qui sursautèrent violemment lorsque la voix éraillée et déformée du troll retentit par mimétisme :

— *Nigaud !*

Chapitre 7
Les sensitifs

Les jours qui suivirent, Constance veilla à raser les murs avec son familier, bien consciente du malaise qu'il entraînait chez les habitants du manoir. Elle-même ne se sentait pas au mieux de sa forme. Elle avait informé Clara de la visite de Sidonie, et son amie en avait été attristée. Elles lui avaient toutes deux écrit pour l'assurer de leur soutien, et lui avaient proposé de l'aide. Les messages étaient restés lettre morte. Qui plus est, la lucrote la suivait à la trace, se tapissant dans l'ombre dès qu'elle le pouvait et toujours prête à bondir sur qui avait l'audace de passer devant elle. Elle n'attaquait jamais vraiment, mais la perspective de se retrouver nez à nez avec une sorte de créature fantomatique de la taille d'un ours avait de quoi perturber. Le seul qui ne se laissait jamais surprendre était Dreoch. Après avoir poussé un certain nombre de cris elle-même, sous le ricanement de la lucrote, Constance en vint à essayer de mimer son mentor et de contenir sa surprise. Avec plus ou moins de succès…

Elle venait de manquer la demande de Dreoch en essayant d'ailleurs de ne pas laisser tout son corps se hérisser à l'approche de la lucrote dans son dos.

— Mademoiselle Féar !

— Pardon, je suis un peu déconcentrée, aujourd'hui, répondit-elle en se tournant vers le lieu où deux yeux azuréens resplendissaient.

Le maître des Potions soupira et referma son grimoire.

— Je vais la faire sortir, maugréa-t-il. Vous, contentez-vous de réaliser cette potion contre la migraine. J'ai promis à l'apothicaire du quartier marchand de lui en faire livrer des litres ! Et je ne serais pas contre un supplément…

La jeune femme opina et se remit au travail. Elle égraina un brin de lavande au-dessus du chaudron avant de se saisir d'un bouquet de mélisse qu'elle passa au mortier et au pilon. Le bruit attira l'attention de Dreoch.

— Qu'avez-vous encore inventé ?

— Je broie la mélisse…

— Et il est écrit qu'il faut en extraire le jus.

La jeune femme ajouta de l'eau dans le mortier et filtra le tout au-dessus du chaudron. Un jus vert pâle y tomba, laissant dans l'écumoire une bouillie peu ragoûtante.

— C'est fait. Quelle méthode utilisez-vous pour ça, sinon ?

Dreoch cligna des yeux, toujours un peu surpris par l'inventivité de son assistante. Il se saisit de sa baguette qu'il fit courir rapidement le long des rainures d'une feuille avant de la passer dans un ballon à distillerie. Il régla plusieurs robinets, et une goutte de la même couleur vint s'écraser dans une petite coupelle.

— Je vois. À quoi servent tous ces robinets au juste ? demanda-t-elle en fixant l'appareil.

— À faire circuler l'air et les liquides. Cela permet un certain nombre de réactions chimiques contrôlées, ou enchantées.

La sorcière opina, et passa sur la machine pour extraire le reste du jus comme il le fallait. Tandis qu'elle peaufinait sa potion en surveillant bien les étapes pour éviter une nouvelle catastrophe, elle entendit Dreoch siffler. Elle leva le nez et vit deux énormes pattes bleues s'enfoncer dans la porte en bois du laboratoire. Un claquement de langue désapprobateur les fit à nouveau disparaître.

— Comment faites-vous pour savoir où elle est systématiquement ? fit la sorcière.

— Je suis simplement attentif, mademoiselle Féar.

— Non, ça semble plus… naturel que ça pour vous. C'est comme si vous deviniez où elle va apparaître, c'est pour ça que vous n'êtes jamais surpris par elle.

Le maître des Potions se referma un instant puis posa le matériel qu'il tenait à la main.

— Je suis un sensitif.

Constance le regarda sans comprendre, un moment. Elle avait déjà vu ce mot quelque part. Une page de manuscrit lui revint soudain en tête et elle poussa une petite exclamation.

— C'est pour ça que vous en savez si long sur les familiers ! On parle bien de ça, n'est-ce pas ? De la capacité d'un sorcier à repérer les animaux capables de se lier à la magie ?

— En effet. Cette capacité a tendance à mettre les gens mal à l'aise, je ne l'évoque donc que peu. Mais compte tenu des circonstances…

— Est-ce si rare que ça ? lui demanda-t-elle confuse.

— Non, en réalité un certain nombre de sorciers en sont capables, tandis que d'autres pas du tout. Mais demander à un sorcier s'il est sensitif, ou si l'animal près de lui est bien un familier est considéré comme le comble de l'impolitesse.

Constance ouvrit de grands yeux, pensant avec horreur à sa conversation avec Angélique Latour. Fort heureusement, la couturière ne semblait pas lui avoir tenu rigueur de son intérêt pour son hermine.

— Pourquoi ça ? C'est une question… plutôt innocente, non ?

— À première vue, en effet, mais il existe une vieille théorie selon laquelle les sorciers sensitifs seraient en fait sensibles aux auras magiques et de ce fait manipuleraient mieux leurs pouvoirs.

— Autrement dit, ce serait une façon de se dire plus doué que son voisin…

— Ou moins doué, répliqua Tacitus en la regardant d'un air entendu.

— Une insulte déguisée, autrement dit…

Le sorcier approuva d'un hochement ferme de la tête.

— Et le fait que n'importe quel animal qui nous entoure puisse être ou non un familier ne doit pas arranger les choses…

— Certains sorciers répugnent à admettre qu'un animal dont ils ont peur ou honte est leur familier. Parfois, il s'agit simplement d'un complexe quant à la puissance de la créature.

— Quelqu'un m'a dit qu'un familier était là pour nous aider, peu importe sa puissance, non ?

— Chose aisée à dire lorsque l'on est suivi par une lucrote, mademoiselle Féar. Le pouvoir du sorcier grandit en même temps que son familier, et inversement.

À ces mots, la lucrote réapparut dans le laboratoire, son corps semblant coupé par le bois. Constance secoua son index.

— Non, si c'est pour nous déranger ou nous faire sursauter, c'est hors de question !

La lucrote la fixa sans ciller, mais la sorcière ne broncha pas, y compris lorsque l'animal ouvrit grand la gueule pour pousser un cri trop humain pour son physique. Devant son échec, la lucrote éternua, secoua la tête et disparut.

— On dirait qu'elle a compris que vous ne lui céderez plus rien, fit remarquer Dreoch avec un air entendu.

— Jusqu'au prochain détour dans un couloir…, commenta amèrement Constance.

Le maître des Potions eut un petit air songeur avant de rejoindre son apprentie et se placer derrière elle.

— Vous permettez ? dit-il en regardant sa main.

— Heu… oui, bien sûr.

Il saisit alors sa main et fit courir son index à l'intérieur sa paume. D'abord gênée, Constance se mit à s'agiter, la sensation la chatouillait. La robe de Dreoch flottait contre sa jambe et ce contact lui sembla d'une intimité fulgurante. Elle déglutit péniblement.

— Votre main fait partie des zones sensibles d'un sorcier. C'est là que se concentre, notamment, une grande partie de l'énergie magique. C'est pour cela que nous utilisons une baguette pour projeter cette énergie. Si vous vous concentrez, vous devriez pouvoir sentir ce qu'il se passe autour de vous.

— Simplement en tenant ma baguette ?

— Simplement en tenant votre baguette, confirma Dreoch.

— J'essayerai…

La jeune femme se tourna vers son mentor pour le remercier et réalisa que leurs mains se touchaient encore. Ils s'écartèrent l'un de l'autre avec une certaine gêne, qui fit bredouiller la sorcière.

— Avez-vous heu…

— Un familier ? termina Dreoch en reprenant le souffle, qui lui avait manqué un instant.

— Oui. Sans vouloir vous offenser ! s'alarma soudain la sorcière en agitant les mains devant elle.

Il camoufla son expression goguenarde devant l'air soudainement affolé qu'elle prenait, mais ne put empêcher un coin de sa bouche de se relever un peu.

— Non, mademoiselle Féar, je n'en ai pas. Ce qui est heureux, quand on pense au temps que cela me prend de vous gérer déjà vous !

— Sous-entendez-vous que je ressemble à un familier ? fit-elle en ouvrant de grands yeux.

— Une mascotte serait plus adaptée, compte tenu de votre taille ! dit-il en la contournant pour retourner à son travail.

Constance poussa un petit cri indigné avant d'aviser la pile de manuels près de son plan de travail. Tacitus fit de son mieux pour ne pas la regarder, elle était follement amusante, ainsi. Le rouge qui avait envahi ses joues lui donnait envie de l'effleurer, ce qui augmenterait certainement ces nuances cramoisies. Une petite moue pincée apparut sur les lèvres de la sorcière tandis qu'elle se remettait au travail sans protester davantage. Apparemment, il avait remporté cette partie. Cela attisa évidemment la curiosité du maître des Potions, qui la surveilla du coin de l'œil pendant un moment. Comme à l'accoutumée, Dreoch termina les préparations en formulant les incantations requises. Lorsque la liste des potions du jour fut achevée, Constance entreprit de ranger le laboratoire, satisfaite de voir que la lucrote n'était pas réapparue.

— Est-ce que ce type de potions ferait l'affaire pour la cérémonie annuelle de première année d'assistanat ?

— J'ai bien peur que non. La plupart des potions utilitaires que les assistants sont chargés de préparer les premiers mois ne sont qu'un galop d'essai. Engrais, engelure, rhume, fortifiant, tout ça, c'est bon pour l'armoire à pharmacie ou le jardin, mais certainement pas pour mettre en avant vos compétences.

— Vous savez que je rate toutes celles que vous venez d'énumérer, signala-t-elle en ronchonnant.

— Comme toujours, vous défiez la logique, mademoiselle Féar.

— Alors, votre potion de soin ? fit la sorcière en haussant les épaules pour ignorer la remarque de Dreoch. Elle doit être plus compliquée que toutes celles que vous avez citées réunies, je présume ?

— C'est une possibilité. Nous avons encore le temps d'y songer.

— Mais…, reprit Constance.

— Vous ne devriez pas écouter les bruits de couloirs, la sermonna le maître des Potions, en faisant le lien entre la question de la jeune femme et la venue récente de Mérédith Valda. Quand bien même votre amie aurait déjà prévu sa potion, vous pouvez être certaine que la recette lui a été imposée par son mentor et qu'elle est incapable de la réaliser, à l'heure actuelle !

Ils n'avaient pas reparlé de cet incident, chacun jugeant la scène trop inconfortable. Constance ne savait plus ce qu'elle devait penser de Sidonie ni de son mentor, après ce qu'avait sous-entendu la maîtresse des Potions. « Le bon vieux temps » avait-elle dit. Cela permettait d'envisager un paquet de choses… et aucune ne plaisait à Constance. À chaque fois qu'elle y songeait, il lui prenait une furieuse envie de tirer sur la chevelure de Mérédith Valda et de la traîner jusqu'à la zone de téléportation. Le simple souvenir de ses doigts sur le col de Tacitus la rendait chèvre.

La jeune femme opina donc et termina sa tâche dans le calme. Satisfaite, elle défit la queue de cheval qu'elle faisait souvent pour éviter qu'un malheur n'arrive pendant les préparations et s'apprêta à sortir, lorsque la voix de Dreoch l'arrêta :

— Vous oubliez les manuels de potions, mademoiselle Féar.

— Oh oui, c'est vrai ! Mais bon je pense que je vais vous les laisser. Vous comprenez, ils vont sur l'étagère au-dessus des instruments. Alors à moins d'être un grand échalas comme vous, jamais une mascotte ne pourrait les y placer !

Tacitus la laissa filer, reconnaissant que, pour une fois, tel était pris qui croyait prendre. Fort heureusement pour lui, Constance n'entendit pas le très bref éclat de rire qui lui échappa tandis qu'elle-même poussait un cri retentissant dans le couloir. Apparemment, la technique de la baguette n'avait pas fonctionné !

***

Cela fit moins rire Constance, qui passa les jours suivants à s'exercer. Devant son manque désespérant de progrès, elle entraîna la lucrote à l'extérieur, tentant d'apaiser par la présence des fleurs son caractère si particulier. Ce fut en revenant d'une de ces séances que Constance aperçut une scène étrange : sur le seuil du manoir, un homme discutait de façon très animée avec son mentor. De là où elle se trouvait, Constance ne pouvait voir le visage de Dreoch, mais tout dans sa posture et ses grands gestes témoignait de sa fureur. Elle crut apercevoir une tache violette sur la robe grise de l'homme et un frisson la parcourut. Cependant, lorsqu'il se tourna pour partir, elle ne vit rien de tel. Son malaise s'accentua néanmoins, tandis que le visiteur remontait l'allée de graviers. Cet homme lui disait quelque chose, sans qu'elle parvienne à mettre le doigt dessus. Il ne faisait pas plus d'une quarantaine d'années, tant il semblait en forme et incisif. Ses cheveux coupés courts lui donnaient un air militaire, accentué par ses traits marqués. Son regard clair balaya l'espace avec circonspection. Il respirait l'expérience et la confiance. Il rejoignit un groupe d'hommes et de femme dans la zone de téléportation, au petit trot. Prise d'une impulsion soudaine, Constance ne bougea pas, veillant à garder la lucrote bien derrière elle. Elle attendit plusieurs minutes après leur départ pour regagner la demeure.

Lorsqu'elle y pénétra, il lui parut évident que quelque chose clochait : Amanda Springerle avait un teint de cendre. Elle s'échinait à redresser quelques tableaux. La scène était étrange ; tous les objets étaient à leur place et pourtant, Constance était persuadée qu'ils avaient été déplacés : les fleurs du vase étaient habituellement de l'autre côté ; la hallebarde de l'armure était dans sa main droite et non plus gauche. Et ainsi de suite.

Constance se figea dès qu'elle croisa le regard de Tacitus.

— Est-ce que tout va bien ? fit-elle nerveusement.

Le sorcier darda sur elle un regard étrange.

— Rien n'est moins sûr, grinça Tacitus.

— Est-ce qu'il y a un problème ? poursuivit Constance.

Dreoch fronça le nez, comme s'il avait senti quelque chose de particulièrement nauséabond et grogna une vague réponse, inintelligible avant de tourner les talons. La sorcière regarda la gouvernante, stupéfaite, mais cette dernière se contenta de soupirer.

— Ai-je fait quelque chose de mal ?

— Non petit oiseau, ce n'est pas vous…

Elle planta Constance dans le hall sur ces entrefaites, ce qui la surprit plus encore. La sorcière mit plusieurs jours à comprendre que ce qui animait le maître des Potions n'avait rien à voir avec la colère, mais tout avec la rancœur.

Chapitre 8
LE CADEAU

Quelques rayons de soleil vinrent chatouiller le visage de Constance, ce matin-là. Fronçant son petit nez, elle finit par se retourner pour s'enfouir sous son oreiller en se recroquevillant. Une secousse fit bouger ses jambes et elle risqua un œil dehors. La vue lui arracha un frémissement : la lucrote était assise sur le lit, et la regardait d'un drôle d'air. L'édredon bleu orné d'étoiles, visibles à travers le corps de l'animal lui allait parfaitement au teint, c'était comme si on avait projeté directement un motif sur le corps fantomatique de la créature. La sorcière avança une main vers le museau de la lucrote qui baissa ses longues oreilles en guise d'avertissement. Constance laissa retomber sa main et se leva, fit un brin de toilette et s'habilla pour la journée. Elle prit cinq minutes de plus que nécessaire pour s'observer dans son miroir.

Lorsqu'elle sortit de la salle de bains, la jeune femme avisa la lucrote, qui s'était cachée sous le tissu. Seul un bout de patte dépassait encore. Elle souleva l'édredon d'un geste théâtral.

— Vue ! Si tu essayais de me faire peur, c'est raté, ma grande !

— *Raté !* répondit l'animal en imitant la voix de Constance avec un froncement du museau comme si elle pestait contre elle-même, en s'éloignant de tout contact possible.

— À ce propos, il va bien falloir que l'on te trouve un nom… À moins que tu n'en aies déjà un ?

La lucrote ne répondit pas, se contentant de battre l'air avec sa queue, mais la façon dont elle fixait Constance était suffisamment claire pour que la sorcière comprenne ce que l'animal pensait de son intelligence.

— Oui, bien sûr, tu ne peux pas le dire si je ne l'ai pas déjà prononcé… Bon, laisse-moi jusqu'à ce soir, je te trouverai quelque chose.

L'animal bondit du lit et poussa une sorte de glapissement, entre aboiement et hurlement de loup, en gonflant sa crinière. Le bruit hérissa tous les cheveux de Constance, mais, comme la lucrote semblait satisfaite, elle ne dit rien. Après avoir fait un détour par la cuisine, pour se saisir d'une grande tasse de thé, durant lequel la lucrote dévora une carcasse de volaille qui traînait en guise de petit déjeuner, la jeune femme prit naturellement la direction du laboratoire.

Une fois n'était pas coutume, elle arriva la première et prit donc le temps de s'installer tranquillement, buvant sa boisson chaude qu'elle compléta d'un coup de baguette, par quelques chocolats. Le sucre fondit sur sa langue en petites explosions qui la ragaillardirent tandis que son familier inspectait les moindres recoins. Quelque chose l'attira sous l'interstice de la portée d'entrée et elle s'accroupit devant, comme un chat prêt à bondir sur une souris.

Lorsque Tacitus ouvrit la porte avec une certaine vigueur, il eut donc la désagréable surprise de manquer de marcher sur la lucrote, qui ricanait et de trouver son apprentie une tasse à la main, recouverte du sucre rose des chocolats qu'elle venait de manger. Déjà de fort méchante humeur, il sentit ses nerfs sensibles s'irriter davantage. Il contourna au mieux la lucrote, répugnant à la toucher ou à essayer de passer au travers. Il avait volontairement caché à Constance la venue du BREAK, suite au signalement de la présence d'une créature dangereuse sur ces terres. Il n'avait aucun doute quant à la personne qui avait signalé cette présence : Mérédith Valda n'était plus à un mauvais tour près.

S'il avait réussi, jusque-là, à contenir ses sautes d'humeur, il se sentait au bout de sa patience. Qui plus est, il n'avait pas trouvé d'informations utiles sur la lucrote, autres que les ragots habituels, et la réponse de Domovoï ne le satisfaisait pas. Savoir ce spectre de plus en plus proche de Constance mettait ses nerfs à rude épreuve. D'un grincement de dents, il se saisit du balai et le colla dans les mains de Constance. D'abord surprise, la jeune femme se mit à balayer le sol pour ramasser les quelques miettes de sucre pétillant qu'elle avait malencontreusement fait tomber. Elle aurait bien protesté, pour la forme, mais le regard courroucé de Dreoch l'en dissuada.

— Vous serez assez aimable pour en faire profiter tout le laboratoire, ajouta Tacitus en désignant l'ensemble de la pièce de l'index.

La jeune femme se rembrunit, mais s'exécuta. Elle pouvait prendre cinq minutes pour nettoyer leur espace de travail, bien qu'elle le trouve déjà impeccable. Elle ignorait ce qui chagrinait son mentor depuis plusieurs jours, mais lorsqu'il était ainsi, elle avait appris qu'il valait mieux se taire et laisser passer l'orage. La journée promettait cependant d'être longue… Tandis qu'elle se déplaçait avec le plus de soin possible, et après avoir fait signe à la lucrote de ne pas bouger, Constance remarqua que le maître des Potions venait de poser un grimoire qu'elle ne connaissait pas sur le trépied. Curieuse, elle l'observa saisir plusieurs fioles colorées, un triton séché, du crin de licorne et une feuille de belladone. Il commença à plier doucement la feuille pour en extraire le suc dans un petit bécher, qu'il remua en l'observant à la lumière. Lorsqu'il déposa la feuille sur la table, elle ressemblait à un minuscule puzzle. Il fit glisser le suc de la plante dans un petit chaudron, sous lequel il alluma une faible flamme, et y ajouta une poignée de crin qu'il saupoudra. Une fumée rouge s'éleva du chaudron, juste avant qu'il n'ajoute un pichet d'eau dans lequel avait été glissée une large pierre noire. Constance reconnut un morceau de charbon, réputé pour filtrer les impuretés.

Elle s'appuya sur son manche à balai et sourit. Les manuels qu'elle avait lus n'utilisaient que de la sauge pour purifier les chaudrons. En un éclair elle se souvint alors de la phrase qu'avait prononcée Dreoch en l'acceptant comme apprentie :

« Sachez que pour ne pas avoir purifié votre chaudron vous avez été jugée par les autres maîtres comme une incapable. Ce n'est pas mon cas. »

Sur le coup elle n'avait pas compris ce qu'il voulait dire, à présent elle pouvait voir les choses sous un nouvel angle : maître Dreoch aussi s'arrangeait parfois des techniques conventionnelles. Une fois de plus, elle fut fascinée par ses gestes précis et délicats : il ne semblait jamais bouger inutilement tandis qu'elle se sentait condamnée à courir de plan de travail en plan de travail, à essayer d'éviter de faire déborder son chaudron. Machinalement, elle vint se placer à côté de lui, le balai toujours entre les mains, et se pencha sur le récipient.

— Si vous avez besoin de vous occuper, mademoiselle Féar, dit Dreoch en faisant claquer sa langue d'agacement, il y a du courrier pour vous, près de la cheminée…

— Pour moi ? répéta la jeune femme en délaissant son instrument.

Elle se dirigea vers l'âtre et remarqua qu'un petit poulet vert pâle orné de sapins se dandinait et piaillait d'impatience. Après avoir jeté un regard perplexe à l'origami, elle l'attrapa et le déplia. Il s'agissait d'un message de maître Azarov adressé à Dreoch.

— Il y a une erreur il…

— Lisez, vous dis-je ! répondit le sorcier sans même se retourner.

Constance parcourut le poulet et s'assit sur l'accoudoir du fauteuil le plus proche. Dreoch avait tenu parole et demandé conseil à son vieil ami, à propos de l'incident lors de la méditation ainsi que de la lucrote. Le vieux sorcier se montrait aussi enthousiaste que perdu concernant la méditation, puis brutalement mutique à propose du familier. En somme, il n'avait aucune réponse, mais savait où en trouver. Il leur promettait seulement de revenir vers eux, et leur demandait de faire preuve de prudence. Constance soupira et replia le message.

— Je suppose que c'est un début. Que veut-il dire par de la prudence ?

Tacitus délaissa un instant sa mixture, cherchant les bons mots.

— Il fait référence à la lucrote. C'est un animal qui n'est… disons, pas de très bon augure.

— Je vois…, répondit la jeune femme d'une voix blanche.

Chez les sorciers, il y avait peu de choses de mauvais augure. La guerre magique en avait été une. Les malédictions étaient toujours d'actualité. Tout comme certaines vieilles prophéties. Lorsqu'un mage employait ce terme, ce n'était jamais à la légère. Que la lucrote représente en soi un danger n'étonnait guère Constance. Mais entre s'en douter et se l'entendre dire, il y avait un monde.

— Je sais que cette réponse est décevante, mais nous manquons de trop d'éléments, à l'heure actuelle, fit remarquer Tacitus.

Constance se releva pour déposer le poulet là où elle l'avait pris et revint près de lui.

— Hum… répondit-elle simplement, songeuse.

Tacitus achevait sa potion en plongeant le triton séché dans le liquide, qui avait, à présent, une étrange couleur gris acier, tout en marmonnant l'incantation adéquate.

— On dirait du vif-argent. À quoi cela sert-il ? demanda Constance pour changer de sujet et chasser la boule d'angoisse qui commençait à se former dans son estomac.

— Si je donnais du mercure à notre pauvre Aster, soyez certaine que ni lui ni ses fleurs n'y résisteraient. Il s'agit d'une potion apaisante.

— Je n'en ai jamais entendu parler, qui a écrit ce grimoire ? poursuivit Constance en se penchant pour lire la tranche du livre.

— Moi-même, dit-il après un bref silence.

Constance se redressa brusquement, se cognant au plan de travail en plein milieu de la hanche. Elle grimaça et posa ses mains sur l'endroit douloureux pour le masser sous le regard surpris du maître des Potions. Près de la porte, la lucrote se mit à rire férocement et la sorcière fit tout ce qu'elle pouvait pour ne pas prendre ses jambes à son cou, face à ce bruit sinistre.

— Me pensiez-vous incapable d'écrire, mademoiselle Féar, ou n'imaginiez-vous tout simplement pas que je puisse inventer quelque chose ? dit Tacitus en serrant lui aussi les dents pour ignorer l'animal.

— Ce n'est pas ça, mais je suis certaine de n'avoir jamais vu ce grimoire nulle part ! Pourquoi n'est-il pas publié ?

— Certaine vous dites ? ironisa-t-il. Je ne me fierais pas au jugement d'une apprentie de dix ans ma cadette, qui n'a encore vu du monde de la magie que ce que l'Institut a bien voulu l'autoriser à voir.

— Maître Dreoch, lui rétorqua Constance en plissant les yeux de méfiance, en tournant rapidement les pages dudit grimoire. J'ai consulté tous les grimoires de l'Institut, ainsi que tous ceux de votre bibliothèque, ainsi que la liste des ventes chez l'apothicaire et à l'Académie. Vous semblez oublier que j'ai une excellente mémoire…

Il y avait un nombre faramineux de potions inédites, et la sorcière se répéta en boucle leurs intitulés, fascinée. Tacitus ne trouva rien à y redire. Son apprentie avait raison, mais cela aussi entrait dans le champ des sujets qu'il ne souhaitait pas aborder. Il dut pourtant se rendre à l'évidence, lorsqu'elle poussa un certain nombre d'exclamations au fil des pages : elle n'en démordrait pas. Il tâcha donc de la distraire :

— C'est là-dedans que j'ai inscrit la recette modifiée de la potion arc-en-ciel que vous avez réalisée. Celle-là même qui m'a servi à faire fleurir le jardin arrière que vous avez récemment visité, il me semble !

— C'est vous qui avez fait pousser toutes ces roses ? souffla Constance, stupéfaite, sans relever l'insinuation. C'était magnifique, je n'avais jamais vu un jardin pareil !

— Aster m'aide à l'entretien général du domaine. Comme vous pouvez vous en douter, je n'ai pas autant de temps que je le souhaiterais pour jardiner.

— J'espère que vous ne serez pas fâché, il m'a composé un bouquet avec certaines de ces roses, il y a peu…, avoua la sorcière en se demandant si la mauvaise humeur du maître des Potions n'était pas aussi due à ce geste.

— Je le sais, répondit-il en déplaçant quelques flacons pour se donner une contenance. La Potion arc-en-ciel que j'utilise multiplie le parfum des fleurs, cela a embaumé tous les couloirs jusqu'à votre chambre.

Constance se tordait les mains, gênée. Tacitus l'avait remarqué et ne put s'empêcher d'ajouter :

— Ces fleurs sont là pour que les habitants du manoir en profitent, Aster est donc tout à fait libre de vous en offrir s'il le souhaite. Du moment que vous ne déplumez pas les arbustes, je n'ai rien à y redire !

Elle sourit gentiment et glissa une main dans ses longs cheveux roux. Elle hésitait à poser la question qui lui brûlait les lèvres. Son regard revint au grimoire et elle fronça les sourcils. Tacitus devina le moment précis où elle allait se jeter à l'eau, tout comme il savait pertinemment que la question ne lui plairait pas. Peut-être n'était-il pas aussi doué qu'il le pensait pour orienter le fil d'une conversation.

— Pourquoi n'êtes-vous pas le Premier maître des Potions de l'Académie ?

Un tic nerveux fit tressauter le coin de ses lèvres. Pas doué du tout même : son apprentie avait trouvé le moyen de mettre les pieds dans le plat sur un sujet qu'il abhorrait encore davantage que le grimoire.

— C'est une question très personnelle, mademoiselle Féar…

— Laissez-moi reformuler alors : cette femme, l'autre jour, elle a dit qu'elle avait du talent et je n'en doute pas. Mais… regardez-vous.

D'un geste elle engloba la pièce et ses occupants avant de poursuivre dans une diatribe passionnée :

— Vous avez plus que du talent. Les choses que vous avez inventées, ce grimoire… qu'est-ce qui fait que vous n'êtes pas plus reconnu ? Je ne comprends pas. Est-ce parce que vos méthodes ne sont parfois plus… académiques ? Vous êtes un bon maître des Potions.

— La reconnaissance de l'Académie semble représenter beaucoup pour vous, pour moi elle importe peu.

— *Les apparences ! C'est capital pour une maîtresse des Potions*, répéta d'un coup la lucrote avec la voix déformée de Mérédith Valda.

Constance sursauta et fit tomber un bocal rempli de champignons. Elle se baissa pour ramasser les débris et se coupa au moment où Dreoch protestait :

— Non !

Il pesta pour montrer son mécontentement lorsque quelques gouttes de sang apparurent sur les doigts de son apprentie et les comprima dans un pan de sa robe. La peau de Constance la lançait douloureusement, elle s'était coupée assez vivement, apparemment. La lucrote s'était aussitôt levée, mais Tacitus leva un bras impérieux vers elle en lui ordonnant de rester à distance. L'animal se renfrogna, grogna en montrant ses crocs gigantesques, mais il ne céda pas. Lorsqu'il reporta son attention sur Constance, il réalisa qu'il tenait toujours sa main dans sa robe.

— Ça va aller, couina la sorcière, ce n'est qu'une petite coupure.

— Ne bougez pas, lui souffla le maître des Potions en se relevant doucement pour prendre un flacon de potion rose.

Elle reconnut la potion cicatrisante et lui fit un petit sourire. Elle en but une petite gorgée et sentit les coupures se refermer. Tacitus saisit ses mains et les inspecta sans doute plus longtemps qu'il n'aurait fallu, faisant glisser les siens sur la pulpe de ses doigts. La jeune femme sentit son souffle se bloquer face à cette caresse et faillit perdre toute contenance quand elle posa instinctivement son regard sur la bouche de Dreoch. Il rompit le contact et releva Constance avant de taper brusquement du pied devant l'animal, qui recula et se rassit devant la porte, non sans faire sursauter la sorcière.

— Elle est attirée par le sang ? demanda Constance pour penser à autre chose.

— Oui… C'est du moins ce que dit la rumeur et je ne me risquerai pas à attendre pour la confirmer ou l'infirmer.

— La rumeur ?

— Nous en parlerons plus tard, si vous voulez bien…, répondit-il en plongeant son regard d'ébène dans le sien.

Constance acquiesça, troublée par sa proximité. Elle fit bouger ses doigts et les glissa dans ses poches. Elle avait l'impression que toute sa main fourmillait. Elle sentit alors quelque chose de doux au fond du tissu et se rappela soudain le pétale.

— À propos de ce grimoire, reprit-elle.

— Il n'y a rien à dire de plus, mademoiselle Féar.

Tacitus lui tourna le dos pour nettoyer les débris et ranger les derniers ingrédients. L'instant était tout aussi brisé. Il était touché de la confiance qu'elle lui portait, ce qu'il voyait comme une raison de plus de ne pas lui expliquer les tenants et les aboutissants de sa condition au sein de l'Académie des sorciers.

— C'est injuste, déclara Constance, le faisant regarder par-dessus son épaule.

— Bienvenue dans la vraie vie ma chère !

Le visage de Constance se ferma aussitôt, et quelque chose de sombre passa dans son regard. Sentant un changement d'atmosphère, la lucrote rejoignit sa maîtresse et s'enroula autour d'elle. Constance, d'abord interdite, approcha doucement sa main pour lui caresser le crâne. Cette fois, l'animal la laissa faire, mais se raidit. Constance l'entraîna avec elle à l'opposé du laboratoire sans un mot pour Tacitus. Elle resta cloîtrée dans un silence glacial, tout le reste de la journée, ne répondant que par monosyllabe lorsqu'il le fallait absolument. Elle réussit avec brio une potion d'anti-brûlure et une infusion de sommeil, qui manqua de les faire tomber directement dans les bras de Morphée rien qu'avec son parfum.

Tacitus ne cessait de la surveiller, et ne manqua pas de la complimenter, mais elle ne s'en aperçut même pas. Elle était trop plongée dans ses pensées : sans le savoir, Dreoch venait de toucher une corde sensible. Elle était jeune lors de la disparition de ses parents, mais se souvenait avoir crié ces mêmes mots à quelqu'un pour n'obtenir aucune réponse satisfaisante. La vie était injuste, le facteur chance était en fait indispensable pour arriver à tirer son épingle du jeu.

D'abord mélancolique, elle ressassait l'opinion de maître Azarov sur les Potions et sur Dreoch, ainsi que sur la solitude qui entourait son maître. Il semblait l'accepter et cela la mettait finalement en colère. Elle ne souhaitait pas qu'il soit sous les feux des projecteurs, simplement qu'on rende à César ce qui appartenait à César.

Le fil de ses pensées la dirigea tout naturellement vers Mérédith Valda et elle faillit renverser la moitié de son chaudron, rien qu'au souvenir des mots qu'elle avait osé adresser à Sidonie. Cette femme empêchait son amie de la contacter, la poussait à la trahir. Il était évident que rien ne comptait, à part sa petite personne. «Les apparences», avait-elle dit… Avisant le balai qui traînait toujours, Constance s'en empara pour le ranger dans le placard et fut stupéfaite d'y découvrir le cadeau que la maîtresse des Potions avait offert à Dreoch. Tacitus surgit à ce moment-là dans son dos.

— Je ne range que les choses inutiles ici, vous devriez déposer ce balai dans le placard d'à côté.

Constance le dévisagea sans mot dire, et finit par s'exécuter. Elle se rendit compte que la journée avait filé dans ce semblant de calme. Une fois les instruments rangés, et le laboratoire propre comme un sou neuf, elle s'inclina vers lui et lui demanda l'autorisation de partir. Chose qu'elle ne faisait jamais, habituellement.

— Si vous n'avez plus besoin de moi, je souhaiterais aller me reposer, à présent.

— Faites donc, la libéra-t-il.

Au moment où elle ouvrit la porte, Tacitus ne put s'empêcher de l'appeler.

— Mademoiselle Féar ?

— Oui ?

— Je vous remercie.

Constance, qui n'avait pas vraiment osé le regarder en face, depuis qu'elle avait atteint le seuil, se retourna enfin vers lui.

— De quoi, au juste ?

Le sorcier se contenta de sourire sans lui répondre. C'était un sourire étrange, à la fois doux et triste. Le visage de Dreoch en parut illuminé et, lorsque son regard d'onyx accrocha celui de Constance, elle sentit une espèce de secousse lui nouer le ventre et remonter jusqu'à sa gorge. Son cœur s'accéléra. Un picotement gagna ses yeux, et la jeune femme quitta le laboratoire, détalant dans les couloirs avant de se mettre à pleurer. Oui, la situation de Dreoch était vraiment injuste et cela la bouleversait plus qu'elle n'aurait su le dire.

Ce soir-là, elle ne descendit manger que tard, afin de l'éviter. Elle trouva une marmite remplie de pot-au-feu qu'elle mit à réchauffer. Dans la cuisine, le feu crépitait gaiement. Abandonné sur le tas de bois, Constance trouva un livre de recettes tout écorné. Certainement celui d'Amanda Springerle. Elle le referma et le posa sur la table propre. Elle en profita pour préparer une coupelle dans laquelle elle émietta un peu de viande. Voilà des jours qu'elle espérait ainsi apercevoir le chat gris, mais sans succès. Elle était certaine que la lucrote n'avait pas mis la patte dessus, mais le chat semblait être quitte d'une belle frayeur. Constance aurait dû être soulagée de ne plus le voir traîner près du manoir, mais ce n'était pas le cas. Une part d'elle était inquiète pour l'animal. La gouvernante lui avait affirmé que les gamelles que la sorcière laissait étaient régulièrement retrouvées vides et qu'il n'y avait que le félin pour leur faire ainsi un sort. Cela avait un peu réconforté la jeune femme, mais elle aurait aimé le voir de ses propres yeux.

Penchée sur sa marmite, elle revit soudain la silhouette de Dreoch au-dessus de son chaudron de potion apaisante. Une idée lui vint et elle se mit à palper sa robe de sorcière. Dans le fond de sa poche droite, elle y retrouva le pétale de rose qu'elle avait ramassé dans le jardin quelques jours plus tôt. Il était impeccable. Emportant son assiette, et un rab de viande pour la lucrote, elle retourna dans le laboratoire, après s'être assurée qu'il n'était pas occupé. Elle savait exactement quoi offrir à Dreoch, désormais.

— *Pourquoi ?* résonna la voix de la lucrote tandis qu'elle penchait sans cesse sa grosse tête de gauche à droite.

— Je veux réaliser quelque chose pour Dreoch, chuchota Constance.

Elle laissa ses doigts parcourir les étagères. Lorsqu'ils effleurèrent le grimoire de Dreoch, elle hésita. La tentation était grande de l'ouvrir et de le lire. Ne serait-ce que pour en découvrir un peu plus sur lui. Cependant, Constance retira ses doigts de l'ouvrage en inspirant lentement. À la place, elle tira vers elle un petit livre rouge. Celui qui contenait la recette dont elle avait besoin. Elle était assez basique et, fort heureusement, ne nécessitait aucune formule. Constance commença à préparer son matériel. Elle disposa en dernier le pétale de fleurs sur la table. D'un coup de baguette, elle le remplit d'eau gorgée de rayons de lune, puis émietta une fleur de lotus fraîche. Elle fit tourner l'eau dans le sens inverse des aiguilles d'une montre trois fois de suite et porta le mélange à ébullition. Pendant ce temps, elle râpa une mue de serpent. La recette disait de la tailler en fines particules, mais, une fois encore, la jeune sorcière ignorait comment faire. Sa méthode sembla être la bonne puisque la potion se mit à étinceler. Enfin, elle y déposa une petite plume d'un beau rouge orangé : une plume de phénix. La potion se mit à ondoyer et à se mouvoir à l'intérieur du chaudron, comme elle s'y attendait. Constance déposa alors le pétale de rose au cœur du récipient et il fut aussitôt englouti par la mixture, qui prit une consistance proche de la pâte à pain. Sans perdre de temps, Constance transporta le chaudron et versa la pâte qui s'était formée sur la plaque de marbre dont elle avait recouvert son plan de travail. De sa baguette, elle étira le mélange, le travaillant jusqu'à lui donner une forme rectangulaire de près de vingt centimètres.

Lorsqu'elle cessa ses mouvements de baguette, le rectangle cessa de se mouvoir et un marque-page reposait sur la table. La jeune femme s'en empara et l'examina sous toutes les coutures : le pétale de rose était disposé au centre, bien visible, surplombant des tiges épineuses qui semblaient avoir été tracées à l'encre de chine. Le contour du marque-page était orné d'arabesques en forme de serpent se mordant la queue : l'ouroboros de l'éternité.

Elle avait réussi à stabiliser son pétale. Elle tira de sa poche une pelote de cordelette magique en souriant : c'était l'un de ses anciens professeurs qui la lui avait offerte, à l'Institut Baba Yaga. Elle s'en servait régulièrement, puisqu'elle avait la particularité de toujours retrouver la page que l'on souhaitait, si on la glissait dans un livre. Constance en coupa un morceau et l'attacha au marque-page pour un faire un généreux pompon.

— Qu'en dis-tu, c'est joli ? l'interrogea la sorcière en montrant l'objet à la lucrote. Ça devrait lui être utile, et puis c'est un peu comme s'il avait toujours un bout de son jardin avec lui, non ?

— *Joli*, répéta la créature en venant renifler l'objet.

L'animal cligna plusieurs fois des yeux, comme s'il était peu habitué au concept. Satisfaite, Constance remonta dans sa chambre, rédigea un petit-mot et emballa son cadeau. Elle dîna froid, mais ne s'en aperçut même pas, tant elle avait hâte de déposer son présent sous le grand sapin que la gouvernante avait installé quelques jours auparavant au grand salon. Elle avait encore deux jours devant elle avant Noël, elle pouvait donc tout à fait le garder caché, mais elle prenait un malin plaisir à espérer que Dreoch remarque le paquet et s'interroge sur son contenu. Elle se blottit dans son lit avec un petit sourire moqueur : difficile d'imaginer Dreoch près d'un sapin de Noël, un bonnet ridicule sur la tête, en guise de chapeau de sorcier. Elle tapota la place près d'elle pour inviter la lucrote à ses côtés. L'animal poussa un soupir proche du ronflement et se roula en boule sur le tapis au pied du lit. C'était toujours un peu plus près que la veille.

— Comme tu veux… Je pense t'avoir trouvé un nom au fait : que dis-tu de Jester ? Ça veut dire farceur chez le petit Peuple d'après ce que j'ai lu.

— *Jester, oui, Jester*, répéta la lucrote plusieurs fois, comme pour essayer ce nouveau nom.

La sorcière sourit, remonta son édredon sur son menton, puis s'endormit.Le lendemain, Ce fut une série de bruits de clochettes qui l'éveillèrent. Sortant paresseusement le nez de son lit, Constance regarda autour d'elle, perplexe.

Elle se figea en remarquant que la lucrote s'était levée pour se tapir près de sa fenêtre. Plissant les yeux pour chasser les dernières bribes de sommeil, elle aperçut un éclat doré. Le bruit semblait provenir de là. Elle se leva, essayant d'ignorer le froid sous ses pieds et l'ouvrit. Un poulet dont le cou en papier était orné d'un minuscule grelot entra en trombe et se mit à voleter partout. Il faillit passer entre les pattes de la lucrote lorsque celle-ci bondit pour s'en saisir.

— Jester, non ! Tu sais qu'on ne touche pas aux poulets, décidément !

— *Non*, répéta la lucrote en faisant frémir ses moustaches.

Impossible de dire si elle répétait l'ordre de Constance ou lui disait d'aller se faire cuire un œuf… Constance attrapa l'origami au vol avant qu'un malheur n'arrive et le déplia, faisant cesser le petit bruit. Il venait de Clara : elle l'invitait à venir chez elle. Ou plutôt chez maître Azarov. Constance hésita. Ce soir aurait lieu le réveillon, était-il décent de s'absenter ? Une pensée la tirailla soudain : elle n'avait aucune famille, mais qu'en était-il de maître Dreoch ? Devait-elle s'attendre à voir débarquer un ensemble de sorciers grincheux ? Ils n'avaient jamais évoqué le sujet. Rien qu'en imaginant devoir l'interroger à ce propos, la sorcière se sentit mal. Elle griffonna rapidement une réponse à Clara, lui indiquant qu'elle serait là en fin de matinée. Elle lâcha le grelot entre les pattes de la lucrote, qui se mit à le secouer dans tous les sens avec bonheur.

Tout en se préparant, la jeune femme songea qu'elle allait sans doute pouvoir obtenir des réponses du maître des Enchantements. Juste avant de sortir de la pièce, elle enfourna les paquets de Clara et d'Azarov dans un grand sac en toile blanche orné d'un flocon. Autant le déposer sous leur sapin tout de suite. Son regard glissa sur celui de Sidonie et son cœur se serra un peu, mais elle décida de se secouer et de l'expédier, malgré tout. Avec moult explications et efforts, elle parvint à convaincre la lucrote de rester dans la chambre. L'animal la regarda partir, les yeux mi-clos, tapi dans l'ombre.

Son regard azur étincelait froidement, ce qui mit la jeune femme très mal à l'aise : on aurait dit un croquemitaine sous un lit. L'impression ne disparut pas avant qu'elle ne se trouve dans le grand salon, face au feu de cheminée. Refusant de penser au fait que la lucrote portait soi-disant malheur, et qu'elle avait tout d'un démon lorsqu'elle le souhaitait, Constance songea au bonheur de retrouver un être cher.

Lorsqu'elle descendit, personne n'était en vue. Elle chercha madame Springerle et Aster, mais fit chou blanc. Dreoch n'étant manifestement pas encore levé, elle laissa un message bien en vue sur la cuisinière :

« *Partie rejoindre mon amie Clara chez maître Azarov, reviendrai à temps pour Noël. Bonne journée, Constance* ».

C'était assez vague pour lui permettre de rentrer à peu près n'importe quand. Elle sortit aussitôt du manoir, emmitouflée des pieds à la tête et gagna la zone de téléportation au pas de course. Il faisait déjà froid, et elle ne voulait pas traîner, mais un picotement étrange la saisit. Se tournant vers le manoir, Constance aperçut la lucrote, assise à quelques centimètres d'elle. Elle fit un bon en arrière de frayeur. L'animal eut un sourire sardonique et approcha encore. Essayant de refouler la peur qu'elle lui inspirait, la sorcière se mit à râler.

— Jester, tu te rends compte de ce que je t'ai demandé tout à l'heure, n'est-ce pas ?

— *Oui !* répondit la créature.

— Et tu ne penses pas qu'être là, c'est contraire à ma consigne ?

La lucrote avança pour renifler le cercle magique.

— *Constance, familier. Problème !* souffla-t-elle en levant les yeux au ciel.

La sorcière pinça les lèvres, incapable de traduire vraiment le fond de la pensée de l'animal. Elle hésita néanmoins… Maître Azarov était au courant de la situation. Mais que dirait Clara ? Il n'y avait qu'un moyen de le savoir. Constance entra dans le cercle, suivie de la lucrote.

— Ceci est un cercle magique, qui permet de se téléporter. Nous allons chez mon amie Clara, chez qui tu devras te tenir de façon exemplaire, me suis-je bien fait comprendre ?

Jester bâilla de lassitude.

— Tu ne sentiras rien, mais il faut que je te tienne pour que nous atterrissions au même endroit. Tu es d'accord ?

La lucrote cligna plusieurs fois des yeux, l'échine hérissée. Elle finit par pousser un soupir bruyant avant d'incliner la tête pour laisser la main de Constance l'atteindre, pile sur la zébrure qui marquait son rôle de familier. C'était la seconde fois que Constance pouvait laisser courir ses doigts dans l'épaisse fourrure soyeuse et elle en profita. La sorcière répéta plusieurs fois l'adresse dans sa tête sans lâcher son familier. Lorsqu'elle rouvrit les yeux, Constance faisait face à une tour gigantesque. Elle était entière, et la lucrote aussi. Jetant un coup d'œil à Jester qui se soustrayait déjà à son contact, elle resserra autour d'elle sa grosse écharpe beige et s'avança. Plus elle avançait, plus elle aurait parié que cette tour venait directement d'un conte de fées. Elle distinguait, tout en haut, de larges créneaux dignes de châteaux forts. Les murs en pierre grise étaient ornés de dizaines de petites fenêtres rondes, aux multiples couleurs. Devant elle, une gigantesque porte en bois sculpté représentait des tournesols et était surmontée de deux gargouilles, qui se mirent en mouvement dès qu'elle tendit la main pour toquer.

— Qui va là ? demanda la première en faisant rouler ses yeux de pierre.

— On ne passe pas ! renchérit la seconde en pointant un doigt biscornu vers la sorcière.

— Je m'appelle Constance Féar, j'ai été invitée par Clara Avilar, l'apprentie de maître Azarov.

Les deux gargouilles se redressèrent et semblèrent se statufier à nouveau tandis que la porte coulissait sur ses gonds.

— Constance !

La voix de Clara retentit dans ce qui semblait être un grand hall au carrelage bigarré. Elle prit son amie dans les bras avant d'ouvrir des yeux ronds.

— Qu'est-ce que…

— Ah, voici donc la fameuse lucrote ! l'interrompit la voix du vieux mage.

Clara se détacha de son amie pour regarder l'animal avec méfiance. L'effet du carrelage était saisissant, à travers son pelage fantomatique.

— En effet, maître Azarov. J'espère que cela ne vous ennuie pas, je ne sais pas si une sorcière est censée se séparer de son familier…

— Oh ! C'est possible, mais assez difficile, au début ! Mais nous en parlerons plus tard, répondit le vieux mage avec un sourire qui lui sembla moins éclatant que d'habitude.

Sans doute l'effet de la robe de chambre qu'il portait sur sa tenue de sorcier.

— Je suis contente que tu aies pu venir ! fit Clara en entraînant son amie, non sans échanger un étrange regard avec le maître des Enchantements.

Maître Azarov se montra aussi diligent que de coutume et fit faire le tour du propriétaire à sa jeune invitée. Il veilla, dans chaque pièce, à précéder la jeune femme et ne détacha que peu son regard de la lucrote dès qu'ils atteignaient une fenêtre ou un passage étroit. Constance ne remarqua pas tout de suite le manège, mais cela devint de plus en plus évident à partir du troisième étage de la tour.

— Combien d'étages cette tour comporte-t-elle, au juste ? demanda-t-elle.

— Cinq, lança le sorcier en observant la jeune femme par-dessus ses lunettes, mais je vous épargnerai le dernier étage : il s'agit de mes appartements privés.

Le quatrième étage était occupé par un boudoir aux nombreux fauteuils confortables et accueillants, ainsi que par une grande table en bois de cerisier, dont le centre était entièrement vitré. Des papillons enchantés y batifolaient au milieu d'une jungle miniature. Constance se laissa tomber sur le premier siège avec plaisir et sentit le maître des lieux se détendre. La lucrote resta sur le pas de la porte.

— C'est un animal qui apprécie les seuils, on dirait…, murmura Constance sans réaliser que ses camarades du jour se tournaient aussi vers l'entrée.

— Oui, répondit Maître Azarov dans un toussotement, les lucrotes sont elles-mêmes entre deux lieux si l'on peut dire.

— Dois-je en conclure que vous avez plus de réponses à m'apporter ? s'enthousiasma Constance.

— Est-ce que c'est une sorte de revenant ? demanda Clara, incapable de détacher son regard de la créature.

— Pas tout à fait, mais comme je suis sûre que Tacitus souhaiterait être présent lorsque je vous exposerai mes conclusions, jeunes femmes, il vous faudra attendre encore un peu…

— Parlons d'autre chose, conclut Clara en saisissant une lourde théière en porcelaine bleue.

Le maître des Enchantements déplaça une série de plats chargés de biscuits et une flopée de verres de toutes les formes et couleurs.

— Vous semblez apprécier les choses colorées et extraordinaires, maître Azarov, observa Constance, amusée.

— Quel serait le plaisir de vivre dans un monde sans couleurs ma chère ?

— Vous devriez en parler à maître Dreoch, sorti du noir et du gris j'ai l'impression que rien n'existe !

Tout en plaisantant, la jeune femme se saisit de ce qui semblait être un gobelet d'étain frappé de feuilles de chêne.

— Il me semble qu'il portait un peu de bleu le jour où je l'ai croisé à l'Académie, dit Clara avec un petit sourire, après la signature de ton contrat.

Constance leva les yeux au ciel.

— C'était le symbole de son emblème et il était obligé de le porter, comme tous les mentors disponibles ce jour-là ! À ce propos, j'aurais une question, maître Azarov…

— Sur Tacitus ? s'étonna le vieux sorcier.

— Eh bien oui… je me demandais : a-t-il de la famille ? Le réveillon est ce soir, et… je me rends compte que nous n'avons absolument pas parlé de ce qu'il s'y passerait.

— Telle que je te connais, tu étais le nez plongé dans tes grimoires sans te rendre compte du temps qui passait ! ricana son amie.

Constance repensa à la scène de la veille et se mit à gigoter sur son siège. Maître Azarov observa un moment les deux jeunes femmes se chamailler avec une complicité touchante, avant de se décider à répondre. Son vieil ami ne lui en voudrait pas s'il se montrait minimaliste dans ses réponses. Intérieurement cependant, il regretta que le maître des Potions se montre encore si fermé vis-à-vis de son apprentie.

— Disons que s'il lui en reste, il n'a plus de contact avec eux. C'est la raison pour laquelle vous passerez tous les deux la soirée en notre compagnie.

— Pardon ? s'étonna Constance.

— Clara aurait-elle omis ce détail dans son poulet ? sourit le vieil homme.

— En effet, j'ai dû écrire trop vite…, avoua la petite brune sur un ton contrit.

— Je vais d'ailleurs le prévenir de votre arrivée Constance si vous permettez, renchérit Azarov.

Parce qu'il était déjà là ? Clara secoua la tête imperceptiblement, comme pour répondre à la question muette de Constance. Cette dernière soupira de soulagement et se rapprocha de son amie pour papoter plus aisément avec elle. Elles passèrent plusieurs heures blotties dans ce petit sanctuaire de friandises, de rires et de ragots qu'elles échangeaient avec délice. Aucune d'entre elles n'osa évoquer Sidonie. C'était un crève-cœur auquel elles n'étaient clairement pas préparées.

Chassant ces tristes pensées, Constance sentit rapidement ses zygomatiques la faire souffrir à force de rire et elle en fut ravie. Ses épaules se détendirent aussi et c'est avec un certain apaisement qu'elle accepta le défi de son amie d'engloutir un plateau entier de mignardises sucrées. Repues, les deux sorcières se laissèrent couler sur un tapis moelleux couleur moutarde, devant un joyeux feu de cheminée. À travers les fenêtres roses, bleues, orange ou violettes, on devinait les poignées de flocons de neige qui voltigeaient dans les airs.

La lucrote semblait s'être assoupie, non plus sur le seuil de la porte, mais sur une large causeuse jaune pâle, à gauche du tas de bois, près de la cheminée. Clara fit jouer sa baguette et une petite fumée bleue en jaillit. Elle s'enroula d'abord sur elle-même et se mit à grossir. Lentement elle s'étala comme une tache d'huile et se colla au plafond. Des points scintillants apparurent.

— C'est un sortilège de constellations, expliqua Clara, mais je ne le maîtrise pas tout à fait.

Son amie, à plat ventre sur le tapis, posa son menton dans sa main droite. Ses longs cheveux roux reposaient sur son épaule gauche, rendus encore plus rougeoyants par le jeu des flammes près d'elle.

— À quoi sert-il ?

— Correctement exécuté, de boussole. Mais je le trouve joli et ça me permet de m'entraîner. Et toi, sur quoi travailles-tu en ce moment ?

— Eh bien… on change régulièrement de potions, tu sais. Mais il faudrait que je m'entraîne sur les potions de niveau un : engrais, antivenin, pansements gastriques en tous genres.

— Mais… ce n'est pas ce que tu es censée faire depuis le début ? répondit Clara en fronçant les sourcils.

— Heu… disons que le programme a un peu changé depuis que j'en ai réussi une plus compliquée.

— Constance…, menaça gentiment son amie pour lui faire cracher le morceau.

La jeune femme se redressa et plongea son regard dans le feu.

— Disons que si j'ai fait beaucoup de progrès, il semble que ma façon de faire ne soit pas des plus… classiques ?

— Et ça convient à Dreoch ? s'en étonna Clara.

— On dirait bien. Mais il ne fera pas de miracle, je ne comprends pas pourquoi je suis incapable de réussir ces potions-là quand je parviens à en faire des plus compliquées. Ce n'est juste pas logique !

— Comme depuis toujours… En tout cas, on dirait que tu t'entends mieux avec lui, dit Clara avec un petit coup de coude, tu parles tout le temps de lui.

— Oui. Nous avons tous les deux fait des efforts. C'est beaucoup plus agréable de travailler ainsi.

— C'est seulement ça ? insinua gentiment la petite brunette.

— C'est mon colocataire et mentor ! répliqua Constance vivement.

Son amie fronça son petit nez et regarda plus attentivement Constance.

— Bien sûr, comme si ça pouvait empêcher qu'il se passe quoi que ce soit. Ce n'est pas comme s'il était beau et n'avait que… quoi ? Dix ans de plus que toi ?

— Douze. Et ça compte, répondit Constance.

— C'est pareil ! C'est une norme tout à fait acceptable dans un couple. Tu te souviens de Camille Guilleret ? Elle va se marier avec un maître des Illusions, combien crois-tu qu'ils aient d'écart ? Oh ! Et Judy Calvendish ? Elle sort avec un fabricant de balais magiques, même chose !

— Ça va, ça va j'ai compris où tu voulais en venir ! balbutia la sorcière.

— Vraiment ? Parce que permets-moi de te rappeler que nous sommes apprenties, pas aveugles ! En tout cas, moi, je ne le serai pas… Quoi qu'il en soit, ne te tracasse pas, je suis sûre que tu y arriveras. Tu t'en es toujours sortie à l'Institut !

— Il s'agissait d'apprendre les choses par cœur, rien de bien sorcier, répondit Constance avec un petit sourire en coin, qui laissa Clara bouche bée. Les Potions, c'est beaucoup plus subtil que ça !

— Je suis ravi de vous l'entendre dire, mademoiselle Féar, déclara la voix puissante du maître des Potions, qui venait d'entrer dans la pièce, suivi du maître des Enchantements.

Les deux jeunes femmes sursautèrent, et la lucrote se redressa d'un bond. Constance rougit furieusement, se demandant depuis combien de temps ils étaient là. Le maître des Potions sourit de son petit effet, sous le regard accusateur de maître Azarov.

— Est-ce une façon de s'annoncer Tacitus ?

— Chacun ménage son art, et mon apprentie a celui de disparaître, semble-t-il.

Le maître des Potions s'approcha du feu pour y déposer gants et écharpes, noirs, à sécher.

— Je vous avais laissé un message à la cuisine, répliqua Constance.

— L'un n'empêche pas l'autre !

— Vous ne m'aviez pas prévenue que nous serions ici ce soir, autrement je me serai organisée autrement.

— Vous ne me l'avez pas demandé, poursuivit Tacitus en croisant ses longues jambes pour se caler dans un fauteuil, sans la quitter des yeux.

— Si je l'avais fait, de toute façon, vous auriez probablement répondu par énigme pour me rendre chèvre ! grimaça Constance.

— Probablement !

Le maître des Potions se saisit d'un verre autant pour se désaltérer que pour cacher son amusement, chose qui n'avait pas échappé à Domovoï Azarov. Clara observait la joute verbale avec une stupeur mêlée de ravissement. Son amie n'était peut-être pas si aveugle que ça, finalement. Il y avait clairement de l'électricité dans l'air, dans le bon sens du terme.

Une sorte de cri mêlé à un ronronnement vint briser leur humeur badine : la lucrote s'étirait et se déplaçait à présent dans la pièce. Ses yeux glacials survolaient les sorciers à tour de rôle, comme pour les jauger. Elle vint finalement se positionner entre le feu et Constance, faisant aussitôt réagir le maître des Potions. Azarov en profita pour tendre la main à Constance, afin qu'elle se relève du tapis, et l'écarta du feu. Celle-ci le suivit, hébétée.

— Que se passe-t-il ?

Maître Azarov la lâcha doucement et lui fit signe de gagner un fauteuil près de la grande table où ils avaient goûté un peu plus tôt. Clara la suivit aussi.

— Je crois que nous ne pouvons plus différer cette conversation, commença calmement Azarov en se joignant à eux. J'ai obtenu un certain nombre de réponses, depuis le poulet que je vous ai envoyé. Clara et moi avons beaucoup cherché et j'espère que vous ne serez pas fâchée qu'elle s'en soit mêlée, Constance. J'y ai d'abord vu un moyen utile de parfaire ses connaissances, puis un moyen de vous protéger en chargeant l'une de vos amies de veiller sur vous.

— Veiller sur moi ? C'est donc pour ça que vous avez surveillé mes gestes et ceux de la lucrote depuis notre arrivée ?

— En effet. Cela n'a rien à voir avec vous, mais plutôt…

Le vieil homme observa le loup spectral, qui était toujours près du feu et qui semblait lui aussi écouter chaque mot sortant de sa bouche avec impatience. Sa queue touffue battait l'air et il se pourléchait les babines, avec un air sinistre.

— Cet animal, n'est pas de bon augure Constance. Je sais que Tacitus vous l'a dit… Ce qu'il ne vous a pas dit, car il l'ignorait, c'est qu'il existe fort peu de sorciers qui ont eu affaire à la lucrote. Aussi, ce que je vais vous dire tient beaucoup du conte de bonne femme et fort peu de faits avérés. Néanmoins, la rumeur est la seule ressource dont nous disposons. J'ai pu retrouver précisément la trace de trois sorciers ayant eu pour familier une lucrote. Ils n'ont rien en commun, si ce n'est… leur décès. Dans l'année qui a suivi leur compagnonnage avec une telle créature.

Un silence accueillit sa déclaration. Constance accusa le coup et tourna un regard voilé vers Tacitus. Celui-ci semblait soudainement très agité.

— Est-ce que… est-ce que vous êtes en train de dire que je vais mourir ? souffla la sorcière.

— Non ! s'écria Clara. Bien sûr que non !

— Chacun de ces trois sorciers a connu une mort différente. Ils n'ont pas vécu à la même époque, n'étaient pas de la même famille. Il est tout à fait possible que leur mort après une rencontre avec une lucrote soit le fruit du hasard. Comme vous le savez, c'est une créature spectrale, en d'autres termes qui est liée à la mort, et qui a une fâcheuse tendance à imiter les voix des gens. Les premières apparitions recensées de lucrotes ont été faites dans les cimetières. Nombreux sont ceux qu'elles ont trompés en imitant des voix de disparus, ou de personnes venues se recueillir. Cela a bien sûr contribué à leur mauvaise image. D'aucuns disent que tout ceci n'est que fumisterie, et que nous aurions beaucoup à apprendre de cet animal. Malgré son allure pour le moins terrifiante, je suis de cet avis, Constance.

— Mais vous appelez à la prudence, se rappela la sorcière.

— En effet, poursuivit le maître des Enchantements. La lucrote n'a jamais été l'auteur de la mort de ces sorciers. Mais elle était présente. Aussi, il ne vous faut courir aucun risque.

— Elle s'appelle Jester, dit Constance en se tournant vers l'animal.

Pour la première fois, depuis le début de la conversation, la lucrote bougea et se rapprocha un peu de Constance. Celle-ci sentit les poils de ses bras se hérisser de frayeur. Elle observa sous un jour nouveau la musculature, les crocs et griffes, l'aspect fantomatique de son familier. Était-elle là pour l'emmener dans l'au-delà ? Elle expira doucement pour arriver à maintenir le calme en elle. La lucrote remua un peu plus et plongea son regard d'azur dans celui noisette de sa propriétaire. Un doute plana un instant encore dans l'esprit de la sorcière, puis la peur reflua. Elle se leva et franchit les quelques pas qui la séparaient d'elle. Si elle avait dû mourir, cela aurait dû se produire avant, elle le savait. Si elle avait dû mourir, elle aurait été présente le jour où ses parents étaient passés de vie à trépas. Elle ne pouvait pas avoir eu autant de « chance » pour en arriver là. Quelque chose allait forcément de travers.

— Juste pour que tu le saches, je n'ai pas du tout envie de mourir. Et je préfère te faire confiance. Tu es venue à moi pour une raison que nous ignorons encore, mais je refuse de croire que ce soit pour ça. Alors, j'espère pour toi que tu n'as pas l'intention de me jouer un sale tour…

— *Confiance ?* répéta la lucrote avec sa voix éraillée, qui fit grincer des dents l'assemblée.

— Oui. Un familier et son maître sont des alliés, alors on va essayer de travailler ensemble, toi et moi, si tu veux bien ?

— *Confiance !* dit à nouveau la créature sur un ton presque enjoué, que son sourire plein de crocs démentait quelque peu.

— Peut-être qu'avec elle, vous trouverez un moyen d'accéder à votre emblème, car il s'agit de votre second problème Constance…

— Domovoï, intervint Tacitus d'une voix ferme, cela suffit peut-être, pour ce soir.

— Non allez-y, ça m'intéresse, le rassura Constance.

Le maître des Potions soupira, bien qu'il ne soit nullement surpris par la réponse de la jeune femme. Il se rencogna dans son fauteuil, l'air maussade.

— Eh bien je pense que le mur auquel vous vous êtes heurtée lors de votre méditation n'est pas anodin. Cela ressemble à un sortilège d'oubli. Particulièrement efficace et ancien. Ce qui doit signifier que la chose que l'on a voulu absolument vous faire oublier est importante, au point qu'on a pris le risque de lancer un sortilège à long terme sur vous. Peut-être cela a-t-il même un lien avec notre amie…

Azarov désigna la lucrote.

Cette fois, Constance se sentit vaseuse. Elle dut pâlir un peu, car Clara la rejoignit pour la raccompagner vers la table au moment même où Tacitus se levait. Clara lui glissa un nouveau gobelet dans les mains. L'instant d'après, elle faisait jaillir du thé de sa baguette. Constance la regarda faire, médusée.

— Sortilège de déplacement, expliqua la brunette, bois ça te fera du bien.

La jeune femme vida le gobelet d'un trait sans se sentir mieux pour autant. Elle passa son index sur les gravures végétales, un bref instant, avant d'oser dévisager les deux maîtres en face d'elle.

— Je sais pertinemment ce que l'on m'a fait oublier. Et je ne suis pas sûre qu'ôter ce mur de mon esprit soit une bonne chose.

— Que voulez-vous dire ? la questionna Tacitus en la fixant, comme si elle venait de prendre feu.

— La seule chose vraiment importante digne d'un tel sortilège est forcément l'incident magique qui m'a rendue orpheline.

— Tu m'as toujours dit que tu ne te souvenais pas de ce qui s'était passé, souffla Clara.

— Oui… et c'est vrai. D'ailleurs, j'ai longtemps cru que c'était dû au choc, ou à mon âge. J'avais un peu plus de dix ans lorsque cela s'est produit, mais… je ne vois pas bien ce qui pourrait attirer à moi un tel familier et produire ce genre de blocage, à part ça. Et peut-être que l'on m'a fait oublier pour une bonne raison !

À ces mots, Dreoch s'agita. Le maître des Enchantements lui glissa un regard entendu, comme s'ils pensaient à la même chose.

— Tu ne veux pas savoir ? poursuivit son amie, surprise, sans se rendre compte de l'émoi des deux hommes.

— Pourquoi ? Qu'est-ce que cela changerait ? répondit sincèrement la jeune femme. Ça ne les ramènera pas et je ne suis pas sûre de vouloir souffrir davantage.

— Dans ce cas, intervint Domovoï, laissez-moi un peu de temps pour voir s'il est possible de contourner ce genre de choses. Si je ne me trompe pas, les effets d'un tel sortilège sont complexes à prévoir. Il est présent en vous depuis si longtemps qu'il est tout à fait possible qu'il soit comme enraciné en vous. Peut-être cela sera-t-il même impossible de le retirer totalement sans vous impacter !

— Si nous ne pouvons ni le contourner ni le briser, il faudra alors percer ce mur pour vous permettre d'accéder à votre emblème, acheva Tacitus en cherchant son regard.

Ce qui serait sans doute dangereux, ils en avaient tous conscience. Constance ne flancha même pas à cette annonce, ce qui accrut la fierté de Tacitus. Et son envie de la protéger. Il se maudit instantanément d'une telle pensée et la musela tant bien que mal.

— Dans ce cas, nous le ferons, affirma Constance. Mais je préférerais chercher d'abord une autre solution.

— Nous avons le temps, de toute façon : l'emblème ne doit être invoqué qu'à la fin de votre apprentissage, déclara Tacitus en levant son verre en direction de son apprentie. Vous pouvez tout à fait en choisir un sans avoir communiqué avec lui. Cela pourra vous rendre l'invocation plus délicate en temps voulu, mais je suggère de nous confronter à un problème à la fois.

Constance lui sourit doucement, encore un peu perturbée par le fil de la conversation. La lucrote dormait à présent près d'elle, elle sentait ses ronflements faire trembler jusqu'aux pieds en bois de son fauteuil. Elle se concentra sur son pelage étrange un moment, faisant fi de la conversation qui se poursuivait entre les deux maîtres, parfois ponctuée de la voix de Clara. Non, clairement elle ne voulait pas se souvenir de la mort de sa famille. Mais si c'était le seul obstacle entre elle et le titre de maîtresse des Potions, elle ne laisserait pas de vieux souvenirs l'empêcher de vivre sa vie. Elle releva finalement la tête vers ses compagnons du jour et croisa les yeux d'onyx de Dreoch. Elle revint un peu à elle et se rasséréna. Elle ne lui ferait pas perdre son temps. Mieux, elle le rendrait fier, ce qui impliquait qu'au besoin, elle trouverait qui lui avait jeté ce sort et l'obligerait à les aider à le briser.

Un peu de légèreté revint lorsque Domovoï Azarov fit léviter les plats depuis la cuisine jusqu'à l'étage qu'ils occupaient. Œufs mimosas, toasts, salade, dinde aux pêches, fromages et bûche de Noël voguèrent jusqu'à eux, emplissant l'air de senteurs sucrées salées délicieuses. Jester réclama la carcasse qu'on lui céda volontiers. Clara se plut à raconter des anecdotes de leur scolarité à l'Institut tandis que le maître des Enchantements narrait quelques-unes de ses aventures au sein de l'Académie. Seuls Constance et Tacitus restaient silencieux, profitant du spectacle donné par leurs amis. Ils échangèrent un regard serein et complice, profitant de cet instant chaleureux, un brin magique.

Lorsque le repas fut englouti, les rires de leurs hôtes avaient eu raison des ruminations du maître des Potions et de son apprentie. Constance dégusta un chocolat chaud divin en se recroquevillant sur elle-même pour savourer la chaleur qui parcourait soudain son corps, tandis que Tacitus se servait un café d'un noir de jais. La sorcière se demanda comment il pouvait dormir en ingurgitant une telle mixture. Sa tasse à la main, Dreoch se dirigea vers la cheminée et se saisit de son écharpe. Sans un mot, il la déposa sur les épaules de Constance qui leva la tête vers lui. Ses mains s'attardèrent sur le col de sa robe et elle se retint de les saisir. Lorsqu'il les enleva, elle eut l'impression que son cœur vrombissait, tant il battait. Les phrases de Clara défilèrent dans sa tête et, bien qu'elle tenta de les chasser, elle se rendit à l'évidence : Myrddhin, que cet homme lui plaisait.

— Vous sembliez avoir froid, dit-il en se détournant pour regagner sa place.

— Oui, merci…, répondit-elle doucement, la bouche sèche.

Ni Clara ni Domovoï ne manquèrent le coup d'œil attendri qu'elle jeta au maître des Potions, mais ils se gardèrent bien de le montrer.

— C'est probablement la fatigue, déclara le vieux sorcier d'un air bienveillant.

— Il se fait tard en effet, fit observer Tacitus, sitôt notre boisson consommée je pense qu'il sera temps de rentrer chez nous.

« Chez nous » résonna un moment dans le cœur de Constance. Elle acquiesça, savoura encore un peu sa tasse et se redressa. Azarov et Clara les raccompagnèrent tout en bas de la tour. Le maître des Enchantements tapota le dos de Dreoch, comme pour l'assurer de son soutien. Dreoch sourit faiblement. On se remercia pour cette soirée et chacun des deux maîtres regagna ses pénates, satisfait de cette première période d'apprentissage qui venait de s'écouler, rassuré par leur amitié si solide et celle manifeste de leurs apprenties.

L'un comme l'autre savaient que Constance aurait besoin de bien plus, dans les mois à venir, que de simples connaissances en potions. La jeune femme somnolait complètement et c'est à peine si elle se rendit compte que Dreoch la guidait dans l'allée, sous le regard attentif d'Aster et d'Amanda ni qu'il la conduisait à sa chambre pour la mettre au lit avec le plus grand soin. Elle ne sentit pas non plus le chaste baiser qu'il déposa sur son front, après avoir repoussé sa chevelure de feu. Pas plus qu'elle ne vit la culpabilité se peindre sur le visage du maître des Potions, lorsqu'il mesura la portée de son geste.

— Dormez, souffla-t-il. Je veille sur vous…

Chapitre 9
LE BIBLIOTHÉCAIRE

Lorsque Constance se réveilla, le lendemain matin, elle se posa deux questions : comment elle avait bien pu arriver jusque dans son lit et qu'est-ce qui sentait aussi bon ? C'était, en effet, une riche odeur de beurre et d'épices qui l'avait tirée des bras de Morphée. À en juger par le battement de queue de la lucrote plantée devant la porte, elle n'était pas la seule à avoir l'eau à la bouche. Elle repoussa son édredon à la hâte et fila se préparer en courant. Lorsqu'elle sortit, la lucrote la précéda d'un bon pas et elles s'arrêtèrent toutes les deux dans le grand salon du manoir d'une manière parfaitement coordonnée. Un petit déjeuner gargantuesque avait été disposé sur la table. La jeune femme repéra le pain d'épice lustré, qui embaumait toute la maison et s'en servit deux jolies tranches, ainsi qu'à son familier qui les engloutit une fois que la sorcière les eut posées assez loin d'elle. Elle admira une tourte aux figues décorées de houx, une carafe de jus d'orange tarabiscotée et une coupelle remplie de bananes au chocolat sans savoir quoi choisir. Haussant les épaules, elle prit le parti de goûter à tout dans un petit rire, avant de tourner son attention vers le grand sapin où elle avait déposé son présent pour le maître des Potions, ainsi que des douceurs pour les domestiques.

Tout avait disparu, ce qui la satisfit et la contraria en même temps : elle aurait aimé voir la réaction de Dreoch.

À la place du cadeau qu'elle avait déposé, se trouvaient désormais plusieurs paquets de tailles et de formes différentes : le premier était assez volumineux, argenté et recouvert d'étoiles aveuglantes, le second était lisse et plat, sagement entouré de raphia. Près de ce dernier se trouvait un emballage rouge et rond, plutôt maladroit. Constance devina aisément qui avait emballé quoi. Avec plaisir, elle défit les emballages et rubans. Le premier paquet contenait à la fois une boîte de guimauves-nuages envoyées par Azarov ainsi qu'un petit carillon en pierres de lune de la part de Clara. Une note indiquait qu'il lui serait utile dans ses préparations : les pierres de lune changeaient de couleur en fonction des phases de la lune et donc lui indiqueraient les périodes les plus propices à certaines recettes. Constance sourit, elle reconnaissait bien là la finesse de son amie pour mêler décoration et objet pratique.

Le second présent venait de Sidonie : un élégant petit grimoire de poche pour y écrire ses propres recettes, supposa Constance, car aucun mot explicatif n'avait été glissé à l'intérieur. Elle reposa le grimoire en essayant de ne pas penser à Sidonie plus qu'il ne le fallait à l'heure actuelle.

La grosse boule rouge était un cadeau des domestiques, emballé par Aster en personne : une grosse boule de bois d'orme poli, à l'intérieur de laquelle avait été sculpté, avec une précision incroyable, le jardin à l'arrière du manoir. Constance admira les pétales sur lesquelles de minces gouttes dorées avaient été appliquées pour représenter la rosée. C'est alors qu'elle remarqua une boîte noire de taille moyenne, derrière les autres paquets déballés. Elle était simplement fermée par un ruban doré, sur lequel était accrochée une étiquette avec son prénom. Elle reconnut tout de suite l'écriture de Dreoch, même si la couleur de la boîte avait suffi à lui mettre la puce à l'oreille. La jeune femme se mordit l'intérieur de la joue, ravie de cette attention. Elle se rendit compte qu'elle avait vraiment espéré recevoir quelque chose de lui.

Avec un petit sourire d'impatience, la sorcière s'empara de la boîte et inspira. Et si c'était un objet purement pratique pour son apprentissage ? Elle en serait quelque peu déçue. Cette seule pensée lui tira un petit grognement. Elle était ridicule ! Bien sûr que ce serait pour son apprentissage. Qu'espérait-elle ? Qu'il ait pensé à elle autrement ? Elle ignora la petite voix qui opinait en elle. Nerveuse, elle retira le couvercle et déplia le papier de soie qui entourait quelque chose de souple. Aussitôt, elle fut assaillie par une délicate odeur de sucre. Ses doigts rencontrèrent une étoffe extrêmement douce, qui semblait s'écouler comme de l'eau sur sa peau. Elle était d'un beau vert jade. Lorsque Constance la souleva, elle se rendit compte qu'il s'agissait d'une longue écharpe, ornée de pampilles dorées, d'où s'échappait l'odeur si envoûtante et régressive de guimauve, de caramel et de réconfort. Elle porta l'écharpe à son nez et inspira profondément avant de la nouer autour de son cou. Celle-ci se mariait tout à fait avec ses beaux cheveux roux et sa robe de sorcière, exceptionnellement ornée de brin de gui sur les manches.

— Qu'en dis-tu ? dit-elle en se tournant vers la lucrote.

Celle-ci cligna plusieurs fois des yeux et huma l'air, un peu incertaine.

— *Joli*, répondit Jester en levant le nez des autres cadeaux qu'elle inspectait.

— Je trouve aussi, répondit la jeune femme en tournoyant sur elle-même.

Délaissant son petit déjeuner, elle remonta ses cadeaux avec précaution, glissant le grimoire dans une poche et les guimauves dans l'autre, tandis qu'elle conservait la boule en orme et le carillon dans ses mains. Elle déposa son fardeau sur son bureau. Constance prit ensuite le soin d'écrire rapidement un poulet de remerciement à chacune des personnes ayant pensé à elle, à l'exception de Dreoch. Lui, elle voulait le remercier de vive voix et partit donc en quête du maître des Potions au moment où ses origamis se déployaient.

Elle finit par le trouver dans le jardin, du côté ouest qui, elle s'en aperçut alors, permettait de contempler une partie de la roseraie à l'arrière du bâtiment, toujours magiquement épargnée par la neige qui recouvrait le reste du domaine. La lucrote s'y arrêta, les laissant tranquilles.

Le sorcier était de dos, en train de fixer le sol.

— Bonjour, et joyeux Noël, lui dit-elle gentiment pour signaler sa présence.

— Bonjour à vous aussi, mademoiselle Féar, répondit-il en se tournant vers elle aux trois quarts.

Son regard tomba aussitôt sur le cou de Constance et elle porta une main à l'écharpe en souriant.

— Merci beaucoup, je l'adore ! Elle est parfaite !

— Vous m'en voyez ravi.

À dire vrai, il ne semblait pas tellement se dérider, décidant la jeune femme à le taquiner un peu.

— Mais, je pense que nous aurons un problème si je la porte…

— Lequel ? demanda le maître des Potions en haussant un sourcil.

— Comment supporterez-vous son parfum, alors que vous abhorrez la moindre trace de sucre dans votre laboratoire ? À moins qu'il ne s'agisse d'un de vos stratagèmes pour m'exiler dehors !

Comme il ne répondait pas, la jeune femme regarda autour d'elle et désigna le jardin arrière.

— Quoique, si vous m'expédiiez là-bas, je ne pourrais pas me plaindre. C'est vraiment l'endroit le plus beau et paisible de tout le manoir !

Elle lui adressa un clin d'œil pour souligner ses dires et lui faire comprendre qu'elle n'avait pas oublié le rôle de la potion arc-en-ciel dans tout cela, mais il hocha simplement la tête, comme pour accréditer ses dires, sans entrer dans son jeu. Il franchit la distance qui les séparait en deux pas et saisit délicatement une pampille de l'étoffe. Quelque chose dans son regard semblait hésitant, douloureux. Presque hanté. Constance ne lui connaissait aucune occasion lors de laquelle il aurait dédaigné une petite joute verbale.

— Je dirai simplement pour ma défense qu'il est des choses contre lesquelles nous ne pouvons pas lutter, en définitive !

— Si vous voulez parler de mes manies qui vous horripilent, plaisanta-t-elle, un peu soulagée de le voir répondre, je songe à m'affranchir de certaines, en guise de bonne résolution pour l'année à venir.

— Voilà qui serait fort étonnant !

Un petit silence accueillit ces mots tandis que Dreoch la dévisageait intensément et la jeune femme ne put que réaliser à quel point ils étaient soudainement proches. Un pompon de l'écharpe était toujours dans la main de Dreoch. Elle plongea dans ses yeux d'onyx, sentant une tension naissante les envelopper. Elle admira son nez marqué, sa mâchoire carrée mangée par sa barbe de trois jours. Elle eut subitement envie de faire courir ses doigts dessus, jusqu'à suivre le contour de la cicatrice qui lui barrait le menton. Elle remarqua que ses pupilles étaient dilatées et, sans pouvoir se retenir, avança d'un pas vers lui. Elle leva la main vers lui, mais il la saisit doucement avant qu'elle ne puisse l'effleurer. Il la porta à ses lèvres. Son souffle la brûla plus encore que le contact de sa peau. Puis, sans prévenir, il la fit pivoter sur elle-même et déposa un baiser sur sa joue. Leurs positions étaient à présent inversées : il était dos au manoir et elle au jardin. Il lâcha aussitôt sa main, avec un petit sourire malicieux. Constance porta aussitôt sa main à son visage, le sentant virer au rouge cramoisi tandis que son cœur s'accélérait furieusement. Le souffle du sorcier balaya son épiderme et elle sentit son parfum boisé s'attarder près d'elle alors qu'il lui soufflait :

— Voilà ce qu'il en coûte de s'afficher avec du gui, mademoiselle Féar. Joyeux Noël.

Il rejoignit l'allée de graviers pour regagner le manoir tranquillement, sans même se retourner. La sorcière essaya de reprendre contenance et de chasser la musicalité de la voix puissante du maître des Potions, qui résonnait encore à ses oreilles. Elle s'échinait à ne pas la qualifier de sexy lorsqu'elle aperçut un petit tas de cendres à peu près à l'endroit où se tenait Dreoch à son arrivée.

Elle s'en approcha en constata qu'un feu avait été fait à cet endroit. C'était même sans doute une habitude, compte tenu des nombreuses traces de suie et du manque de végétation en ce lieu précis. Une légère bourrasque fit bouger un morceau de papier au milieu des cendres encore chaudes. Constance s'avança pour s'en saisir et eut un hoquet de surprise. C'était une étiquette prise dans quelques fils noirs sur laquelle elle pouvait encore clairement deviner un nom, tracé d'une plume qui lui était inconnue : «… part de Mérédith». Elle laissa s'envoler le papier en se tournant vers l'endroit où se tenait Dreoch quelques instants plus tôt : il avait mis le feu au cadeau de la maîtresse des Potions, elle en était absolument certaine.

La lucrote s'approcha alors et se mit à feuler avant de gratter furieusement le sol de ses pattes.

— Jester, stop ! s'écria Constance. Tu ne peux pas faire ça, on ne sait pas…

— *Horripile, problème !* répondit l'animal en s'ébrouant.

— Oui…, murmura-t-elle. Il y a quelque chose qui m'échappe dans toute cette histoire entre Dreoch et maîtresse Valda. Et je crois qu'il faut que j'en aie le cœur net…

Troublée, Constance se dirigea vers l'allée principale menant au manoir, la remonta et passa par la zone de téléportation ne laissant que quelques volutes de fumée vert pomme derrière son passage, au moment où la lucrote se collait à elle. Elle avait manifestement compris comment voyager et ne comptait pas s'en priver. Elles atterrirent toutes deux devant l'Académie des sorciers, absolument déserte. Constance traversa le hall sans y croiser âme qui vive, même le bureau flottant semblait quelque peu triste par ce manque de passage. Elle se dirigea directement vers lui»., franchit l'ouverture de pierres et se posta devant le bureau des bibliothécaires. Il n'y avait personne, mais cela ne l'empêchait pas de consulter les ouvrages sur place. Elle observa un instant le hall désert et son regard tomba sur le tableau qui avait fait grand bruit, des semaines plus tôt. La sorcière fronça les sourcils en reconnaissant l'homme qui était passé au manoir.

Un officier du BREAK. Une soudaine nausée la prit. La police de la magie était venue chez Dreoch. Mais pour quoi, au juste ? Pour lui ? Elle coula un regard vers la lucrote qui semblait s'être statufiée, elle aussi. N'était-ce pas plutôt pour elle qu'ils se seraient déplacés ? Constance songea confusément au regard mauvais que Mérédith Valda leur avait lancé depuis la zone de téléportation avant les fêtes. Elle n'aurait quand même pas… ?

— Archives des maîtres des Potions, demanda-t-elle d'une voix ferme à l'épais grimoire en cuir marron d'un autre âge, qui avait été laissé sur le bureau.

Le bottin frémit, se souleva de quelques centimètres et les pages se mirent à tourner toutes seules. Ce sortilège de recherche était une des premières inventions qui avait été mise au service de l'Académie. Il devait remonter à plus de huit-cent cinquante ans et fonctionnait encore. Qui que soit son inventeur, on ne pouvait que le féliciter. Les pages s'arrêtèrent de tourner et la sorcière put y lire les références des ouvrages qu'elle cherchait. Elle grinça des dents en constatant qu'il y avait plusieurs dizaines de pages remplies correspondant à sa recherche.

— Seulement les dix dernières années, s'il vous plaît.

Le livre se remit en marche, et il n'afficha plus qu'une dizaine de cotes. Constance remercia machinalement l'ouvrage qui rebasculait sagement à sa place, demanda un accès à la bibliothèque et se dirigea vers l'arche en pierre. Elle passa directement dans la section «Histoire de l'Académie

». Elle s'empara des volumes retraçant le déroulement des examens de Potions, ainsi que la liste des diplômés, mais ne trouva rien de plus que ce qu'elle savait déjà : Mérédith Valda avait été diplômée sept ans plus tôt et nommée rapidement Premier maître des Potions pour son talent. Constance referma le dernier volume avec mauvaise humeur. Aucun de ces comptes-rendus ne lui avait été utile et elle ignorait où chercher d'autres informations.

— Je peux t'aider peut-être ? demanda une voix derrière elle.

La sorcière bondit de surprise et Jester se tourna violemment, toutes griffes dehors. Les deux commères se retrouvèrent nez à nez avec Alosius Moon, qui observait Constance avec un certain amusement. Il lorgna la lucrote comme s'il ne s'agissait que d'un vulgaire chat. Son attitude sereine surprit la sorcière. Personne n'avait posé les yeux sur l'animal sans en frémir d'effroi…

— Désolé, je ne voulais pas te faire peur, mais tu sembles être bredouille, et de mauvaise humeur, alors… j'ai voulu te proposer mes services. Et m'excuser, au passage…

— T'excuser ?

— Oui, ça faisait un moment que j'espérais te voir, déclara le jeune homme en passant une main dans ses épais cheveux en bataille. La dernière fois que tu m'as adressé la parole, je t'ai envoyé paître, ce n'était pas très élégant de ma part. Certaines choses ont encore le don de me mettre les nerfs à vif, mais ce n'est pas de ta faute…

— C'est gentil…, mais je m'y suis sans doute mal prise, moi aussi, alors, on n'a qu'à dire que nous sommes quittes !

Constance lui tendit une main qu'il serra sans hésiter.

— Clara m'a expliqué comment ça s'était passé pour toi. J'espère que… ça n'a pas empiré depuis ?

Il pencha la tête vers la lucrote, l'air entendu.

Clara, hein ? Voilà qui expliquait son manque de réaction. Constance ne connaissait pas Alosius, mais elle connaissait très bien son amie. Si Clara l'avait informé d'un certain nombre de faits, c'était qu'il était digne de confiance. Et qu'il plaisait à la brunette, mais ça, Constance l'avait déjà deviné.

— Non, au contraire, répondit-elle. Les choses… vont mieux.

Alosius fronça les sourcils en désignant la lucrote du pouce, l'air aussi détaché que possible.

— Vraiment ? Parce que ça n'est pas tout à fait une amélioration, de mon point de vue. Clara était très inquiète pour toi, hier.

— Tu as vu Clara hier ? s'étonna la sorcière. J'étais avec elle toute la journée !

Le bibliothécaire rougit quelque peu et répondit en regardant ailleurs, comme pour masquer sa gêne.

— Non, non, on s'est écrit. Elle m'a invité à boire un café il y a quelques semaines, on reste en contact, depuis…

Il triturait la manche de sa robe de sorcier, déformant le motif de clefs ailées qui les couvraient.

— Je vois, dit Constance dans un grand sourire.

La lucrote se lécha les babines en fixant Alosius, bien qu'elle ait rétracté ses griffes. Le jeune homme, prudent, recula néanmoins d'un pas. Constance fit un petit bruit d'avertissement avec la langue, à destination de Jester, qui partit d'un grand éclat de rire cacophonique. Les deux sorciers se bouchèrent les oreilles en grimaçant tandis que le bibliothécaire faisait signe à Constance de sortir de la section.

— C'est abominable ! dit-il dans un soupir lorsque l'animal se tut.

— Désolée, elle aime bien… contrarier les gens. Mais je ne l'ai jamais vu faire quoi que ce soit d'autre de vraiment méchant ou dangereux.

— Ce n'est pas une raison pour relâcher ta garde. C'est pour elle que tu es venue ici ?

Constance se sentit tout à coup très bête. Tout le monde l'avait appelée à la prudence, mais la seule chose qui l'avait fait venir à l'Académie n'était pas de chercher d'autres mentions sur les lucrotes, mais bien son envie de fouiner dans le passé, pour se débarrasser de Mérédith Valda. Myrddhin, elle était jalouse !

Elle piétina un peu avant d'avouer, peu ou prou, la raison de sa visite à Alosius. Ce dernier soupira et l'entraîna vers une des tables au fond de la bibliothèque. Après avoir vérifié qu'ils étaient toujours seuls, ils s'assirent et le bibliothécaire se pencha vers elle en baissant la voix :

— Je me doutais que ça allait venir sur le tapis… écoute, tu ne devrais pas t'en mêler, vraiment. Dreoch n'apprécierait pas. J'en sais quelque chose…

— Comment ça ?

— Tout le monde dit que j'ai arrêté mon assistanat à cause de lui, et ce n'est pas faux, mais pas pour les raisons qu'on invoque.

— On dit qu'il ne supportait pas ton talent, souffla Constance sans oser le regarder.

— Et tu sais que c'est faux. Un type comme Dreoch n'agirait jamais comme ça. Il considère qu'il y a bien trop d'imbéciles dans cette Académie pour pouvoir se permettre de chasser quelqu'un qu'il considérerait comme intelligent.

— Alors… que s'est-il passé ? demanda timidement la sorcière.

— L'inverse. Je n'étais pas doué. Il faut dire qu'il plaçait la barre très haut, non seulement sur les techniques, mais aussi sur la rigueur avec laquelle il m'enseignait les Potions. À la moindre erreur, j'étais bon pour tout recommencer, même si pour cela il me fallait ne pas manger ou dormir. Et il ne manquait jamais une occasion de me faire comprendre que je n'étais pas à la hauteur, j'ai donc craqué, tout naturellement.

Constance médita un instant ces paroles. Il lui était arrivé aussi de se heurter à l'ironie et à la sévérité de Dreoch, et elle avait passé un paquet d'heures à recommencer son travail également, mais jamais il n'avait été aussi féroce, au point de l'empêcher de se reposer. Alosius la tira de ses pensées.

— À ta place, j'avais déjà abandonné. Si tu es ici, aujourd'hui, c'est que les choses sont différentes, qu'il reconnaît ton potentiel. Et tu es bien la première, depuis… cinq ans, calcula le jeune homme.

— Comment ça, la première ?

— La première apprentie à lui résister. Après avoir obtenu une place à l'Académie, il n'a pas pris tout de suite d'apprenti. Mais tous ceux qui sont passés chez lui par la suite ont renoncé, d'une manière ou d'une autre. Je ne suis que le dernier en date. J'ai d'ailleurs eu de la chance, un poste d'apprenti bibliothécaire s'est libéré à ce moment-là. Sans ça, je ne sais pas ce que j'aurais fait.

— Je comprends… j'ai un peu atterri en Potions par hasard, ce n'était pas la voie à laquelle je me destinais.

— Eh bien le hasard fait parfois bien les choses, affirma Alosius avant de poursuivre, mais cela ne doit pas te dispenser de suivre mes conseils : évite de parler de maîtresse Valda.

— Pourquoi, au juste ? se renfrogna la sorcière.

— Parce qu'il a dû se passer quelque chose entre Dreoch et elle. L'année de mon apprentissage, elle est venue plusieurs fois au manoir. À chaque fois, Dreoch était plus agité que d'habitude, de plus méchante humeur. C'est comme s'il avait été à fleur de peau, torturé par sa seule présence… ces deux-là sont ennemis, même si devant les autres elle refuse de le montrer.

— Les apparences…, murmura Constance.

— Ce qui est plutôt marrant pour quelqu'un qui a obtenu son diplôme en créant une potion de docilité !

Constance se redressa si vite qu'elle faillit percuter le menton d'Alosius.

— Une quoi ?

— Tu ne savais pas ? C'est la potion qui a rendu maîtresse Valda célèbre et qui lui a valu de recevoir son titre. Tout le monde en parle régulièrement encore, assura le bibliothécaire.

— C'est impossible.

— C'est ce que tout le monde pensait, il faut dire qu'induire la docilité chez quelqu'un…

— Non ! Je veux dire que c'est impossible qu'elle l'ait inventée, le coupa Constance.

Le jeune homme fronça les sourcils et observa sa condisciple. Elle avait pâli, mais elle semblait soudainement habitée d'une certaine urgence.

— Qu'est-ce que tu veux dire ?

— Je ne suis pas une assistante très organisée. Maître Dreoch a changé son programme de potions pour moi et c'est pour ça que ça se passe mieux. Grâce à ça, j'ai pu voir et tester des potions qui ne sont normalement pas abordées en première année, mais cela me permet surtout de me servir de ma seule compétence valable.

— Laquelle ?

— Ma mémoire photographique. Je me souviens de tout ce que j'ai lu. Parfois, je mets un peu de temps à savoir d'où provient l'information qui est dans mon cerveau. Mais si elle est là, c'est que je l'ai lue quelque part. Or, je suis certaine d'avoir vu cette potion de docilité dans un seul grimoire, il y a quelques semaines…

— Ce serait très étonnant, elle a toujours refusé de publier sa recette, pour éviter que quelqu'un en fasse une mauvaise utilisation ! contra Alosius.

— Pas tant que ça, si l'on songe que je l'ai vue dans le grimoire personnel de Dreoch.

Alosius se raidit et lissa sa robe de sorcier avec nervosité.

— Tu veux dire qu'elle lui aurait passé la recette ? Mais pourquoi ?

— Non Alosius, je pense que c'est l'inverse !

Le bibliothécaire se releva et s'éloigna un peu de Constance, renversant sa chaise au passage. Il se mit à faire les cent pas devant la jeune femme, affolé.

— Non, non ce que tu sous-entends… ce n'est pas possible.

— Je te jure que je l'ai vue là-bas. C'était son propre grimoire, tracé de sa main. Avec des recettes de son cru. Celui qu'il a écrit lui-même, et qu'il n'a jamais publié.

— On comprend pourquoi…, lui glissa le bibliothécaire avec un regard effaré.

— Si jamais il publiait un grimoire avec une recette officiellement reconnue comme appartenant à Mérédith, c'en serait fini de lui, dit la sorcière en baissant de plus en plus la voix. Et peut-être n'est-ce pas la seule recette qui aurait été… volée.

Lorsqu'elle eut prononcé le dernier mot, une chape de plomb sembla tomber sur la bibliothèque. Alosius se pinça l'arête du nez, sans cesser de fouler la moquette rouge, au point que même la lucrote en eut le tournis. Elle se coucha comme une carpette, le nez plissé, la respiration haletante, comme si elle absorbait la nervosité de ses compagnons.

— Il faut qu'on en ait le cœur net !

— Quoi ? croassa Constance.

— On va chez toi, et on fouille. Tu saurais reconnaître ce grimoire, non ?

— Oui, mais… imagine la tête de Dreoch s'il nous tombe dessus. Et si on se trompe ?

— Il n'y a qu'un moyen de le savoir, répondit le sorcier.

Non. C'était bien trop risqué. Elle porta une main à son écharpe parfumée. Avec une acuité terrible, elle revit ses yeux d'onyx, sentit son souffle sur sa peau. S'ils faisaient ça et qu'ils se trompaient, elle le trahirait. Tout simplement. Mais s'ils avaient raison… ils lui rendraient justice. Et par la même occasion, ils enverraient Mérédith Valda se faire voir chez les farfadets, ce qui n'était pas pour déplaire à la sorcière. Elle libérerait ainsi Sidonie. Et elle n'aurait plus besoin de craindre son emprise sur son univers, et sur le maître des Potions. Constance observa un instant Alosius avant de se lever à son tour et de s'approcher de lui.

— Dis-moi pourquoi ça t'importe ! Tu disais toi-même que cet apprentissage réveillait encore de mauvaises choses en toi.

— C'est vrai. Je ne suis plus capable de toucher au moindre chaudron, il m'en a clairement dégoûté. Mais j'admire toujours le maître des Potions qu'il est, parce que je pense que, si socialement son comportement est discutable, il reste inégalé.

La jeune femme jeta un coup d'œil à Jester, qui venait de se placer non loin d'elle. Ses oreilles étaient basses, et son museau semblait tordu en une sorte de grimace. La lucrote n'était pas contente de la tournure des événements.

— Jester, je pense que je vais avoir besoin de toi. Il faudrait que tu occupes maître Dreoch suffisamment longtemps pour nous permettre de retrouver le grimoire dans son laboratoire et de vérifier notre théorie. Tu ne lui fais pas de mal, entendu ?

La lucrote poussa d'abord une sorte de rugissement rauque et se mit elle aussi à faire les cent pas. Quelque chose la perturbait, mais Constance n'aurait pas su dire quoi. La créature finit par secouer la tête de droite à gauche.

— Jester, faire tourner les gens en bourrique en leur jouant des tours, c'est dans tes cordes non ? la gourmanda-t-elle. Tu adores ça. Ne va pas me faire croire que ça te déplairait cette fois !

— *Dreoch, bourrique… non !* demanda la lucrote.

— C'est important. Sans ça, on ne saura jamais ce qu'il s'est vraiment passé.

La lucrote ferma les yeux et, lorsque sa voix jaillit, c'était un mélange des différentes voix qu'elle avait sans doute entendues jusque-là. Constance sentit Alosius se ratatiner près d'elle, à cause du bruit produit par Jester. Elle-même eut envie de fuir rien qu'au premier son, mais se retint.

— *Être danger. Pour toi…*

Constance ne sut si la lucrote voulait l'avertir que chercher à en savoir plus était dangereux ou si elle acceptait de le faire pour lui faire plaisir. Une gangue de glace recouvrit un instant ses tripes et son cœur tandis qu'elle repensait aux prédictions de maître Azarov.

— Est-ce que tu veux dire que si je fais ça, je vais mourir ?

La lucrote ne répondit pas, se contentant de fouetter l'air avec sa queue. La sorcière essaya donc de reformuler sa question.

— Est-ce que tu peux me protéger en faisant ce que je te demande Jester ?

— *Oui.*

— Bien, alors pour le moment nous faisons ce que j'ai dit, rien de plus. Aussitôt qu'Alosius et moi aurons vu le grimoire, on le remet en place et on se retrouve dans les jardins. Rien d'autre, d'accord ?

— *Pourquoi ?*

— Pourquoi je veux le faire ? Je veux l'aider…, précisa la sorcière, et ça me semble important, pour tout le monde.

— *Entendu*, répondit l'animal et se postant près d'elle.

— Quand veux-tu y aller ? demanda Constance au bibliothécaire.

— Tout de suite ! La bibliothèque peut se gérer sans moi et, de toute façon, c'est le jour de Noël, il n'y aura personne. Si nous faisons assez vite, il se peut même que personne ne se rende jamais compte de cette petite absence…

— Et si on s'en rend-compte ? l'interrogea la sorcière.

— Je dirai simplement que j'ai dû faire un aller-retour pour raison personnelle. Clara m'aidera…

Constance se sentit encore plus mal, rien qu'à l'idée de mêler son amie à tout ça, mais elle ne voyait pas d'autre solution. Elle opina, et suivit donc Alosius jusqu'à la sortie de l'Académie. Elle eut l'impression que le regard des tableaux des maîtres précédents pesait lourdement sur elle, mais essaya de les occulter. Lorsqu'ils passèrent devant l'officier du BREAK, elle aurait juré que ses yeux les avaient suivis jusqu'à ce qu'ils sortent. Mais c'était forcément son imagination, sa peur d'être prise la main dans le sac. La lucrote se blottit contre elle lors de la téléportation, mais s'enfuit aussitôt qu'ils mirent les pieds sur le chemin vers le manoir.

— Dépêchons-nous, dit Alosius.

Constance approuva et le suivit. Force était de constater que l'ex-apprenti se souvenait parfaitement de la configuration des lieux. Ils atteignirent le laboratoire sans difficulté, après s'être brusquement figés lorsqu'un cri de colère avait retenti juste au-dessus d'eux.

— Jester est à l'œuvre, avait soufflé Constance, avant de faire signe au bibliothécaire de poursuivre sa route.

Malheureusement pour eux, ils tombèrent sur Amanda Springerle au détour d'un couloir.

— Maître Moon ? s'étonna-t-elle.

La gouvernante les regarda attentivement l'un après l'autre, l'air pincé. Son visage de brindille était tendu. Elle renifla plusieurs fois, comme si elle traquait quelque chose autour d'eux. Mais, lorsqu'un bruit de vaisselle brisée se fit entendre à l'étage, elle soupira, prit Constance par les épaules et la poussa dans le couloir.

— Faites ce que vous avez à faire ! dit-elle avant de se ruer à l'étage.

La jeune femme poursuivit sa route, le cœur battant, consciente que la kobold l'avait laissée passer volontairement. Comment avait-elle su qu'ils étaient en mission, elle n'en savait rien. Peut-être qu'un esprit du foyer pouvait percevoir les intentions de ses habitants ? Quoi qu'il en soit, elle la remercierait plus tard.

Constance poussa la porte du laboratoire et la rabattit au moment où le volume des cris augmentait. Dreoch semblait furieux, elle espérait qu'il ne lui tiendrait pas rigueur trop longtemps du tour qu'avait inventé Jester. Après avoir repris son souffle, elle se dirigea vers l'étagère chargée de livres et y retrouva rapidement le petit grimoire qu'elle avait vu quelques jours plus tôt. C'était le seul qui ne comportait pas de titre sur la tranche. Elle tourna les pages aussi vite que possible : potion de télépathie, potion d'abnégation, potion de courage. Elle n'en revenait pas de ce qu'elle lisait, jusqu'à ce qu'Alosius pousse un petit cri :

— Là !

Constance parcourut la page rapidement. C'était bel et bien une potion de docilité.

— Il y a un problème intervint le bibliothécaire. Celle de Mérédith est à utiliser sur les humains, or Dreoch a écrit que cela fonctionnait sur les animaux sauvages… tu crois qu'elle aurait pu la modifier ?

— Sans l'ombre d'un doute, répondit Constance en se remémorant ce qu'avait dit Dreoch sur la potion arc-en-ciel.

— Mais, même si tu as raison, rien ne dit là-dedans quand Dreoch a écrit la formule. Nous n'avons aucun moyen de prouver qu'on la lui a volée.

— C'est sans doute pour ça qu'il n'a jamais protesté ouvertement… il n'avait pas de preuve du vol. Et…

Constance referma brusquement le grimoire et posa une main horrifiée sur sa bouche.

— Quoi ? s'alarma Alosius.

— S'il n'avait pas pu le faire ?

— Parce qu'il connaît bien Mérédith Valda, tu veux dire ?

— Non, parce qu'on l'y a forcé ! Avec cette potion ! s'emporta Constance. Elle s'en est servie contre lui, et peut-être même face au jury ! Tu ne comprends pas ? Elle a utilisé la potion sur eux pour s'assurer de sa victoire !

— C'est juste une supposition Constance… ne va pas trop vite en besogne.

— Mais ça expliquerait tellement de choses ! Pourquoi il n'a pas fini son cursus, pourquoi il réagit mal à sa présence, pourquoi cette recette est ici et pourquoi personne ne sait rien !

— Écoute, c'est peut-être vrai, mais nous n'avons que ce grimoire, et ton intuition. Ça ne suffit pas…

— C'est vrai. Mais on trouvera peut-être autre chose. Maître Azarov…

— Pourrait nous aider, l'interrompit Alosius en lui saisissant les épaules pour la calmer. Je vais contacter Clara en rentrant à la bibliothèque.

— Entendu, moi je reste ici et je fais comme si de rien n'était… répondit la sorcière, encore sous le choc.

Le bibliothécaire se détacha d'elle, passa une main dans le col de sa robe ornée de clefs et en sortit une chaînette ouvragée en or, au bout de laquelle pendait un petit sifflet de la même couleur. Sur ses côtés, Constance remarqua qu'un livre et plusieurs runes avaient été gravés.

— C'est un sifflet magique, dit Alosius en le lui tendant, dévoilant sur son avant-bras les mêmes runes tatouées sur sa peau. Tous les bibliothécaires en ont un, il nous sert à signaler une infraction à l'Académie. Seuls les bibliothécaires ont la capacité d'entendre le bruit produit par ce sifflet, et de rejoindre l'endroit d'où provient le son. Cela marche comme les zones de téléportations.

La jeune femme s'en saisit et le passa aussitôt autour de son cou.

— Ne le quitte pas. Si jamais tu as besoin d'aide, siffle dedans, je saurais que tu as un problème et j'arriverai avec la cavalerie !

— C'est promis. Tiens-moi au courant, quand tu auras contacté Clara.

— Promis, et toi, prudence ! Y compris avec le sifflet, l'Académie risque de mal réagir s'ils s'aperçoivent que je t'en ai donné un. Ce n'est pas… tout à fait réglementaire.

— Comment vas-tu faire alors ? répliqua Constance. Ils vont voir que tu ne l'as plus !

— Non, je dirai simplement que je l'ai cassé, dit-il en haussant les épaules. Mes collègues m'en donneront un nouveau, ce sont des choses qui arrivent plus souvent que tu ne le penses !

La sorcière le remercia avant de remettre le grimoire à la place exacte où elle l'avait pris. Les deux acolytes entrouvrirent la porte du laboratoire, vérifiant qu'ils pouvaient passer sans encombre. Constance laissa Alosius fuir vers la porte d'entrée, tandis qu'elle-même empruntait l'escalier menant à l'étage. Son cœur battait à en faire exploser sa poitrine, aussi bien parce qu'elle espérait qu'Alosius pourrait partir sans se faire repérer, que parce qu'elle ne savait plus comment faire face à Dreoch, sans lui hurler qu'elle savait tout. Fort heureusement, la lucrote lui permit de ne pas avoir à se poser trop de questions lorsqu'elle bondit dans le couloir, la baguette de sorcier de Dreoch dans sa gueule. Constance poussa un cri de stupeur et saisit l'objet au vol. Ce fut le moment que choisit Dreoch pour apparaître, furibond. Constance ne put qu'accuser le coup en l'écoutant vociférer contre l'animal et le manque de contrôle qu'elle avait sur lui. Elle s'excusa platement et entraîna la lucrote derrière elle au laboratoire où elle prétexta aller tester quelques recettes pour se calmer.

— Et si je trouve un seul morceau de votre foutu sucre, je vous fais avaler votre chaudron avec ! rugit le maître des Potions, tandis qu'elle descendait les marches à la volée, une grimace d'excuse peinte sur le visage.

Elle comprenait parfaitement qu'il soit en colère. Elle l'avait voulu. Et elle avait donné carte blanche à Jester. Elle ne pouvait donc s'en prendre qu'à elle-même de l'élan de tristesse qui s'emparait d'elle en songeant à quel point Dreoch devait lui en vouloir à l'heure actuelle. Et combien il la détesterait s'il savait qu'elle venait de fouiner dans ses affaires. Constance resta de longues heures à essayer de se calmer également avant de se décider à concocter une potion pour faire mine d'être occupée. Celle-ci tourna de toute façon court, prenant la mauvaise couleur avant d'empester tout le laboratoire.

Elle ouvrit les fenêtres en grand. Au moins, Dreoch serait certain qu'elle avait fait ce qu'elle lui avait annoncé. Dépitée, la jeune femme prépara quelques chocolats à envoyer à Alosius avec une réponse lorsque son poulet arriverait. Pratiquer ces quelques enchantements l'apaisa un peu. Lorsqu'un oiseau d'origami atterrit enfin sur le plan de travail, il faisait presque nuit. La sorcière réalisa à quel point elle avait retenu son souffle jusque-là.

«*Clara ne sait rien, mais elle va voir avec maître A. Je te tiens au courant. Prudence. Alosius.*»

Sans attendre, elle retourna la feuille d'origami et écrivit au dos, n'en ayant pas d'autres sous la main.

«*Merci. Je connais aussi peut-être quelqu'un qui pourrait nous aider ici. C'est sans danger, rassure-toi. À très vite. Constance.*

PS : j'espère que tu aimes les chocolats, ils sont maison !»

Lorsqu'elle souffla sur le petit oiseau de papier, Constance pria pour que le prochain arrive vite, et balaya le laboratoire du regard. Si elle voulait amadouer les domestiques, elle avait intérêt à se montrer ingénieuse. Amanda Springerle était, certes, de son côté, mais elle était la gardienne du manoir. Sa fidélité allait avant tout à Dreoch. Constance songea que puisque la reconnaissance du ventre était une marque de respect, elle savait exactement ce qu'il lui restait à faire. Se précipitant à la bibliothèque de l'étage, elle sortit tous les ouvrages traitant des trolls et des kobolds. Elle était prête à y passer la nuit, s'il le fallait, mais elle produirait quelque chose exclusivement pour le palais d'Aster et d'Amanda, au point qu'ils ne pourraient rien lui refuser.

Chapitre 10
JALOUSIE

— Puis-je savoir ce que c'est que ce foutoir ?

Constance sursauta lorsqu'elle entendit la voix tranchante de Dreoch résonner à ses oreilles. Elle regarda vivement autour d'elle et constata qu'elle s'était endormie, sur le plan de travail, au laboratoire. La lucrote à ses pieds hérissait sa fourrure en grognant sans la quitter des yeux. Sans lui laisser le temps de répondre, Dreoch balaya la surface devant elle de toute la longueur de son bras, envoyant au sol tout ce qui s'y trouvait. Un vacarme de tous les diables retentit, faisant bondir des genoux de Constance une silhouette grise.

— Le chat ! s'exclama Constance tandis que celui-ci fuyait la pièce.

Elle ne savait même pas comment il était arrivé là. Apparemment, il se portait comme un charme, bien que cela risque de ne pas durer : les crocs de la lucrote claquèrent à quelques centimètres de sa queue.

— Je vous ai dit que je ne voulais plus de cet animal ici ! Il y en a assez du second ! s'emporta Dreoch.

— J'ignorais totalement qu'il était ici, je me suis endormie. Il a dû me rejoindre cette nuit, sans que je m'en aperçoive, répondit la jeune femme perplexe. Ni Jester, d'ailleurs…

Ce qui était assez étonnant, compte tenu de la perspicacité de la lucrote. La sorcière se tourna vers la porte, inquiète. Elle n'avait plus vu le matou depuis des semaines et voilà qu'elle perdait l'occasion d'arranger les choses. Elle espérait pouvoir en toucher deux mots à la gouvernante. En pensant à elle, son esprit se reconnecta et elle avisa les deux boîtes posées par terre, près d'elle. Fort heureusement Dreoch n'avait envoyé valdinguer que ce qu'il y avait sur la table : du matériel de préparation, propre au demeurant. Elle avait respecté ses consignes et nettoyé tout le laboratoire, après ses multiples essais. Du pied, elle poussa le plus discrètement possible sous le comptoir son alcool à la saladelle et ses macarons à la poudre de quartz rose. Elle avait passé la majeure partie de la nuit à trouver comment mêler ces étranges ingrédients à ses recettes et ce n'était qu'en utilisant un principe de distillation avancée d'un manuel de potions qu'elle était parvenue à un résultat satisfaisant, avant d'enchanter les friandises. Le système D mêlant potions et enchantements avait encore fait ses preuves. Elle n'avait donc aucune envie de voir son travail relégué aux oubliettes.

— Je vous ai demandé, hier soir, de faire attention, il me semble ! poursuivit Dreoch.

— C'est ce que j'ai fait, protesta la jeune femme que les cris du maître des Potions incommodaient dès le réveil. Tous ces instruments étaient propres, tout comme le laboratoire, vous n'y trouverez pas un gramme de sucre, même si vous vous mettez à genoux pour en chercher.

— Ne jouez pas ce petit jeu avec moi, mademoiselle Féar ! Mais puisque vous semblez avoir décidé de prendre vos quartiers ici, mettez-vous au travail.

Il lui tendit deux lourds codex qu'elle se hâta de récupérer et de placer sur le plan de travail. Après quoi elle ramassa les divers instruments éparpillés au sol et alla les reposer à leur place. Son estomac protesta, réclamant sa pitance, mais elle savait qu'il n'en était pas question. Finalement, peut-être était-ce ainsi que Dreoch avait affamé Alosius. La sorcière observa le maître des Potions, du coin de l'œil.

Il avait l'air fatigué, et en rogne. Il devait lui en vouloir encore des mauvais tours joués, la veille, par Jester. Ses traits étaient crispés et elle eut peine à croire que, la veille encore, elle avait songé à les caresser. Cela dit, glisser sa main dans les cheveux du sorcier, le ramener à la raison, puis lui donner un baiser était peut-être…

— Dépêchez-vous, vous croyez que les ingrédients vont venir là tout seuls ? aboya le maître des Potions.

Il la tira de sa rêverie, brisant l'instant magique qu'elle s'était imaginée. Et qui était manifestement clairement impossible. Agacée, Constance répondit un peu plus vivement qu'elle ne l'aurait dû.

— Non, mais comme vous ne m'avez pas dit quelle recette il fallait faire, je ne sais pas quoi choisir.

— Et pourquoi pas un filtre d'honnêteté ?

— Pardon ? demanda Constance ahurie.

Une veine sembla palpiter sur le front du maître des Potions, qui se déplaça en un éclair jusqu'à elle et se pencha pour sortir les boîtes qu'elle avait cachées quelques instants plus tôt sous la paillasse.

— Me prenez-vous vraiment pour un imbécile, mademoiselle Féar ? J'ignore ce que vous cachez là-dedans, mais sachez que si ça appartient à ce crétin d'Alosius Moon, vous allez entendre parler du pays !

— Alosius… mais que… ?

— Il se trouve que madame Springerle a l'obligation de me rapporter qui entre et sort de ce manoir ! Qui plus est, Aster l'a vu se glisser hors du manoir et se diriger vers la zone de téléportation. Qu'avez-vous à répondre à cela ?

Qu'elle n'avait vraiment pas de pot. Mais Constance se garda bien d'exprimer ainsi le fond de sa pensée.

— Que je ne vois pas où est le problème, répondit Constance en récupérant ses boîtes avec aplomb, vous ne m'avez jamais interdit de recevoir des gens ici… du reste, les boîtes que vous tenez contiennent mes dernières créations culinaires que je destine aux domestiques, justement, pour les remercier de leur gentillesse à mon égard. Il vous serait peut-être utile de m'accompagner les leur donner pour prendre des leçons, à ce sujet !

Elle sentait la moutarde lui monter au nez. Elle était, elle aussi, fatiguée et nerveuse. Inquiète pour lui. Déboussolée par ce qui lui arrivait et ce qu'elle ressentait. Toute la logique et le bon sens du monde ne suffisaient plus à garder la pression à un niveau acceptable. Et pire que tout, elle s'en voulait de lui mentir ; d'être incapable de lui expliquer ce qui se tramait.

— Croyez-vous vraiment qu'il vous est possible de tout faire ? Comme penser pouvoir fouiner dans mes affaires sans que je le sache ?

La jeune femme ouvrit la bouche, surprise.

— Vous parlez de votre grimoire ? demanda-t-elle en haussant les sourcils, comme si la chose n'était pas évidente et entendue.

— Précisément. Sachez que cet ouvrage dispose d'une alarme magique, qui m'avertit dès qu'une autre personne que moi s'avise de l'ouvrir.

Constance s'agita un peu. C'était bon à savoir. Mais elle réfléchit surtout à ce que Dreoch ne disait pas : s'il avait compris ce qu'elle cherchait là-dedans, il le lui aurait balancé à la figure sans attendre. Au lieu de cela, il attendait. Elle fut prise d'un doute : espérait-il qu'elle allait le détromper sur le but de sa venue au laboratoire ? Ou au contraire, n'attendait-il que ça ? En d'autres termes, voulait-il avoir foi en elle, ou l'avait-il déjà déclarée coupable, comme Mérédith ?

Elle jaugea le maître des Potions du regard. Sa chevelure léonine était décoiffée, des mèches fauves rebiquant de tous côtés, et sa bouche avait un pli amer. Il ne comptait pas lâcher le morceau. Et, puisqu'il était aussi têtu qu'elle, il chercherait, jusqu'à obtenir la vérité. Ou il se convaincrait qu'il l'avait, ce qui pourrait être une issue bien pire. Elle n'avait donc plus le choix. Pour gagner un peu de temps, et se donner une contenance, Constance rangea calmement ses précieux colis loin du plan de travail, contre lequel elle revint s'adosser. Elle aurait dû se douter qu'un tel dispositif existait, après tout, chat échaudé craint l'eau froide… Elle soupira et se prépara à tout lui expliquer. Elle leva les deux mains en signe d'apaisement.

— Ce n'est pas ce que vous croyez, lâcha-t-elle dans un souffle. Nous avons consulté ce grimoire afin de vérifier une théorie… qui ne va pas vous plaire. C'est la raison pour laquelle j'ai agi en catimini. Je ne comptais pas vous en parler avant d'avoir toutes les preuves. Mais, si je dois résumer la situation… nous savons de Mérédith Valda a volé votre recette.

Voilà, c'était dit. Ce fut comme si elle avait asséné un coup de massue directement sur la tête du maître des Potions. Celui-ci resta un instant figé comme une statue de sel, puis passa une main lasse sur son visage et dans son épaisse chevelure avant de s'asseoir sur le premier tabouret venu. Qu'il faillit manquer. Sa main courrait sur sa cicatrice, tandis qu'il réfléchissait à toute vitesse. Et en effet, il ne quittait pas son apprentie des yeux, pour tenter de comprendre comment elle en était arrivée à cette conclusion. Il renonça, cependant, à creuser la question maintenant. C'était sans importance. Si elle poursuivait dans cette voie, elle se mettrait en danger, c'était tout ce qui importait. Un éclat terrifiant passa dans les yeux de jais du sorcier tandis qu'il se préparait à lui faire mal. Elle le détesterait, et ça serait parfait ainsi. Cela valait mieux que tout le reste.

— Vous ne savez absolument pas de quoi vous parlez, je vous interdis d'aborder à nouveau ce sujet, mademoiselle Féar, l'avertit-il d'une voix blanche.

— Vous n'avez rien à m'interdire, protesta la jeune femme.

— Vous oubliez votre place, mademoiselle Féar !

— Je m'inquiète de votre bien, je…

— Vous ne savez rien de mon bien, s'emporta soudain le maître des Potions en se redressant. D'autant plus si c'est pour fouiner dans mon passé, avec un sorcier incompétent, qui n'a rien à faire ici et pense sans doute qu'en écoutant vos théories délirantes il pourra vous mettre dans son lit ! Mais peut-être est-ce votre but, afin de gagner les bonnes grâces de quelqu'un pouvant vous expliquer comment regagner la voie des Enchantements qui vous est si chère ! Auquel cas, vous n'êtes certainement pas mon égale, mais une sorte d'escroc, qui me fait perdre mon temps, une fois de plus !

Constance recula sous le coup de l'accusation portée par Dreoch. Il ne lui fallut qu'un instant pour perdre son calme et Dreoch trouva qu'elle ressemblait soudain furieusement à son familier. Elle lui répondit d'une voix presque aussi coupante que la sienne. De toute sa vie, Constance n'avait jamais été aussi en colère. Ne comprenait-il donc rien ?

— Je ne veux pas repartir en Enchantements ! Où étiez-vous, ces dernières semaines, pour ne pas vous rendre compte que je suis heureuse d'être ici et de faire ce que je fais ? Je vous ai présenté mes excuses pour m'être trompée sur votre compte et sur celui des Potions, il y a des semaines, et vous les aviez acceptées ! Pourquoi remettre ça sur le tapis ?

Dreoch ne répondit pas, ce qui fit davantage grimper sa colère.

— Quant au reste, vous vous trompez complètement… Alosius est simplement mon ami et il est amoureux de Clara ! Deux concepts qui ont l'air de vous poser particulièrement problème !

Constance regretta ses paroles à l'instant où elles sortirent de sa bouche, mais le mal était fait. Elle vit le visage du maître des Potions se fermer davantage, tandis que la fureur s'emparait de ses traits, faisant palpiter ses narines alors qu'il respirait difficilement.

— Ça suffit, vous allez prendre vos affaires et quitter ce manoir, sur le champ ! articula-t-il entre ses dents serrées.

— Non ! répondit la sorcière en lui tenant tête, ce qui sembla le faire suffoquer davantage. Certainement pas avant d'avoir terminé mon apprentissage et de vous avoir permis à vous, à votre cynisme et à votre orgueil démesuré, de reprendre vos droits sur cette fichue Académie ! Ce sont bien les seuls compagnons qu'il vous restera alors, vu comment vous traitez les gens !

Tacitus dévisagea Constance, complètement interdit. Il fallait qu'il l'éloigne de lui, de ce qu'il commençait à sentir le ronger insidieusement. Il détestait l'idée qu'elle approche son ancien apprenti aussi sûrement que Mérédith, mais plus que tout il détestait l'ombre de l'idée qu'elle puisse prendre des risques inconsidérés pour une renommée dont il ne voulait pas.

— Je me moque comme d'une guigne de ce que pense l'Académie, je vous l'ai déjà dit, répondit-il un ton plus bas, et je ne vous permets pas de me juger.

— Il ne s'agit pas de l'Académie, déclara-t-elle en levant les mains au ciel, exaspérée. Il s'agit de vous rendre justice et de dénoncer une femme qui a trompé tout le monde, vous en premier, voilà ce que je juge.

— Et qu'est-ce que cela peut vous faire, au juste, hein ?

— Parce que j'ai des sentiments pour vous, sombre crétin ! hurla Constance, avant de se rendre compte de ce qu'elle venait de dire.

Elle porta ses mains à sa bouche, confuse. Dreoch la regarda comme s'il avait été foudroyé sur place. Il franchit l'espace qui les séparait jusqu'à la saisir par les épaules puis se mit à la secouer au fur et à mesure qu'il lui parlait. Comme pour la ramener à la raison. Ce n'était pas violent, seulement la sorcière le dévisageait, troublée par l'impression de folie qui se dégageait de lui, à cet instant.

— Cessez de dire n'importe quoi !

Avec fougue, Constance essaya de se dégager de son emprise, sans succès. À quelques centimètres de lui, elle se sentit pourtant à des années-lumière de sa personne. Elle le dévisagea gravement.

— C'est la vérité !

— C'est un leurre ! siffla-t-il. Vous ne pouvez pas ressentir quoi que ce soit pour moi. Peut-être vous sentez-vous plus utile et importante de pouvoir venir au secours d'un homme que vous jugez désespéré ? Ou bien avez-vous pitié de ce pauvre sorcier délaissé de tous ses pairs ? Ou est-ce simplement que vous vous réjouissez d'appuyer là où ça fait mal, en révélant au monde entier que cet imbécile a été trahi par sa fiancée ?

— Fiancée ? répéta Constance en sentant ses genoux céder sous elle.

Elle se sentit passablement stupide de n'avoir pas compris quel lien existait entre les deux sorciers. Mais, plus que sa naïveté, ce fut l'idée que Dreoch ait été lié à une telle femme qui la mit hors d'elle.

La simple pensée qu'il s'était engagé aussi loin la torturait. Une bouffée de jalousie et de souffrance la noya. Elle eut mal pour lui, pour cette odieuse trahison, mais aussi pour elle, car, alors, une part d'elle douta soudain de pouvoir se faire aimer en retour, après une telle blessure.

Tacitus la relâcha à ce moment-là, réalisant qu'il la secouait comme un prunier, et la sorcière tâtonna derrière elle pour prendre appui contre quelque chose. Elle se plia en deux, sentant son souffle s'accélérer tandis qu'une sorte de digue rompait en elle. Elle leva vers lui ses yeux noisette, qui semblèrent soudain parsemés d'éclairs. Dans un bourdonnement sourd, Dreoch sentit la magie de la jeune femme envahir l'air. Elle était chaude et sucrée, exactement comme l'écharpe qu'il lui avait offerte. Les livres sur les étagères s'envolèrent, le chaudron sur le feu explosa littéralement, parsemant le sol de ses débris et vomissant l'eau tourbillonnante qu'il contenait. Les diverses éprouvettes se mirent à trembler dans leur support de bois et la lumière vacilla.

— Mademoiselle Féar, calmez-vous, ou vous allez faire exploser tout le manoir, l'exhorta le sorcier.

Cela fut sans effet, la jeune femme était trop en colère pour saisir vraiment ce qu'il lui disait. Une toute petite part en lui se réjouissait de la voir dans cet état, tout le reste était épouvanté.

— Constance, s'il vous plaît ! essaya-t-il en se mettant à sa hauteur.

Lorsqu'il l'appela par son prénom, elle sembla revenir quelque peu à elle et la magie reflua. Il avança une main pour lui toucher le bras, mais elle le repoussa vivement. Le regard hanté, elle sortit du laboratoire en claquant la porte, sans un mot pour lui. Ce faisant, une étagère complète d'ingrédients se fracassa au sol. Tacitus contempla ce qui était à présent un champ de ruines juste à temps pour voir la lucrote émerger du placard à balai. Seule la première partie de son corps était vraiment visible, l'autre étant encore derrière la porte fermée. Cette créature ne s'encombrait décidément pas des choses matérielles.

D'un bond, elle passa à travers la porte du laboratoire, non sans bousculer au passage les boîtes que la jeune femme avait précieusement mises de côté lors de leur dispute. Dreoch s'avança pour les inspecter et l'odeur le fit reculer. Elle avait dit que c'était pour les domestiques… il s'en saisit et quitta le laboratoire.

Constance se rua dehors, sans même prendre le temps de se couvrir. Elle était bien trop en colère pour ça et son corps était parcouru de bouffées de chaleur. Elle sentit de nouveau sa magie lui échapper et plusieurs tableaux se retournèrent sur son passage. Elle passa devant la gouvernante sans même voir que celle-ci essayait de l'arrêter et se dirigea droit vers la sortie du manoir. Elle se sentait poussée vers l'extérieur du bâtiment, comme si elle obéissait à une force aveugle.

La lucrote se retrouva à ses côtés sans qu'elle sache bien comment, mais elle continua à avancer, ignorant où elle allait et s'en moquant totalement. Dans un état second, elle dépassa la zone de téléportation et s'aventura plus loin, vers ce qui ressemblait à un lac gelé. Elle ne prit pas le risque de le traverser et entreprit de le contourner, entendant la neige crisser sous ses pieds. Elle prit un malin plaisir à imaginer écrabouiller le monde et son blanc manteau immaculé, au fur et à mesure de son avancée furieuse. Personne ne vint à sa poursuite et elle continua tant que sa rage la guidait. Ce ne fut qu'au bout d'une heure qu'elle se laissa tomber sur un amas rocheux en tremblant de fatigue et de froid.

La magie disparut soudain et Constance regarda autour d'elle. Elle ignorait totalement où elle était et pourquoi. Elle claquait des dents et était glacée, mais elle se sentait enfin libérée de toute cette énergie destructrice. Elle comprit ce qui s'était passé, en quelques secondes. Cela faisait des années qu'un tel phénomène ne lui était plus arrivé. D'ordinaire, seuls les jeunes sorciers laissaient échapper leur magie, causant parfois de gros dégâts. À ses débuts à l'Institut Baba Yaga, elle avait été une spécialiste du phénomène, présentant parfois ce genre de symptômes jusque dans son sommeil.

L'Institut veillait particulièrement à aider ses élèves à avoir une maîtrise totale de leur essence magique, mais la chose avait été plus que capitale pour Constance. Avec le temps, elle était parvenue à endiguer ce phénomène, comme tous les autres débutants. C'était peu après la mort de ses parents, au moment où ses pouvoirs s'étaient révélés peu fiables. Elle s'était bien moquée des psycho-mages qui avaient affirmé que les ratés de sa magie étaient la conséquence de ce traumatisme. La présence du mur l'avait poussée à conserver cette piètre opinion des mages soignants. Mais là, tout de suite, il n'y avait pas besoin d'être Myrddhin pour comprendre que tout cela contenait au moins une part de vérité.

Elle songea avec amertume que, manifestement, une émotion forte pouvait mettre à mal tout ce qu'elle avait appris, et mettre la magie aux commandes à sa place. Dans sa tête, elle repassa en boucle la fin de la conversation avec Dreoch. Un malaise l'envahit et elle frictionna son corps aussi bien pour se réchauffer que pour chasser l'horreur de la situation qui l'envahissait. Comment avait-elle pu lui avouer ainsi qu'elle était attirée par lui ? Il était fiancé. Ou il l'avait été, si elle avait bien compris. Comment avait-il même pu supporter une telle trahison ?

La lucrote vint s'enrouler autour d'elle, pas après pas, en la regardant par en dessous. Constance la laissa faire. Advienne ce qu'il devait advenir, elle s'en contrefichait. Elle accueillit la chaleur de sa fourrure avec bonheur. Sans s'en rendre compte, elle se mit à pleurer en maudissant Tacitus Dreoch. Seule au milieu de nulle part, environnée par des vallonnements immaculés et des branches givrées, Constance se sentit comme dans un autre monde. Ici ne régnait que le silence. Elle inspira pour faire refluer les sanglots et réfléchir. Elle pouvait décider de tout abandonner. Finalement, Sidonie aurait eu raison depuis le début, elle reconnaîtrait alors qu'elle n'était pas faite pour être maîtresse des Potions. En tout cas pas une conventionnelle, pas une dont… les autres maîtres des Potions seraient fiers ?

À cette pensée, une vieille flamme se ralluma en elle. Cela n'avait plus aucune espèce d'importance. Elle pouvait bien envoyer le monde des sorciers au diable : elle ne voulait satisfaire qu'elle-même et Dreoch, c'était pourquoi elle se savait incapable de renoncer. Mérédith Valda était une abomination. Elle l'avait senti dès le premier jour et elle voulait l'abattre. Pourquoi au juste ? Parce que cette femme représentait tout ce que Constance détestait, bien sûr, parce qu'elle lui avait pris Sidonie, parce qu'elle avait mis à mal la réputation d'un homme qui aurait dû pouvoir choisir d'aider la société comme il le voulait ; d'un homme pour lequel elle venait de reconnaître éprouver des sentiments, quand bien même ce n'était pas réciproque.

La silhouette sévère de Dreoch dansa un instant devant ses yeux : sa chevelure fauve retombant sur ses épaules, ses yeux intelligents, sa barbe de trois jours mangeant un visage où se glissait un petit rictus ironique, ses gestes délicats au-dessus de son chaudron, sa répartie agaçante, son odeur boisée, tandis qu'il murmurait à son oreille. Maintenant qu'elle l'avait avoué, elle ne pouvait plus revenir sur cette prise de conscience : il lui plaisait vraiment. Elle était heureuse de le voir, de lui parler, de se disputer avec lui. Lorsqu'elle réussissait quelque chose, il était le premier qu'elle voulait informer. Il était celui dont l'avis, et la présence l'emportaient sur tout le reste. Elle voulait plus. Voilà pourquoi elle se donnait autant de mal. Pas seulement parce qu'elle trouvait sa situation injuste, et certainement pas par pitié. Non, elle voulait l'aider par compassion, par respect, et parce que depuis – elle ne savait pas quand, au juste – elle avait des sentiments à son égard, qu'elle le veuille ou non. Elle rit amèrement d'elle-même et de sa stupidité.

Clara avait vu clair en elle bien avant qu'elle ne s'en rende-compte, comme d'habitude. Peut-être que maître Dreoch et son assistance avaient tous deux une sorte de naïveté en commun, après tout. Elle secoua la tête, d'autant plus épuisée qu'un poids venait de tomber de ses épaules. Elle aurait dû s'en rendre compte plus tôt… La lucrote se mit presque à ronronner et elle lui tapota l'échine.

— Ça va aller Jester, ça va aller…

Le familier ne répondit pas, mais descendit du rocher pour se précipiter sur quelque chose dans la neige. Constance frémit lorsque sa chaleur la quitta, mais elle ne bougea pas, trop intriguée. D'un mouvement habile des mâchoires, la lucrote saisit quelque chose au vol et fit demi-tour pour déposer une grosse souris morte aux pieds de Constance. Elle la poussa de son museau fantomatique.

— *Cadeau…*

— Oh, c'est gentil Jester, mais heu… je ne mange pas de souris, tu sais ? dit la jeune femme en claquant toujours des dents.

La lucrote pencha la tête sur le côté avant d'attraper la souris et de la gober sans plus de manière.

— Eh bien comme ça, ce n'est pas perdu pour tout le monde, dit Constance, en passant ses doigts sur la fourrure de la lucrote avec un faible sourire. C'était très gentil à toi, en tout cas, j'en connais qui donneraient cher pour avoir un gardien aussi attentionné que toi !

La créature se laissa faire, soit parce qu'elle était trop occupée à mâcher, soit parce qu'elle jugea que la sorcière en avait besoin. C'était impossible à deviner. Le bruit de mastication était atroce. Constance observa la créature jouer avec ce qu'il restait de sa proie, se demandant à quoi elle pouvait bien songer pour faire ce genre de chose et se figea soudain. Peut-être… peut-être qu'elle pouvait encore tout arranger. Elle regarda la lucrote, plongeant dans son regard azuréen.

— Jester, est-ce que tu peux nous ramener au manoir rapidement ? Si je monte sur ton dos, par exemple… ?

La lucrote mit les oreilles en arrière, réticente. Constance la fixa, sans broncher. Les yeux d'azur de la lucrote scintillèrent. Finalement, Jester inclina la tête, comme si elle avait pesé le pour et le contre. Ses longues oreilles caressèrent le bras de Constance. Elle se baissa un peu pour que la sorcière grimpe sur son dos et lui laissa à peine le temps de se cramponner à sa fourrure avant de se mettre à cavaler. La jeune femme sentit l'air glacial glisser sur sa peau et elle tâcha de s'aplatir un peu plus sur l'animal pour se préserver du froid.

Lorsque Amanda Springerle vit Constance revenir vers elle sur sa monture, elle poussa un cri d'effroi qui resterait, à n'en pas douter, dans les annales. Il était difficile de savoir ce qui l'effrayait le plus : la perspective de se retrouver face à une lucrote, ou la peau bleue de la sorcière, qui devait mourir de froid. Mais Constance n'en avait cure, elle descendit de la lucrote comme si elle avait fait ça toute sa vie et courut jusqu'à sa chambre. Constance entendit un grand tumulte derrière elle. Un point de côté la prit à la moitié des marches, ce qui lui permit d'entendre la voix balbutiante de la gouvernante. Aster n'aurait jamais pu la franchir… Nul doute qu'elle s'adressait à Dreoch. Or, elle ne voulait pas le voir. Pas si elle voulait aller au bout des choses. Elle repartit tant bien que mal et verrouilla sa porte juste au moment où une série de pas se faisait entendre derrière elle. Sans tenir compte des tambourinements qui résonnaient contre le bois, elle ouvrit en grelottant son armoire et en sortit une liasse de papiers, ainsi que son manuel de potions de première année, qui croupissait depuis des semaines sous ses robes.

La lucrote s'assit près d'elle, la regardant tourner les pages à vive allure. Constance sourit en tombant sur la page de la potion de télépathie. Se saisissant d'une plume, elle nota que les coups sur la porte avaient cessé. Se délestant de sa robe trempée par son excursion, la sorcière en prit une nouvelle ainsi qu'un pull chaud qui traînait et s'en recouvrit. Elle se frotta les mains l'une contre l'autre pour essayer de chasser le froid qui s'attardait dans ses os. Constance agita sa plume pour faire circuler un peu l'encre qui avait dû figer avec des températures aussi basses et la plaça sur le papier, prête à recopier.

Soudain, elle sentit quelque chose dans sa poche. Glissant la main dedans, elle en sortit un paquet de guimauve avec surprise, avant de comprendre qu'il s'agissait de celles reçues de la part d'Azarov. Un petit grimoire vierge l'accompagnait : celui de Sidonie. Elle les posa en tremblant près d'elle et ouvrit la boîte de friandises. Cela lui ferait le plus grand bien. Tout son corps semblait se glacer de minute en minute.

Elle écrivit hâtivement, de peur d'oublier un ingrédient. De la sueur perlait à son front et elle se mit à haleter. Elle comprit qu'il s'agissait là du contrecoup de sa crise magique, mais elle ne pouvait pas s'arrêter maintenant. Elle leva sa plume au bout d'une petite minute et ferma les yeux un instant sentant un vertige la gagner. Fronçant les sourcils, elle se décida à soulever une paupière pour observer la lucrote qui s'approchait d'elle, comme si elle était inquiète. Sans doute bien atteinte par la fièvre qui la gagnait, la sorcière crut voir un voile passer dans les yeux de l'animal, juste avant que des points noirs ne se mettent à danser dans son champ de vision.

La jeune femme laissa tomber sa feuille, soulagée d'être arrivée au bout et agrippa l'édredon pour essayer de le faire basculer vers elle et de s'enrouler dedans. Elle n'avait même pas la force de se hisser dans son lit : dormir à même le sol lui semblait la meilleure chose à faire. Dans ses souvenirs d'adolescente, c'était ce qui se produisait, en général, après ses crises. La lucrote poussa alors un cri étrange, comme celui que Constance avait entendu le premier jour où elle l'avait rencontrée.

Ce fut à ce moment que la porte s'ouvrit avec fracas, comme arrachée de ses gonds. Le maître des Potions fit irruption dans la pièce et se précipita sur elle. Il l'enroula dans le tissu épais et la porta jusqu'au grand salon. Amanda Springerle se rua dans l'escalier et jeta une fiole dans la cheminée, qui s'alluma aussitôt d'un étrange feu violacé semblable à celui qu'elle avait déjà vu au café «Sortilèges».

— Allez me chercher quelque chose de chaud et du miel, ordonna Tacitus.

La kobold disparut aussitôt, tandis que le sorcier frictionnait la jeune femme à travers l'édredon étoilé. La lucrote s'approcha, mais Tacitus la repoussa. L'animal poussa un petit feulement et s'assit près d'eux en se léchant les babines, ce qui fit grimacer davantage le sorcier. Constance remarqua que les yeux de la créature avaient retrouvé leur éclat azur habituel. Les deux êtres se fixaient sans mot dire, ce qui effraya le maître des Potions. C'était comme si quelque chose passait entre la lucrote et la sorcière, les isolant du reste du monde. Tacitus reporta son attention sur la jeune femme en frottant ses bras férocement pour la ramener vers lui.

— Vous êtes encore plus stupide que je ne le croyais ! Sortir en plein hiver en robe de travail, vous vouliez mourir de froid ou quoi ?

— Je n'étais pas…, commença difficilement Constance.

— Taisez-vous ! dit-il en s'asseyant derrière elle juste devant les flammes. Vous devez vous réchauffer !

La gouvernante arriva au pas de course, une théière presque aussi grande qu'elle sur un plateau, à côté du pot de miel demandé. Appuyée contre le torse du sorcier, Constance ingurgita doucement ce qui semblait être du thé à la fraise. Le liquide lui brûla la gorge et la chaleur sembla s'étendre jusqu'à ses poumons, la faisant tousser d'un coup. Au bout de quelques gorgées, elle put tenir la tasse entre ses doigts qu'elle sentit reprendre vie. Le sommeil la guettait encore, cependant.

— Madame Springerle, allez me chercher de la potion revigorante dans le laboratoire, s'il vous plaît. Et ne faites pas attention au désordre…, ajouta Dreoch avec douceur, pour ménager la susceptibilité du vieil esprit du foyer.

La kobold ne se fit pas prier. En l'attendant, le sorcier recommença à frictionner les bras de Constance, au point qu'elle manqua de renverser tout le contenu de sa tasse.

— Si vous continuez, je ne vais plus pouvoir boire quoi que ce soit !

— Madame Springerle n'est plus à un tapis près… gronda le maître des Potions.

— Je suis désolée… pour le laboratoire et pour… ça, avoua la sorcière penaude. Je ne suis pas sortie de mon plein gré, ma magie a pris le dessus.

— Quoi ? s'étonna Dreoch en cessant momentanément d'essayer de la réchauffer.

— Je sais, murmura Constance, c'est impardonnable et vous devez me croire encore plus incompétente que ce que vous pensiez jusque-là. Je n'ai rien senti venir, et ça ne m'était plus arrivé depuis des années…

Tacitus laissa simplement ses mains posées sur les poignets de la jeune femme comme s'il prenait son pouls.

Mais, en réalité, il était tout simplement incapable de la lâcher et de se retenir de la toucher.

— Adolescente, vous étiez coutumière du fait ? demanda-t-il calmement.

— Oui, j'ai mis des années à cesser de laisser échapper ma magie. Mais les méthodes de l'Institut ont fini par marcher. Je ne savais pas que cela pouvait se reproduire, je suis désolée.

— Cessez de vous excuser. Notre magie se nourrit de nos émotions, et, lorsqu'elles sont trop perturbées, ce genre d'explosion se produit. J'ai moi-même été sujet à un tel phénomène, il y a quelques années. C'est Azarov qui a trouvé un moyen de m'arrêter. J'aurais dû me rendre compte de ce qui vous arrivait… Je suis désolé, Constance.

La voix de Dreoch était lointaine, comme s'il replongeait dans ses souvenirs. Constance se tourna un peu pour le regarder. Elle se doutait précisément du moment où cela lui était arrivé et lui sourit gentiment. Il la dévisagea sans rien dire, comme pour la mettre au défi de parler, mais elle ne le fit pas. Un instant de gêne passa entre eux, durant lequel elle eut l'impression qu'un petit malin s'amusait à répéter tout haut l'aveu qu'elle lui avait fait. Elle repensa à ce baiser sur ses doigts et sa joue. À ces instants où l'air semblait se figer entre eux. Elle n'était pas folle, il y avait un lien entre eux. Mais pour une raison qu'elle ne comprenait pas, il le repoussait. Un petit air contrit apparut sur le visage de Constance :

— Je sais pourquoi nous nous disputons tout le temps, en fait.

— Vous serez gentille d'éclairer ma lanterne, dans ce cas…

— Nous avons trop de choses en commun, répondit simplement la jeune femme en se tournant vers les flammes pour profiter de leur douceur.

Dreoch ne répondit rien et elle resserra l'édredon autour d'elle pour se blottir un peu mieux contre lui. Elle profitait clairement de la situation, mais elle s'en fichait. Myrddhin seul savait si elle aurait un jour l'occasion de refaire ça.

Le sort lui donna raison, car, quelques instants plus tard, madame Springerle trotta vers eux avec un flacon qui empestait l'ail et Dreoch se détacha d'elle pour glisser un peu de ce qui ressemblait à de la poudre de brique dans son thé. La jeune femme but sans rechigner, même si elle n'en pensait pas moins. Il attendit qu'elle ait vidé au moins la moitié de la théière et regagné des couleurs pour reprendre leur conversation en s'asseyant sur l'accoudoir d'un fauteuil, en face d'elle.

— Pourquoi vous être enfermée dans votre chambre ?

— Je ne voulais pas vous voir…, répondit-elle avec hésitation.

Le sorcier inspira et se leva pour prendre congé, mais la jeune femme l'arrêta.

— Non, vous m'avez mal comprise. Je me sens… honteuse d'avoir fait exploser notre lieu de travail, et d'avoir fouillé dans vos affaires. Je ne me sentais pas de recommencer à me disputer avec vous. Parce que je pensais ce que je vous ai dit. Même si vous n'êtes pas d'accord. Qui plus est… il fallait que j'écrive quelque chose.

Dreoch ne la lâchait pas des yeux, elle poursuivit donc, tant bien que mal.

— Quelque chose qui pourrait remettre les choses dans le bon ordre, finit-elle par répondre en faisant mine de se lever. Ce sera plus parlant si vous le voyez vous-même.

— Vous ne bougez pas d'ici ! Dites-moi simplement de quoi vous avez besoin.

— Le papier à poulet sur mon lit, s'il vous plaît.

Le maître des Potions acquiesça et sortit de la pièce, après avoir vérifié plusieurs fois qu'elle ne chercherait pas à se lever. Il fut de retour en ce qui sembla seulement une poignée de secondes à la jeune femme, au point qu'elle le suspecta d'avoir utilisé un sortilège, bien que cela ne soit pas son fort. Lorsqu'il lui tendit le papier, elle le repoussa gentiment vers lui, lui faisant signe de le lire. Méfiant, Dreoch pinça les lèvres, mais décida de jouer le jeu. Il relut plusieurs fois le papier avant de lever les yeux sur la jeune femme.

— C'est la recette de ma potion de docilité… comment ?

— Je l'ai lue, vous vous souvenez ?

— Cela ne me dit pas…, commença le sorcier avant de comprendre où voulait en venir son assistante.

— Je vous ai dit que j'avais une mémoire photographique.

— Je m'en souviens, en effet, fit-il avec une petite moue désabusée.

— J'y ai ajouté un certain nombre d'ingrédients de…

— La potion de télépathie, et avec la discrétion d'un phare dans la nuit oui, ironisa le sorcier.

— Je vous laisse volontiers l'élégance, tant que cela fonctionne !

— Et qu'espérez-vous créer avec ceci, mademoiselle Féar ? demanda le sorcier en agitant la feuille sous son nez.

— Une potion de communication animalière.

Tandis que Dreoch reportait son attention sur le fameux papier en fronçant les sourcils, Constance lui saisit la main et la serra.

— Et je voudrais que vous la présentiez sous votre nom lors de l'examen de fin d'année !

Dreoch releva aussitôt son regard d'onyx sur elle, puis sur leurs mains avant de se dégager et de se détourner d'elle. Myrddhin que c'était difficile… mais il n'avait aucune envie de l'enchaîner à lui.

— C'est hors de question !

— Cette recette n'existerait pas sans vous…

— J'ai dit que c'était hors de question, mademoiselle Féar, la coupa-t-il en retrouvant sa voix coupante habituelle. Je sais ce que ça fait de voir son travail renié et je ne le souhaite à personne.

— Ah, tiens ! « Constance » a disparu ? Faites-moi confiance, voulez-vous ? le supplia-t-elle.

Les épaules du maître des Potions s'affaissèrent avant que son regard ne plonge dans les flammes et ne revienne à la lucrote et à son apprentie. Sa chevelure de feu flamboyait, tout comme son regard. Ses pommettes avaient repris leur couleur. Tout comme ses lèvres. Il écarta violemment l'idée de s'en emparer. Il devait la repousser. Et trouver la juste limite entre son rôle de maître et ses désirs d'homme allait devenir compliqué, il en avait parfaitement conscience. Un rire nasillard lui emplit les oreilles, lui rappelant pourquoi il devait s'éloigner de Constance. Tacitus serra le papier un peu plus fort et opina.

— Cela, en revanche, je peux le faire.

Constance lui sourit et se resservit du thé, le laissant analyser en détail la recette qu'elle avait prévue.

Chapitre 11
ESSAIS INFRUCTUEUX

Lorsque la potion se mit à siffler, Constance comprit qu'une fois de plus, ils n'arriveraient pas à leur fin. Elle poussa un profond soupir en regardant Tacitus retirer le chaudron du feu avec une mine désappointée. Depuis des mois, ils travaillaient sur l'idée de Constance, en vain. Une routine s'était installée, équilibrant aussi bien leur temps de travail que leur relation.

Sans avoir pu s'en empêcher, Constance avait de nouveau tenté d'écrire à Sidonie, lui adressant ses meilleurs vœux, la remerciant pour le grimoire et lui disant qu'elle commençait à travailler sur sa potion de fin d'année. Elle avait écrit la boule au ventre, incapable de savoir si elle souhaitait un message en retour ou pas. Elle avait conclu son poulet par l'inquiétude qu'elle avait de la santé de son amie. Exceptionnellement, elle avait reçu une réponse, qu'elle tournait encore dans sa tête :

« *Travaille sur mon grimoire. Il t'aidera plus que tu ne le penses. Je vais aussi bien que possible* ».

Pourtant, Constance n'avait pas obéi, incapable de savoir si Sidonie l'encourageait vraiment, ou si elle avait cédé à la sirène qu'était Mérédith.

La jeune femme veillait particulièrement à pratiquer des exercices de respiration, afin de ne plus laisser sa magie devenir incontrôlable. Elle correspondait avec Clara et Alosius, mais s'était bien gardée de rencontrer le bibliothécaire seule, afin de ne pas alimenter la gêne du maître des Potions vis-à-vis de son ancien apprenti. Ils avaient ainsi laissé passer l'hiver en marchant sur des œufs, puis le printemps, qui n'avaient été interrompus que par quelques livraisons de potions et les venues de maître Azarov. Si leur potion pour l'examen de Constance n'avançait guère, force était de constater qu'elle avait fait certains progrès en laissant de côté les potions les plus basiques et la méditation de l'emblème. Aucun des deux maîtres n'évoquait le sujet avec elle, et elle s'en contentait, pour le moment. Elle y réussissait même plutôt bien, puisque, après tout, les jours sans nuage s'étaient succédés dans le laboratoire et les jardins sans qu'elle ne les compte.

Enfin presque. Car bien malgré elle, la sorcière ne parvenait plus à détacher son regard du maître des Potions. Il n'avait plus été fait mention de ce qu'elle lui avait avoué et Dreoch observait une distance de rigueur avec elle. Voire de sécurité. Elle avait tenté d'en prendre son parti, suivant les conseils de Clara : il existait bien des poissons dans l'océan. Mais rien n'y faisait. Ce jour-là, elle avait accepté d'aller boire un café avec son amie au «Sortilège», comme de coutume. Clara lui avait fait comprendre qu'elle avait quelqu'un à lui présenter et Constance ne se faisait pas d'illusion : son amie essayait de lui mettre un rendez-vous entre les pattes. Soit, elle pouvait au moins essayer. Elle mit plus de temps à choisir sa tenue qu'à convaincre Jester de ne pas l'accompagner. Elle opta finalement pour une robe noire, qu'elle orna de fleurs. Elle était assortie à son pantalon sombre. Elle se maquilla très légèrement, n'aimant pas s'enduire le visage de cochonneries.

Le pull vert à col roulé qu'elle portait sous sa robe de sorcier s'harmonisait parfaitement avec son écharpe parfumée. Elle n'avait pas renoncé à la porter. D'abord parce qu'elle lui plaisait, ensuite parce qu'elle s'entêtait à y voir quelque chose d'indéfinissable entre Dreoch et elle.

Elle eut la surprise de trouver ce dernier dans le hall lorsqu'elle descendit. Il se figea en la voyant ainsi accoutrée. Elle leva un sourcil, attendant une remarque quelconque, mais rien ne vint. Elle était certaine de ne pas être ridicule et si un peu de blush parvenait à couper la chique au maître des Potions, elle serait ravie de l'en taquiner.

— Avez-vous besoin de quelque chose au quartier commerçant ? demanda-t-elle gentiment.

— Vous sortez ? répondit-il.

— En effet. J'ai rendez-vous avec… un ami.

Elle avait failli dire « Clara », mais avait changé d'avis au dernier moment. C'était un coup bas, elle en avait conscience, mais le regard que lui lança le sorcier la convainquit qu'elle avait finalement bien fait de ruser un peu. Elle sourit, attendant une suite qui ne se présenta pas. Elle coula alors un regard vers la lucrote derrière elle et attrapa son manteau.

— Merci de veiller sur Jester.

Tacitus grommela quelque chose et s'avança vers Constance un peu gauche.

— Oui ? l'interrogea-t-elle.

Cela faisait des semaines qu'il n'avait pas été aussi près d'elle et ce simple fait l'enivra. Il redressa le col de sa robe de sorcière avec un rictus.

— Passez une bonne journée.

Son ton était monocorde, comme forcé. Constance le remercia et sortit. Elle résista à l'envie de se retourner vers le manoir lorsqu'elle sentit qu'il la suivait des yeux. Que cela lui donne un peu de grains à moudre.

Malheureusement pour elle, elle en eut autant. Clara était attablée avec Alosius et un de ses confrères. Un charmant jeune homme, à l'épaisse chevelure blonde et aux yeux clairs. Un géant solaire qui lui sourit dès qu'elle arriva.

Constance se mêla à la conversation avec entrain, répondit aux attentions du Viking, prénommé Endophus, mais fut rapidement distraite par le silence de la rue principale. Pivotant sur elle-même, elle vit passer un attroupement de sorciers qui pressait le pas. Lorsqu'elle croisa un regard clair dur comme de l'acier, elle ne put s'empêcher d'examiner la silhouette de l'homme qui traversait la place. C'était l'officier du tableau. Il arborait son brassard violet, qui parut extrêmement criard à la jeune femme. Il lui rendit son regard, plissant les yeux comme s'il cherchait à voir quelque chose en elle.

— Qu'est-ce qu'un agent du BREAK fait là ? souffla Clara, qui l'avait remarqué aussi.

Les deux bibliothécaires se regardèrent rapidement. Cela n'échappa pas à Constance, mais elle n'eut rien le temps d'ajouter. Les deux hommes s'excusèrent aussitôt, expliquant qu'ils devaient retourner à l'Académie. Clara haussa les épaules, incapable d'expliquer quelle mouche les piquait.

— Et ça ne t'inquiète pas plus que ça ? lui fit remarquer Constance.

— Non, il m'en parlera lorsqu'il le pourra. Ou je me débrouillerai pour lui extirper des confidences sur l'oreiller ! répondit Clara gaiement.

Constance en avala sa boisson de travers, ce qui fit beaucoup rire la brunette. Elle se pencha alors vers elle, remettant une mèche sombre derrière son oreille.

— Alors, quel est ton avis sur ce cher Endophus ?

— Heu… fit très intelligemment Constance.

En fait n'eut été la présence de la police magique, elle avait été incroyablement soulagée quand Alosius et lui s'étaient éclipsés pour regagner leurs pénates. Elle l'avait trouvé charmant, aimable et… sans aucune profondeur. Voyant l'air gêné de son amie, Clara n'insista pas. Le message était passé. Les deux sorcières flânèrent un moment, profitant de l'air du mois de mars qui s'était agréablement réchauffé.

Lorsque Constance rentra au manoir, le soleil entamait sa course pour se coucher. Elle trouva Dreoch dans le hall, comme s'il n'avait pas bougé de la journée. Elle lui sourit en accrochant ses vêtements.

— Avez-vous passé une bonne journée ? lui demanda-t-il poliment.

Constance hésita. Et décida de ne pas abuser des bonnes choses.

— Oui et non. J'ai été ravie de voir Clara, au moins.

Le sorcier fronça les sourcils.

— Je croyais que c'était un ami que vous alliez voir…

— En effet. Quelqu'un qu'elle tenait à me présenter. Un charmant bibliothécaire, que je ne reverrai sans doute jamais.

Dreoch n'ajouta rien, tâchant de se contenir : il se sentait coupable d'éprouver un tel soulagement à l'idée que la jeune femme avait trouvé ce prétendant sans intérêt. Il aurait dû, au contraire, lui dire de ressortir sur le champ. Mais il ne put pas. Il avait été distrait toute la journée, regardant l'horloge en se demandant si la jeune femme allait rentrer les lèvres gonflées des baisers d'un autre. Ce dont elle avait parfaitement le droit. Ce dont il aurait été bien malheureux, même s'il l'avait cherché. Il se renfrogna, dégoûté d'être aussi satisfait de la tournure de la situation.

— Jester s'est bien comportée ? l'interrogea-t-elle après un petit silence.

— Si l'on veut… je crains que madame Springerle ne finisse par retirer tous les tapis à franges de la demeure.

C'était l'obsession de la lucrote, depuis des semaines : elle les rongeait, les emmêlait, tirait dessus en grognant. Constance soupçonnait que la patience de la kobold n'était tempérée que par l'approvisionnement régulier de friandises qu'elle lui faisait. Dreoch avait donné les boîtes à ses domestiques le jour de leur dispute mémorable. Cela avait fait son petit effet sur tout le monde, semblait-il.

Ce soir-là, ils dînèrent calmement, profitant de la présence de l'autre sans l'avouer. Lorsque les assiettes disparurent, Dreoch se leva simplement, fit courir sa main sur le dos de la chaise de la sorcière, effleurant sa chevelure au passage, avant de lui souhaiter une bonne nuit. Évidemment, ce simple geste les empêcha l'un comme l'autre de fermer l'œil pendant des heures.

***

Le mois d'avril finissait de faire éclore les bourgeons sur les nombreux arbres du jardin et les roses poussaient maintenant d'elles-mêmes, soutenues par des parterres colorés de fiers coquelicots, délicates marguerites blanches, gerberas étincelants, clivias aux trompes orangées et pompons d'aliums flottants au vent. Sous certains arbres, Constance avait observé avec fascination les muscaris bleutés qui poussaient en grappe et tapissaient le sol. Le domaine du maître des Potions était aussi changeant que les recettes de ses grimoires et cela lui plaisait d'en découvrir les secrets petit à petit. Si elle était parfaitement honnête, elle pouvait même dire qu'il lui plaisait tout autant de découvrir les petites manies et facettes de Dreoch, bien qu'il soit beaucoup plus réservé que son jardin. La petite escapade de la sorcière avait eu le mérite de briser la glace : si Dreoch ne répondait pas à ses attentes, elle sentait que quelque chose en lui s'agitait. Il ne la quittait plus des yeux dès qu'elle avait le dos tourné ; passait régulièrement trop près d'elle ; l'appelait pour un oui pour un non. Elle encourageait chacune de ces maigres attentions. Lorsqu'elle y songeait, elle sentait encore le baiser qu'il avait déposé sur sa peau, le jour de Noël. Son esprit se perdait à imaginer qu'il embrassait désormais bien d'autres parties d'elle. L'attirance se muait en désir, et sans doute en autre chose. Béguin, amourette ou… elle stoppa là le flot de ses pensées. Elle n'avait pourtant pas rêvé leurs mains qui s'effleuraient au-dessus des ingrédients. L'un comme l'autre franchissaient régulièrement la limite que Dreoch voulait maintenir, sans qu'elle ne soit pourtant totalement dissipée. Constance regrettait d'ailleurs amèrement de ne plus entendre le fameux « mademoiselle Féar » annonciateur d'ironie ou de reproches, dans la bouche du maître des Potions. Le sorcier semblait parfois se perdre dans de sombres pensées, au moment où une réplique cinglante allait franchir ses lèvres pour la réprimander d'une énième erreur.

Jester, qui était assise à moitié sur la margelle de la cheminée, à moitié sur le tapis, observait la nouvelle catastrophe du jour avec une indifférence totale. Le chaudron déversait de grosses bulles roses semblables à du savon, sans discontinuer. Le maître des Potions agita sa baguette, réduisant l'amas étrange qui devait être une potion de rapidité. Penaude, Constance rangea les derniers ingrédients et dérapa sur le sol. La lucrote laissa échapper un ricanement moqueur, qui fit monter le rouge aux joues de la jeune femme. Elle tança sévèrement la créature. Dreoch ne fit pas attention à l'échange. Il observait la lucrote. Elle n'avait plus montré de signes manifestes d'agressivité ou de panique au cours des derniers mois, ce que Tacitus voyait d'un bon œil. Il ne relâchait pas sa vigilance, mais devait admettre que l'animal était plus complexe qu'il ne l'avait cru de prime abord.

— Je crois que nous devrions nous arrêter là pour aujourd'hui, dit-il en se tournant vers Constance, qui se contenta d'opiner.

Elle termina de ranger le laboratoire avec une efficacité qu'il admira et il la regarda sortir, déçue par sa performance. Ils n'avaient pas travaillé sur la potion qu'elle comptait présenter à l'examen final, afin de lui changer un peu les idées. Manifestement, cela n'avait pas été une si bonne option que ça. Plus le temps passait, plus la sorcière se renfermait à chaque échec. Il ne savait que trop à quel point il était difficile de se détacher d'une obsession pour une potion et, s'il était quelque part heureux de la voir emprunter véritablement cette voie avec passion, il s'inquiétait des difficultés qu'elle rencontrait. Aussi refrénait-il ses interventions auprès d'elle, pour ne pas la perturber davantage. Et pour ne pas en profiter.

Constance emprunta le chemin désormais familier du laboratoire aux cuisines, en vue de grignoter quelque chose, et fut surprise de découvrir la gouvernante déjà aux fourneaux.

— Tiens, aurait-on un petit creux petit oiseau ? la questionna Amanda Springerle avec son sourire de brindille.

— S'il y a quelque chose de sucré, je ne dis pas non…

La kobold poussa un petit ricanement et lui tendit une assiette de mantécaos tout frais. La sorcière en saisit un, joliment saupoudré de cannelle, et mordit dedans avec férocité. La gouvernante lui glissa une tasse de thé entre les doigts et retourna à sa marmite en cuivre immense, sans toutefois la quitter des yeux. Constance se laissa tomber sur la chaise la plus proche avec reconnaissance. Les ridules aux coins des yeux d'Amanda Springerle se plissèrent avec circonspection, comme si elle voyait à travers Constance.

— Petit oiseau, vous êtes perturbée…

— Nous n'arrivons à rien, avec la potion que je dois présenter dans un mois à l'Académie. Maître Dreoch essaye de me changer les idées, mais ça ne fonctionne pas. Du tout. Sur aucun plan… Et si, lui, il n'y arrive pas, je ne vois pas comment cette potion serait réalisable. Je devrais essayer autre chose.

— Croyez-vous que les piliers de la magie se soient bâtis en un jour ? Les flux sont bien trop désinvoltes pour ça ! riposta la gouvernante les lèvres pincées.

— Les quoi ? répéta Constance en levant le nez de sa tasse.

— Les flux magiques… les courants de pouvoirs. Ne vous apprend-on plus rien à l'Institut ? pesta la gouvernante.

— Heu… probablement que si, avoua Constance, mais je ne me souviens pas avoir lu quelque chose là-dessus, avoua Constance.

La domestique reposa sa louche, contrôla la marmite et se tourna vers la sorcière. Soudain elle rapetissa et Constance aperçut pour la première fois le vrai visage de la kobold, dépourvue de son glamour. Son sourire aiguisé était toujours présent, fendant un visage rond d'une couleur plus terreuse que sa carnation habituelle. Son corps trapu semblait plein d'énergie, chose que ne démentait pas sa longue queue fourchue qui battait l'air. Ses petits yeux d'un noir profond ne quittaient pas Constance lorsqu'elle se mit à avancer en se dandinant un peu, mais la sorcière dut s'en détacher pour observer le sol qui semblait frémir à chaque pas que faisait la gouvernante.

— Vous voyez ça ? Chaque pas que je fais me fait patauger dans un courant de magie lié à l'énergie de la terre. C'est la magie des kobolds.

— Le sol contient de la magie ?

— Comme l'air, grogna la kobold avec une grimace. La magie n'est qu'un ensemble de particules invisibles qui circulent, les sorciers et autres créatures magiques profitent de ces flux comme les oiseaux des courants d'air. Leur dextérité leur permet de voler, planer, piquer plus ou moins bien. C'est ainsi que vous avez inventé votre principe de téléportation.

— Alors…, souffla Constance, les piliers dépendent de la magie contenue dans le monde, nous ne la créons pas…

— Non, les sorciers se contentent de l'emprunter et de la modeler. C'est pour cela que la magie ne peut faire apparaître que ce qui a déjà existé, qu'elle…

— … ne repose que sur la force d'âme du sorcier et qu'elle est polymorphe ! la coupa Constance en se remémorant sa conversation avec Angélique Latour.

À ces mots, la kobold sourit, révélant ses dents couvertes d'or. Constance gigota sur sa chaise, hésitante.

— Ce ne sont pas que de simples préceptes, alors…

— Bien sûr que non petit oiseau ! répliqua la kobold. Mais les sorciers répètent ces phrases depuis si longtemps, qu'ils en ont oublié le vrai sens, voilà tout !

— Et si… quelque chose faisait barrage à ce flux ?

— La créature serait perturbée, répondit la gouvernante avec sérieux. Comme vous avec votre mur, petit oiseau !

Constance bondit sur ses pieds, renversant un peu de thé. Difficile de dire qui d'elle ou de Jester aurait la peau des tapis.

— Vous le saviez ? s'exclama la jeune femme très agitée. Vous pouvez faire quelque chose, alors ? Maître Azarov dit que c'est la trace d'un vieux sortilège !

— Oh non ma petite ! Ça y a qu'un sorcier pour le faire, fit la kobold en agitant un doigt longiligne devant le visage de Constance. Les kobolds sont les maîtres de la terre, du foyer, pas des sortilèges.

— Comment savez-vous que je suis perturbée, dans ce cas ? l'interrogea la sorcière.

— Parce que les flux stagnent tout autour de vous. Je les vois, mais ils ne m'obéissent pas. Cela dit, ils sont plus visibles depuis quelques mois, ceci explique cela.

Constance se mit à faire les cent pas dans la cuisine. Son esprit s'agitait dans tous les sens.

— Et quand je suis arrivée ici, comment étais-je ?

— Sans flux autour de vous, affirma la Kobold en pinçant les lèvres. C'est comme s'ils s'étaient empilés au fil du temps…

— Est-ce dangereux ?

— Je l'ignore, je n'ai jamais vu personne ni parasité ni abandonné par les flux magiques. Normalement, ils circulent avec les gens et leurs besoins.

— La magie dépend de l'âme du sorcier…, répéta Constance. La magie dépend de… leurs besoins ! Mais bien sûr !

Elle se précipita vers le laboratoire, abandonnant la kobold. La jeune femme remonta les marches à la volée et manqua de percuter Dreoch, qui refermait la porte au moment où elle déboulait.

— Je sais pourquoi je n'arrive à rien avec les potions simples, dit Constance essoufflée.

— Pardon ? répondit le maître des Potions en fronçant les sourcils, intrigué.

— Les flux magiques sont coupés. Je ne suis pas harmonisée avec eux.

— Quel rapport avec...

— Venez ! le coupa Constance en lui saisissant la main pour le traîner derrière elle jusqu'à la cuisine.

La kobold, qui avait repris sa forme longiligne grâce à son glamour, les regarda envahir tous les deux la pièce avec une certaine surprise. Constance lâcha alors la main du maître des Potions qui en avait perdu son souffle et désigna la domestique.

— Madame Springerle dit qu'on ne crée pas de magie, on l'utilise grâce aux…

— Courants magiques présents dans le monde, oui, termina Tacitus à sa place.

Elle aurait dû se douter que Dreoch connaissait ses leçons sur le bout des doigts, bien sûr. Constance attrapa aussitôt sa baguette pour faire léviter un ensemble de casseroles près d'elle.

— Quand je lance un sortilège, je n'ai pas de problème. Cela devrait être la même chose quand je prépare des potions. Pourtant ça n'est pas le cas, parce que je n'arrive pas à fournir cet effort magique nécessaire à achever les recettes. Tout se passe mieux depuis que vous lisez la formule qui permet de finaliser la potion. Ou mieux encore, quand il n'y en a pas !

— Il y a toujours une formule, ou du moins… commença Dreoch en écarquillant les yeux.

— Une intention. Comme avec la potion arc-en-ciel ou votre marque-page !

Un ange passa entre eux. Constance toussota pour se reprendre.

— Lorsque j'étais à l'Institut Baba Yaga, je vous ai dit avoir plus de mal que les autres à maîtriser ma magie, à devoir compter surtout sur ma mémoire pour m'en sortir et apprendre. Or, maître Azarov a dit que le mur en moi était comme… enraciné, parce qu'il est là depuis trop longtemps. Je pense que c'est pire que ça : je pense qu'il coupe la circulation des flux en moi. Madame Springerle dit qu'à mon arrivée je n'avais aucun flux autour de moi… et que depuis ils semblent s'accumuler.

— C'est impossible. Les flux façonnent le monde, nous vivons avec eux, nous dépendons d'eux, répondit vivement Tacitus.

— Mais aujourd'hui, la petite est saturée d'énergie, maître, répliqua la kobold.

— Mais dans ce cas, vous devriez rater tous vos sortilèges. Sauf si… comprit soudain Tacitus en fixant attentivement le visage de Constance. Sauf si vous puisez dans la magie qui est désormais en vous, ce qui expliquerait que la magie soit irrégulière, parce que sa source est un sortilège !

Il se tourna vers la gouvernante et celle-ci se mit à secouer vigoureusement la tête en triturant son tablier marron. Elle voyait parfaitement où il voulait en venir.

— Non, maître, jamais fait ce genre de chose, les kobolds ne sont pas censés le faire ! Je veille sur la maison, rien d'autre, protesta Amanda Springerle.

— Mais vous pourriez vous contenter de sonder Constance, sans intervenir. Simplement pour confirmer cette théorie. Cela nous aiderait beaucoup.

— Non, non, impossible.

— Amanda… peut-être devriez-vous considérer que cela nous éviterait de devoir reconstruire la maison à force d'explosions de chaudron, hum ? glissa malicieusement le maître des Potions.

Constance poussa un petit cri de protestation tout en admirant la manœuvre de persuasion de Dreoch. La gouvernante grogna, faisant vibrer la pièce tout entière. Tacitus savait qu'elle n'était pas dupe, mais il lui donnait une échappatoire. Les kobolds étaient férocement attachés à leurs routines et traditions. De même, ils étaient farouchement opposés à l'idée de porter atteinte à un être vivant. Amanda Springerle fit disparaître son glamour d'un claquement de langue sec et se dandina jusqu'à Constance en levant un doigt autoritaire.

— Très bien, je vous aiderai, mais à la condition que vous n'en parliez plus jamais… et que vous cessiez de laisser traîner n'importe quoi dans le laboratoire !

— Je vous le promets ! répondit aussitôt la jeune femme.

La kobold lança un regard éloquent à Dreoch et approcha un tabouret sur lequel elle grimpa, face à Constance.

— Ne bougez pas, petit oiseau !

Constance ferma les yeux en essayant de respirer normalement. Elle visualisa le mur dans son esprit. Soudain, un cliquetis de vaisselle retentit tandis que tout le mobilier se mettait à vibrer et il sembla à la sorcière que le sol ondulait sous ses pieds. De légers picotements coururent sur sa peau, jusqu'à en devenir presque douloureux.

C'était comme si de l'électricité parcourait son corps. Elle grimaça au moment où elle sentit une bouffée de chaleur l'envahir et tendit une main devant elle, étourdie. Une main fraîche et solide s'en saisit aussitôt.

— Ne bougez pas, répéta doucement la voix rauque de Dreoch.

Constance serra les dents autant que possible tandis qu'elle s'agrippait à cette sensation de fraîcheur, mais finit par se plier en deux de douleur. Le mur sembla osciller derrière ses paupières et un craquement retentit dans ses oreilles. Aussitôt, le tremblement cessa et elle rouvrit les yeux. Amanda Springerle l'observait, tout comme Dreoch. Ils étaient étrangement au-dessus d'elle, et Constance réalisa qu'elle était allongée sur le carrelage.

— Pas assez puissant, j'en suis désolée, fit la gouvernante.

— J'ai senti quelque chose pourtant, répondit Constance en se redressant, sans lâcher le maître des Potions.

Amanda Springerle apporta sa tasse abandonnée à Constance et veilla à ce qu'elle boive jusqu'à la dernière goutte, même si le thé était froid. Lorsqu'une heure eut passé et que rien d'extraordinaire ne sembla se produire, elle eut le droit de partir. La jeune femme resta sous sa surveillance, ainsi que celle de Dreoch tout le reste de la journée. Constance en fut un peu abattue. Lorsqu'ils ne la regardaient pas, elle fermait les yeux, essayant de rappeler à elle ce maudit mur, mais il ne vint pas. Sentant un mal de tête carabiné poindre, elle abandonna ses protecteurs pour se coucher tôt. La lucrote passa plusieurs fois à son chevet avant de bondir sur ses pieds. Constance se figea en voyant cet être étrange la surplomber, mais se détendit lorsque l'animal se roula en boule. Lentement, mais sûrement, elles s'apprivoisaient l'une l'autre. La sorcière tomba rapidement dans un sommeil profond, dans lequel elle eut l'impression de flotter sans fin.

Cette nuit-là, elle rêva à nouveau du dragon qui dévorait une chimère. Marchant sur ses lourdes écailles dorées, elle se retrouva soudain face au mur qu'elle avait cherché à convoquer un peu plus tôt, dans l'après-midi.

Acculée à son pied, elle inspectait chaque recoin, chaque joint jusqu'au moment où elle repéra une fissure. Éraflant la fêlure, il lui sembla même que le mur se craquelait doucement sur son passage. Un bruit familier retentit et Constance vit avec surprise des larges fissures se dessiner abruptement sous sa main. Elles lézardèrent tout le mur en quelques secondes avant de faire sauter de petits morceaux de pierres tapissées de mousse. Une lumière crue et ténue se faufila à travers ces maigres fissures et Constance sentit une brise légère jouer dans ses cheveux. Elle se colla au mur pour essayer de voir ce qui se trouvait de l'autre côté, mais les brisures étaient trop étroites pour son œil. D'abord euphorique, elle sentit une inquiétude poindre en elle, lorsqu'une voix lointaine se mit à l'appeler. Une voix qu'elle connaissait, mais avait oubliée depuis bien longtemps. Elle avait le nom de la personne sur le bout de la langue, pourtant. Cherchant à voir à qui appartenait cette voix, elle colla son visage au mur avant de reculer brutalement : quelque chose venait de l'éclabousser. Portant une main à sa joue, elle la retira rouge et poisseuse et se mit à trembler. Effrayée, Constance recula et regarda les failles du mur se remplir petit à petit de sang, jusqu'à former une flaque à ses pieds, imbibant progressivement ses vêtements. Sans qu'elle se l'explique, elle était soudain pieds nus et le mur avait comme grandi. Elle se réveilla en sursaut et la lampe qui flottait près d'elle s'écrasa au sol dans un grand bruit, avec un certain nombre d'autres objets, mais qui fut totalement étouffé par le hurlement affreux de la lucrote. L'ampoule se brisa, projetant du verre un peu partout.

La porte s'ouvrit quelques instants plus tard sur le maître des Potions qui resta interdit sur le seuil. La chambre était comme retournée. Constance rabattit ses couvertures et se leva pour observer la pièce avec précautions. Outre la lampe, des livres et son presse-papiers qui gisaient au sol, son sac d'ingrédients était renversé au milieu de ses papiers à poulet, de ses plumes et de sa robe de sorcière qu'elle avait négligemment posée sur sa chaise de bureau.

— Je n'ai touché à rien…

— Je ne pense pas que vous en ayez eu besoin, répondit Dreoch en s'agenouillant pour examiner les objets avant de darder un regard interrogateur au familier.

— Jester n'y est pour rien, protesta la sorcière en surprenant ce regard. J'en suis persuadée !

— Moi aussi. Si je devais choisir, je dirais que vous avez eu une nouvelle crise magique, mademoiselle Féar. De quoi rêviez-vous ?

— De dragon. Et du mur…, répondit Constance après une hésitation. Il était fissuré et une voix m'appelait de l'autre côté. Je me suis approchée et il s'est imbibé de sang.

Le regard de Tacitus s'assombrit avant de passer sur la lucrote.

— Elle a dû sentir votre agitation. Je demanderai à madame Springerle de s'occuper de tout ça demain ; pour l'heure, vous devriez dormir ailleurs.

— Je… je ne crois pas que je puisse me rendormir, souffla la sorcière.

Tacitus acquiesça et l'accompagna donc jusqu'au petit salon où un pâle rayon de lune filtrait à travers les lourds rideaux. Il passa les heures suivantes à surveiller son assistante comme le lait sur le feu. Elle resta un moment blottie sur le fauteuil club, enroulée dans un plaid, avant de se plonger dans un livre. Elle tournait les pages avec une telle lenteur que le maître des Potions avait parfaitement conscience qu'elle ne lisait pas vraiment, mais il n'en dit rien. Lorsque la sorcière se mit à papillonner des cils, il guetta son assoupissement. Ses paupières se fermèrent doucement et elle referma son livre avec un petit soupir, pour s'enfoncer davantage dans le fauteuil. À la voir se blottir ainsi sous le plaid, il ne put s'empêcher de sourire. Le livre glissa d'entre les doigts de la jeune femme. Le sorcier se leva pour le rattraper promptement avant qu'il ne tombe et que le bruit ne la réveille. Il avait dû être moins discret qu'il ne l'avait cru, car Constance remua et ouvrit les yeux. Elle s'adressa à lui d'une voix endormie, qui attendrit Dreoch :

— Restez…

— Dormez…, souffla-t-il en s'autorisant à chasser une mèche rousse de sa joue.

— Seulement si vous restez, marmonna-t-elle en attrapant sa main.

Le maître des Potions se figea et la contempla, mais n'eut pas besoin de répondre. Constance sombrait de nouveau dans l'inconscience.

— Si vous saviez ce qui est bien pour vous, vous me demanderiez tout le contraire.

Comme pour le contredire, elle resserra sa prise sur ses doigts. Il sourit douloureusement, vaincu, pour l'heure, et s'installa près d'elle. Aucune manifestation magique ne se reproduisit, pourtant Dreoch n'avait aucun doute : la kobold avait réussi à fragiliser le mur, ce qui signifiait que le sort d'oubli qui avait été jeté sur Constance était en train de se briser. Et que sa magie allait en être impactée. Il ignorait encore si cela serait en bien ou en mal.

Il en eut confirmation lorsque la jeune femme réalisa quelques heures plus tard, et sans s'en rendre compte tout de suite, une potion d'engrais. La même qu'elle ratait systématiquement depuis des mois. Tacitus l'avait volontairement ajoutée à la liste des recettes du jour durant l'après-midi et avait laissé la jeune femme tourner la préparation avec sa baguette. Aucune explosion ni réaction étrange ne se produisit. Constance lui avait jeté un regard sidéré lorsqu'elle avait compris ce qu'il venait de se passer. Elle le fut davantage encore quand un hurlement profond, presque métallique, retentit dans tout le manoir et que la lucrote passa une partie de son corps dans le laboratoire. Ses oreilles étaient rabattues en arrière, ses yeux brillaient d'un éclat sauvage. Quelque chose s'était manifestement débloqué chez Constance cette nuit et l'idée que cela ait placé la sorcière sur une voie funeste glaçait le sang du maître des Potions. Il chassa Jester avec vigueur. Tacitus s'en voulait d'avoir insisté pour que la gouvernante mette son nez là-dedans. Il n'avait aucune idée de ce qu'il avait mis en marche. Il écrivit aussitôt à Domovoï Azarov, sans se douter qu'il ne s'agissait que d'une première agitation parmi bien d'autres.

Lorsque le hurlement macabre de la lucrote le tira de son laboratoire, la nuit suivante, Tacitus crut que l'effet de la magie de la gouvernante avait été plus puissant que prévu ; puis que l'événement perturbait Constance. Lorsque cela se produisit plusieurs nuits d'affilée, il manqua de dégonder la porte. Son apprentie, encore ahurie, était en boule au pied du lit, se balançant doucement. La lucrote hurla jusqu'à ce qu'il pénètre dans la pièce puis se tut, comme une sirène d'alarme qui aurait retenti au loin. Et peut-être était-ce le cas. Le sorcier commençait à suspecter que ce cri était un signal. Appel à l'aide ou déclaration de mauvais augure, il n'en était pas certain. Peut-être était-ce les deux. Toujours était-il que l'animal se taisait dès qu'il approchait, ne montrait aucune agressivité tandis qu'il veillait sur Constance, et se montrait même plus aimable qu'à l'accoutumée.

— Je suis désolée, c'est le même rêve, glissa simplement la sorcière d'une petite voix.

Il se déplaça parmi les objets brisés au sol et la força à se recoucher.

— Je ne veux pas me rendormir.

— Mademoiselle Féar, même si vous défiez toutes les normes, je vous rappelle qu'un être humain normalement constitué a besoin de sommeil, sans quoi il meurt. Or, nous pouvons compter sur les doigts d'une main vos heures de sommeil, cette semaine.

— Je vais descendre au salon.

— Non, croyez-en mon expérience, ces fauteuils sont une catastrophe pour le dos !

— Et si ça recommence ? chuchota la jeune femme.

La lucrote s'ébroua et s'assit face à elle. Tacitus la regarda en pinçant les lèvres. Ils avaient passé toutes ces dernières nuits au salon ensemble. Mais puisqu'il refusait qu'elle descende, le sous-entendu était clair. Il écarta l'idée tentante de s'asseoir sur le lit. Myrddhin seul savait où cela pourrait bien le conduire.

— Je vais rester là, au cas où, avec elle, dit-il en désignant la lucrote. Et demain nous chercherons une solution, manifestement il ne s'agit pas d'un simple contrecoup.

Avec une patience qui lui était peu coutumière, il la borda. Constance se tassa sous les draps et le remercia en fermant les yeux. Elle se tourna pour éviter de se mettre à pleurer et essaya de vider son esprit. Elle entendit Dreoch tirer la chaise de son bureau et s'y installer, ce qui la rassura. Contre toute attente, elle se rendormit quelques heures.

La journée suivante se déroula au ralenti, la sorcière passant son temps à observer la courbe du soleil. Dreoch, manquant lui aussi de sommeil, fit son possible pour ne pas paraître plus désagréable que d'habitude, mais l'épuisement le gagnait, tout comme la distraction de son assistante l'irritait. Il savait qu'elle n'y pouvait rien, mais l'impuissance qu'il ressentait à l'aider le rendait malade. Azarov lui avait bien entendu suggéré une potion de sommeil, ou à défaut un sortilège d'apaisement, mais la puissance des rêves de Constance était telle qu'elle parvenait à s'en extirper. Il accueillit donc la fin de cette journée avec plaisir, jusqu'à ce que la jeune femme refuse, une fois de plus, d'aller se coucher. Ni le maître des Potions ni la gouvernante, qui avait remis la chambre d'aplomb, une nouvelle fois, ne purent la convaincre. Amanda Springerle se chargea de sa surveillance. Elle lutta âprement, mais obligea le maître des lieux à un peu de repos. La kobold fit plusieurs allers-retours entre les pièces, fournit du thé à profusion à la sorcière, ainsi qu'un peu de compagnie.

Cela permit de distraire Constance un moment. Tout ce qu'elle souhaitait, c'était éviter d'entendre la voix derrière le mur et de sentir l'épais liquide remonter le long de son corps, comme s'il cherchait à la noyer. Elle passa la nuit à lire de vieux grimoires, son regard s'égarant parfois dans le feu de cheminée, qu'elle avait allumé pour le plaisir de sentir un peu de chaleur envahir ses membres gourds. Elle eut le temps de détailler toutes les arabesques des tapis et les franges des fauteuils emmêlées par la lucrote, en réfléchissant. Prise d'une impulsion, elle se leva pour les défaire et les remettre en ordre. La répétition du geste vida quelque peu son esprit et l'apaisa. Elle se sentait comme hypnotisée par sa tâche.

Elle sentait confusément qu'il n'y avait pas de solution à son problème : elle avait voulu qu'on rétablisse la magie en elle et c'était chose faite. Plus ou moins. À présent, il y avait un prix à payer et il était conséquent. Elle devait trouver un moyen de faire taire ces cauchemars, et ignorait comment sans abattre totalement le mur. Or, maître Azarov ne savait comment faire et leur avait interdit de réitérer l'expérience. Elle était persuadée qu'avec plus d'insistance, le mur serait tombé sous les coups de la magie de la terre, mais Constance reconnaissait volontiers qu'elle ignorait les dégâts que cela pourrait produire en elle. Il n'y avait qu'à voir ce qui se passait avec ces maigres fissures… Elle vit donc l'aurore se lever avec plaisir et entreprit de sortir dans les jardins pour profiter du spectacle.

À cette heure-là, tout était paisible, comme si le monde entier était endormi et délicatement blotti dans les bras de Morphée. Constance remonta l'allée de graviers, pour admirer le soleil qui commençait à caresser l'horizon. L'air était déjà doux et elle tenta de graver dans sa mémoire l'odeur d'humus frais rassurant qui emplissait l'air.

— Z'êtes bien matinale mam'zelle ! fit une voix caverneuse tout près d'elle.

— Bonjour Aster, répondit la sorcière en souriant immédiatement.

Le troll était sans conteste son domestique préféré. Elle le trouvait toujours rafraîchissant et bienveillant. En fait, elle ne se souvenait pas d'avoir un jour rencontré quelqu'un d'aussi gentil que lui, et elle le trouvait toujours très beau avec ses fleurs épanouies striant sa chevelure de feuillages.

— Vous vous occupez déjà du jardin ?

— Oui, y a des plantes qu'aiment pas trop le soleil, alors j'fais en sorte de choisir mes heures. Et vous, le maître sait qu'vous êtes déjà là ?

— Oh, je soupçonne maître Dreoch de tout savoir bien à l'avance, plaisanta la sorcière avec un regard entendu pour le troll, qui partit d'un grand rire.

Constance sourit de plus belle et pivota sur elle-même pour désigner le jardin. Le troll la regarda attentivement, lui trouvant l'air fatigué et pâle. De vilains cernes noirs soulignaient ses beaux yeux noisette. Il avait vu le maître des Potions faire les cent pas dans le jardin, inquiet. Il se passait quelque chose.

— J'ai du mal à dormir, ces derniers temps, des problèmes avec ma magie…, expliqua la jeune femme devant l'air insistant du troll. Alors ce matin j'ai eu envie d'un peu de calme et de profiter de la beauté des lieux. C'est, je crois, le meilleur endroit pour ça.

— Les plantes, ça aide, mais c'est pas à une potionneuse que j'vais apprendre ça ! répondit Aster en faisant bruisser les feuilles qui encadraient son visage épais.

Constance opina et lui souhaita une bonne journée avant de se diriger vers le manoir. Le troll se gratta la tête, et s'aperçut avec un certain malaise que la lucrote avait sagement attendu sa maîtresse sur le perron, ne perdant pas une miette de ses déplacements. Cette bête le mettait toujours mal à l'aise : il y avait quelque chose avec son regard glacial, comme si elle voyait autre chose que ce qu'elle regardait. Cela perturbait le troll. Apparemment, cela ne gênait pas la demoiselle, donc Aster s'en accommodait au mieux. Un léger froissement de rideaux à une fenêtre le fit sourire : c'était la chambre de son maître, qui n'avait pas perdu une miette de leur échange. Constance ne saurait jamais à quel point elle avait eu raison. Le troll attendit quelques instants avant de voir le maître des Potions surgir dans l'allée et le saluer.

— La mam'zelle va pas fort, maître, fit observer le troll avec une certaine gêne.

— Non Aster, et je crains que ça n'aille pas en s'arrangeant… la pression va augmenter et, si ses nuits continuent d'être perturbées par des cauchemars, il faudra sérieusement réfléchir à ce que nous pouvons faire.

— Des cauchemars ? Rapport aux flux qui l'encombrent ?

Tacitus se figea un instant avant de soupirer.

— Vous êtes lié à la terre, tout comme Amanda, parfois il m'arrive de l'oublier… Nous avons essayé d'aider mademoiselle Féar grâce à ça, mais cela a eu pour effet de perturber une vieille magie qui dormait en elle.

Le troll fronça ses épais sourcils, se demandant comment une jeune personne comme Constance pouvait posséder de la vieille magie. Mais il choisit de penser que ce n'était pas important. La sorcière était toujours aimable avec lui, et il voyait bien ce qu'il se passait entre elle et son maître. Alors, il porta ses mains à sa tête, déplaçant de ses gros doigts un certain nombre de fleurs, comme s'il cherchait quelque chose avec beaucoup de précautions. Hésitant un peu, il se saisit finalement d'une mèche de feuilles mordorées et la souleva délicatement. Il poussa un petit soupir de soulagement puis, s'ébrouant, il fit tomber quelques fleurs d'un blanc translucide à ses pieds. Leurs délicats pétales cruciformes dévoilaient un cœur plus sombre rempli de pistils violacés et poudreux. Aster les regarda un moment avec une sorte de tendresse, puis les ramassa avec une souplesse étonnante pour sa carrure, avant de les tendre à Dreoch.

— Ça d'vrait vous aider. Plantez-en dans sa chambre ça aspire tout, le bon comme le mauvais !

— Des fleurs à rêves…, murmura Tacitus en les admirant dans la paume de sa main.

— Lui dites juste pas d'où ça vient. Nous autres, trolls, on n'est pas censés les donner comme ça, vous savez…

— Je pense qu'elle ne rechignerait pas à vous verser une obole, Aster. On a tendance à oublier qu'il n'y a pas que les trolls des ponts qui passent des marchés avec les humains.

— Non, non, protesta le troll avec vigueur. J'aime bien la mam'zelle, elle est gentille avec moi et le jardin ; j'veux rien de plus !

— C'est entendu alors. Merci Aster ! répondit Tacitus en s'inclinant doucement devant lui.

Le troll sourit en regardant son maître partir comme s'il voulait rattraper le soleil. C'était le printemps, après tout, saison des amours. Le troll se remit au travail l'esprit léger, sifflotant en même temps que les oiseaux.

Le maître des Potions ne perdit pas un instant et entreprit de rassembler tous les pots disponibles dans le jardin. Amanda Springerle observa son manège depuis la fenêtre de la cuisine, avec un intérêt non dissimulé. Elle fut moins ravie lorsqu'elle remarqua les mottes de terre qui jonchaient le sol de l'entrée. Mais Tacitus n'entendit même pas les vociférations de la kobold. Il déposa avec soin une fleur de rêve dans chaque pot. Dès que les fleurs touchèrent la terre, leurs petites tiges s'y enfoncèrent et des vrilles en sortirent, semblables à celles des citrouilles. Au fur et à mesure que ces vrilles se déployaient, d'autres fleurs étaient en train d'éclore jusqu'à en saturer l'espace disponible dans le pot. Le sorcier répéta l'opération une dizaine de fois. Satisfait de lui, il disposa les pots sur un vieux chariot du laboratoire et entreprit de les amener jusqu'à la chambre de Constance. Ce ne fut qu'arrivé devant l'escalier qu'il réalisa qu'il allait devoir faire léviter les pots. Grimaçant, il agita sa baguette et fit difficilement décoller les fleurs. Certains pots se heurtèrent, renversant un peu plus de terre, mais sans dommage pour les fleurs. Il frappa doucement à la porte de son apprentie et entendit ses pas résonner lorsqu'elle se dirigea vers lui pour ouvrir.

— Mademoiselle Féar, si vous permettez…

Constance s'écarta, surprise, et regarda défiler la dizaine de pots dans le sillage de son mentor. Ne voulant pas se risquer à tout renverser, Tacitus saisit les pots un par un pour les disposer aux quatre coins de la chambre.

— Est-ce que je rêve ou vous m'offrez des fleurs ? demanda Constance, stupéfaite.

— Des fleurs à rêves, répondit Tacitus en essayant de rester professionnel. Elles ont l'étonnante capacité d'absorber les rêves, bons ou mauvais et donc d'assurer un sommeil paisible à la personne qui bénéficie de leur pouvoir.

Cela suffit à la distraire et elle s'approcha du pot le plus proche pour les admirer.

— J'ignorais que cela existait, c'est extraordinaire ! s'exclama la sorcière.

— Elles sont très rares. L'avantage est qu'elles sont très résistantes, malgré leur apparente fragilité. Vous devriez donc pouvoir les garder ici un long moment. Suffisamment pour que nous trouvions une solution plus… efficace à votre problème.

La jeune femme détacha son regard des fleurs et les posa sur Dreoch, visiblement émue.

— Merci beaucoup. Vous n'imaginez pas ce que ça représente pour moi…

— Oh, je crois que si…, répondit Tacitus sans la quitter des yeux.

Elle sourit doucement, songeant qu'il avait lui aussi passé quelques nuits affreuses et qu'il possédait, en effet, un certain nombre de souvenirs désagréables pour comprendre l'effet que cela faisait de les voir vous posséder chaque nuit. Il toussota un peu pour reprendre contenance.

— Les plantes aident, comme on dit.

Constance l'observa de travers avant de répondre. Elle comprenait soudain d'où venaient ces fleurs, mais décida que si le maître des Potions n'en parlait pas, c'était qu'il devait y avoir une bonne raison. Peut-être à commencer par la gentillesse et la modestie d'Aster.

— Oui, il paraît…, éluda-t-elle à son tour.

Un bruit d'éternuement attira leur attention. Jester était pris d'une véritable crise, secouant vigoureusement son museau translucide. La lucrote finit par le frotter entre ses pattes avant de se rouler au sol devant le pot le plus proche comme un chat devant de la cataire. La couleur même de son pelage semblait alterner entre bleu électrique et un effet transparent, comme si l'animal n'arrivait pas à maintenir sa présence habituelle dans les couches de la réalité. La créature se frotta avidement au pot et ronronna :

— *J'aime.*

— Les fleurs à rêves ? s'étonna Constance.

En se penchant sur la lucrote, elle remarqua son museau constellé de pollen et éclata de rire.

— Je crois que c'est euphorisant !

Tacitus observait le tableau avec stupeur et un sourire féroce barra soudain son visage. Constance l'observa avec des yeux ronds.

— Quoi ? fit-elle.

— Votre familier vient de me rappeler une règle élémentaire des potions, mademoiselle Féar.

— Laquelle ? répondit la jeune femme perplexe en le voyant s'agenouiller à leur hauteur et passer un doigt sur le sol.

Il écrasa le pollen entre son pouce et son index en contemplant la lucrote avec la même joie bestiale avant de poursuivre.

— Pour que deux éléments entrent en résonance, il faut qu'ils aient des points communs. Votre lucrote est dans un état second, car ces fleurs rarissimes sont pour ainsi dire une passerelle entre notre monde et celui des rêves ; elles captent l'essence des songes et les emprisonnent. Elles sont sur le seuil, tout comme Jester.

— *Jesteeeeeerrrrr*, répéta la lucrote, comme envoûtée en se roulant davantage dans le pollen au sol pour exposer son ventre aux caresses.

Constance tira un peu la lucrote vers elle, afin de limiter les effets des fleurs, puis reporta son attention sur le sorcier. Elle savait que la lucrote serait mortifiée si, effectivement, l'un d'eux s'avisait de la caresser comme le gros chat sauvage qu'elle semblait être à cet instant.

— Et en quoi est-ce une bonne nouvelle, au juste ?

— Il se trouve que nous essayons de créer une potion très particulière, mademoiselle Féar, n'est-ce pas ? Une potion permettant la communication entre nous et un autre… univers, celui des animaux. Et que nous manque-t-il donc pour que cela fonctionne ?

Constance fit passer son regard des fleurs à la lucrote avant de répondre stupéfaite :

— Une passerelle… entre eux et nous…

Avec un air triomphant, le maître des Potions cueillit une fleur dans le pot devant lui et la fit tournoyer avant de recueillir un pistil poudré et de l'élever devant ses yeux d'onyx pour l'inspecter.

— Précisément !

Chapitre 12

MAÎTRES ET RUBANS

— Non décidément je ne vois rien qui aille ! répéta Clara pour la millième fois en jetant la dernière tenue qu'elle avait dénichée sur le lit de Constance.

Cette dernière était assise au milieu d'une montagne de tissus, la tête entre les mains, une expression chagrine sur le visage. Elle fit glisser son regard sur le tas multicolore et observa la queue de la lucrote, qui s'agitait en dessous. Il y en avait au moins une qui s'amusait…

— Je n'ai rien de plus et on vient de vider absolument tout mon dressing !

— Dans ce cas, il n'y a qu'une seule solution : aller acheter une nouvelle tenue.

— Mais le bal est demain !

— Ça, on peut dire que tu t'y prends à la dernière minute, ma vieille…, plaisanta la petite brune.

Constance soupira, une fois de plus, et retira le bout d'une écharpe d'un pot à fleurs de rêve. Depuis leur installation, le mois précédent, elle avait pu profiter du sommeil le plus réparateur qu'elle n'ait jamais connu. Cela, cumulé à la pression de fin d'année, lui avait permis d'arriver au bout de la potion qu'elle avait prévue avec maître Dreoch.

Juste à temps pour la présenter à son examen de fin d'année et participer au bal annuel qui le précédait. Elle ignorait ce qui lui donnait le plus le trac : faire face à une assemblée de maîtres qui valideraient ou non son année, ou aller danser. Elle était nulle pour danser. Et, de toute façon, la seule personne avec qui elle aurait aimé danser ne ferait pas un geste vers elle. Elle songea à Dreoch avec l'impression d'être une funambule : toujours sur une corde raide, à deux doigts de tomber. Et manifestement pas dans ses bras. Cerise sur le gâteau, si on en croyait les dires de sa meilleure amie, elle n'avait, en plus, rien à se mettre de décent.

— Est-ce qu'on est vraiment obligées ? Je suis sûre que tu exagères un peu…, tenta Constance.

— Oh non, crois-moi j'aimerais bien ! Mais j'ai jeté un œil aux articles de presse des années précédentes et je t'assure que tout le monde y est sur son trente-et-un.

Clara agitait un doigt menaçant vers son amie pour appuyer son affirmation. Jester choisit ce moment précis pour sortir de sous le tas de vêtements, son corps fantomatique s'en retrouvant étrangement bariolé. Cela donna une idée à Constance.

— Dans ce cas, je ne vois qu'une seule personne capable de réaliser un tel miracle…

— Angélique Latour, bien sûr ! s'écria Clara avec ravissement.

Les deux jeunes femmes sortirent en trombe du manoir, inconsciente du problème majeur qui les suivait : Jester refusait catégoriquement de rester en arrière. Lorsque Constance lui ordonna de rester sur place, la lucrote se mit à hurler. Le cri retentissant fit sortir tout le monde de la demeure. Les mains pressées sur ses oreilles, Constance fut obligée de capituler.

— Arrête ça !

— Mademoiselle Avilar ? intervint soudain la voix du maître des Potions.

Constance aperçut les domestiques près de l'arche menant au jardin de derrière. Clara échangea quelques banalités avec le sorcier, jusqu'à ce qu'il se tourne vers Constance.

— Puis-je savoir où vous vous rendez au juste ?

— Au quartier commerçant. Pour le b… l'examen, répondit Constance en se rattrapant de justesse lorsque Clara lui enfonça son coude dans les côtes.

Le sorcier avisa la lucrote, levant un sourcil sévère.

— Et c'est avec ce genre de compagnon que vous espérez vous faire discrète avant un examen capital. Dans un endroit à la vue de tous…

— Je lui disais justement de rester là… elle ne semble pas d'accord.

— *Jester vient !* protesta la créature.

Elle posa une patte dans le cercle, pour marquer son obstination. Les trois sorciers se regardèrent, incertains.

— Ça pourrait être dangereux pour toi, il y aura certainement plus de monde cette fois...

Elle leva une main vers la tête de la lucrote, mais celle-ci détourna le museau aussitôt. Tacitus n'aurait pas mieux dit. D'autant qu'il ne voyait pas comment expliquer, maintenant, que le BREAK n'était pas tout à fait ravi qu'on leur ait signalé qu'un loup spectral rôdait dans les environs. Et qu'il avait tout nié en bloc, évidemment. Soudain, la lucrote se hérissa et sortit sa longue langue bleutée. Elle plissa les yeux en direction d'un buisson qui se trouvait non loin. Intriguée, Constance s'avança, mais ne réussit qu'à faire sortir un écureuil de là. Lorsqu'elle se tourna vers la lucrote, celle-ci galopait vers le manoir. Les trois sorciers se regardèrent, surpris.

— Je crois qu'on devrait filer tant qu'on le peut…, suggéra Clara en prenant place dans le cercle de runes.

— Soyez prudentes, leur souffla le maître des Potions.

Constance opina et saisit le bras de son amie. Elle se retrouva aussitôt dans la rue bondée du quartier commerçant des sorciers, en face de l'Académie. Encore debout dans la zone de téléportation, Constance marqua un arrêt : la rue pavée était saturée de monde. Sorciers et sorcières chargés de paquets, de rouleaux de tissu, pavoisant avec des colifichets des plus étranges.

— Qu'est-ce que…, commença Constance.

— Ils testent leurs tenues pour le bal. C'est à celui qui se fera le plus remarquer, maître Azarov m'a prévenue.

— Évidemment…

Maudissant quelque peu son maître asocial, qui n'avait sans doute même pas la moindre idée de ce qui pouvait se passer la veille d'un bal, Constance agrippa la main de Clara et elle se faufila tant bien que mal jusqu'à la boutique de la couturière. Au bout de la cinquième personne lui ayant marché sur les pieds en la bousculant sans ménagement, Constance sentit la moutarde lui monter au nez et s'arrêta, surprenant Clara, qui manqua de basculer. Levant sa baguette, la jeune femme attendit un bref instant. Le ciel s'assombrit brutalement au point de paraître être juste au-dessus de leurs têtes. Constance abaissa sa baguette et laissa se dessiner une passerelle avec les nuages qu'elle venait de déplacer, et sur laquelle elle monta aussitôt. Dès que Clara fut dessus, le ruban nuageux commença à s'effacer. Elles traversèrent ainsi le quartier commerçant, marchant littéralement sur la tête des passants qui les observaient, médusés.

— Où as-tu appris un truc pareil ? demanda Clara en riant. C'est moi, la spécialiste des Enchantements, désormais.

Constance remua les sourcils, amusée.

— Tu sais ce qu'on dit, un bon magicien ne révèle jamais ses tours !

Elles atteignirent la boutique d'Angélique Latour en un temps record. Par chance, elles n'eurent guère à attendre. Les passants sortaient des boutiques, intrigués par ces nuages qui fondaient comme neige au soleil pour retrouver leur place dans le ciel.

— Ah, je me demandais qui était responsable de ce tohu-bohu ! s'exclama la couturière en arrivant à leur niveau.

Elle fit glisser son regard sur les deux sorcières avec un sourire complice.

— Madame Latour, quel plaisir de vous revoir ! répondit Constance

— Je suppose que vous venez pour le bal…, devina aisément la couturière.

— Vous supposez bien et je vous garantis qu'il y a du travail, précisa Clara avec une petite moue désabusée en désignant Constance.

La couturière gloussa, attirant l'attention de son hermine qui trotta jusqu'à elle.

— Je suis désolée de m'y prendre au dernier moment, je ne m'étais pas rendu compte de… l'ampleur de l'événement, s'excusa Constance, non sans manquer d'asséner une petite tape sur le bras de son amie pour la faire taire.

— Vous avez bien fait de venir.

D'un geste de sa baguette magique, elle fit sortir des étagères et penderies plusieurs modèles de robes, tous plus curieux les uns que les autres. Elles vinrent flotter devant les deux jeunes femmes, attendant leur verdict. Constance fronça le nez en les observant une par une.

— N'avez-vous rien de plus… enfin de moins… voyant ? Ce n'est pas trop mon style.

— Oh, en général les gens qui se rendent à cette soirée veulent en mettre plein la vue. Mais j'aurais dû me douter que vous ne feriez pas comme les autres, Constance.

La couturière fit un mouvement de baguette, un sourire entendu aux lèvres. Les robes de sorcière meringuées, pleine de volants, de paillettes et de nœuds disparurent, pour laisser place à des vêtements plus sobres. Ce fut au tour de Clara de faire la grimace.

— Personne ne te remarquera avec ça, tu vas passer pour une pauvresse.

— N'exagère pas, quand même. Je veux quelque chose que je puisse remettre. Le but n'est pas de se donner en spectacle. Qui plus est… je ne pense pas que maître Dreoch joue à ce petit jeu, et je me vois mal faire la potiche auprès de lui !

Clara et Angélique se lancèrent un petit regard en coin, chacune comprenant parfaitement l'amusement de l'autre. Constance, toute à son examen des robes ne s'en aperçut guère et s'appliqua à cacher ses joues rouges du mieux possible.

Rien que de songer qu'elle pourrait, toute une soirée, se tenir devant une assemblée avec le maître des Potions, elle en avait le tournis. Farfouillant dans une multitude de tissus, Constance tomba sur une robe qu'elle jugea assez élégante. Le dos du vêtement était orné de lacets. Une fois fermée, sa taille était parée d'un charmant corset bleu ciel qui englobait la poitrine. Une lanière partait de chacune des manches translucides pour s'attacher au cou, dévoilant seulement les clavicules en un joli cœur. Sous le corset, la robe retombait normalement, dans un camaïeu de bleus.

— La couleur vous sied parfaitement. Avec vos cheveux flamboyants, cela sera du plus bel effet. Mais il vous faudra porter quelque chose en dessous avec celle-là, commenta madame Latour.

— Avec un pantalon noir, tu pourrais être très bien. Mais talons indispensables… observa la petite brune en recevant l'assentiment de madame Latour.

Constance opina et laissa Clara prendre la suite des opérations en main, intervenant seulement pour empêcher son amie d'ajouter à ses achats une paire d'escarpins qui la condamnerait forcément à se tordre la cheville. Elle réussit à la diriger vers une paire de chaussures compensées noires, d'un sobre que Clara qualifia volontiers de « Dreochien ». Angélique Latour acheva les retouches en quelques instants sur la robe de Clara avant de s'occuper de Constance. La brunette en profita pour s'intéresser aux rubans qu'elle pourrait glisser dans sa chevelure.

Debout sur une petite estrade, Constance se laissait mesurer dans tous les sens. Ce faisant, la couturière remarqua le pendentif qui reposait sagement sur la poitrine de Constance.

— Que voilà un objet curieux !

Constance baissa les yeux et avisa le sifflet magique qui était exposé à la vue de tous. Elle se retint de le rentrer précipitamment dans sa robe, pour éviter d'éveiller les soupçons.

— Heu oui… je m'en sers pour… dresser mon familier !

— Oh, vous avez un familier ? s'étonna la couturière. Où est-il donc ?

— Au manoir. Il est… du genre encombrant. Maître Dreoch veille sur lui.

Angélique Latour opina et se lança dans quelques anecdotes croustillantes sur ses débuts avec Blanche. Constance soupira doucement et rangea le pendentif dès qu'elle le put en se morigénant. Alosius lui avait pourtant dit d'être prudente !

— Voilà mesdemoiselles, le reste de cette soirée vous appartient, j'ai fait tout ce que je pouvais pour vous ! s'exclama la couturière, tandis que Blanche, son hermine, faisait remonter le mètre-ruban entre ses petites pattes.

Constance et Clara la remercièrent et s'empressèrent de payer les quelques écus demandés. Constance réalisa, à cette occasion, que jamais elle n'avait été aussi économe. Vivre dans un manoir avec un maître hermétique au monde avait ses avantages. Curieuse, Blanche choisit ce moment pour se glisser dans le sac de Constance, ce qui horrifia Angélique Latour, mais fit beaucoup rire les deux jeunes femmes.

— Je suis désolée, elle ne le fait d'habitude qu'avec Elvira ! s'offusqua la couturière.

L'image de la petite fille blonde aux chouchous roses s'imposa à Constance. La couturière fixa alors étrangement sa vitrine, la main qu'elle tendait vers Blanche, suspendue dans les airs. Intriguée, Constance se retourna, mais ne vit rien de plus qu'une longue queue grise passer l'angle de la rue. Elle regarda Angélique Latour, qui sembla sortir de sa torpeur.

— Tout va bien ? demanda Constance.

— Oh oui, j'ai juste cru voir… quelque chose, fit évasivement la couturière.

Constance ne dit rien, se contentant de sortir doucement l'hermine de son sac. La petite bête détala aussitôt, renversant au passage un pot à plumes sur le comptoir. Angélique Latour le rattrapa, mais ne put rien faire pour les cartes qui s'étalèrent partout au sol. Constance se précipita pour l'aider, lorsque Clara poussa un cri :

— Non, ne les touche pas !

Trop tard. Constance leva vers elle une carte. Il s'agissait d'une carte de tarot. Elle leva le nez vers la couturière.

— Vous pratiquez la divination ? demanda-t-elle surprise.

La couturière prit un petit air gêné et s'approcha de Constance.

— J'étais très douée dans cette matière à l'Institut. J'ai gardé l'habitude de tirer les cartes, quelquefois. Qu'avez-vous eu ?

Constance examina le rectangle de papier épais qu'elle tenait. Une grosse clef bleutée y était représentée. Angélique Latour frissonna en la saisissant.

— C'est mauvais ? présuma Constance.

— Oh non pas du tout, se reprit la couturière. C'est la lame de la Destinée. La carte du changement. Et comme vous le savez, le changement n'est ni bon ni mauvais.

— Il est, c'est tout, termina Clara.

Constance sourit et lui rendit la carte avant de sortir derrière Clara. Debout dans le magasin, serrant la carte contre elle, Angélique Latour pria Myrddhin de veiller sur Constance. Le chat gris, qu'elle aurait juré être celui de Constance, repassa à cet instant devant sa vitrine, une patte en l'air. Il cligna des yeux et trotta à l'autre bout de la rue. Elle fut la seule personne à le voir.

— Pourquoi ne voulais-tu pas que je les touche ? demanda la sorcière à son amie en rejoignant la zone de téléportation.

— Pour éviter ça… répondit Clara, mal à l'aise. Toucher une carte, c'est interroger son avenir. Je pense que tu as assez de soucis, en ce moment…

— Comme quoi, tu t'es inquiétée pour rien ! plaisanta Constance.

Une lueur d'anxiété passa dans le regard de la brunette. Compte tenu des soubresauts dans la vie de Constance actuellement, rien n'était moins sûr. Une autre question dansa à l'orée de la conscience de Clara : verraient-elles Sidonie au bal ?

***

Constance rangea précautionneusement sa robe avant de rejoindre le maître des Potions dans son laboratoire. Jester était à ses côtés, impassible. Ils faisaient un étrange duo. Elle s'approcha de Dreoch et du gigantesque chaudron dans lequel la potion dont ils auraient besoin, le lendemain, mijotait tranquillement. Ils l'avaient réalisée le matin même, n'attendant que le bon moment pour y glisser le dernier ingrédient. Tous les essais qu'ils avaient effectués avaient été couronnés de succès. Avec un regard entendu, Tacitus fit passer à Constance un frêle pétale de fleur de rêve.

La lucrote s'agita, détournant leur attention en renversant des boîtes que la sorcière reconnut aussitôt. Elle déposa le pétale et s'approcha.

— Ce sont les boîtes que j'avais utilisées pour les chocolats d'Aster et de madame Springerle, s'étonna-t-elle.

Elle les attrapa pour les tourner dans tous les sens, afin d'interroger Dreoch du regard. Certains recoins étaient encore pleins de sucre, mais aussi de poudre de quartz rose.

— En effet, dit Tacitus maladroitement. Le format m'a semblé pratique pour y glisser quelques flacons, je les ai gardés en référence. J'espère que cela ne vous dérange pas…

Constance rit et reposa sagement les boîtes.

— Bien sûr que non ! Mais vous auriez eu plus vite fait de me demander le modèle.

Le maître des Potions ressembla vaguement à un lapin pris dans un cercle de téléportation, ce qui fit rire la sorcière.

— Cela m'a semblé assez déplacé…, grogna-t-il. Dans la mesure où je ne cesse de vous demander de ne pas trafiquer vos pâtisseries ici.

Constance essuya ses mains sur sa robe de travail avant de s'approcher de lui.

— Pour ça, comme pour beaucoup d'autres choses, vous aviez raison…

— Pour toutes les choses, vous voulez dire ! s'exclama le sorcier, faussement outré.

Un sourire énigmatique ourla les lèvres de Constance, tandis qu'elle laissait tomber le pétale dans le chaudron.

— Non, tant s'en faut… il est des mots que j'ai prononcés que je pense toujours.

Avec un regard appuyé vers lui, elle s'écarta, le laissant terminer la potion et quitta le laboratoire. Le maître des Potions posa une main sur son torse, cherchant les battements de son cœur. Il était certain qu'un jour, elle parviendrait à le lui arrêter. Qu'importe, elle le lui avait de toute façon déjà pris.

***

Ce ne fut qu'en pénétrant dans le hall de l'Académie, le lendemain soir, que Constance réalisa ce qu'elle devait à son amie. Quoique d'une sobriété relative dans sa nouvelle tenue, elle trouvait tout à fait sa place dans une assemblée ayant pour hobby de ressembler à un arc-en-ciel ambulant. Elle sentit la main du maître des Potions se poser sur son épaule :

— Tout va bien se passer, lui glissa-t-il à l'oreille.

Elle opina, incapable de lui dire qu'elle n'avait plus pensé à la cérémonie du lendemain depuis qu'elle avait enfilé sa robe et était descendue dans le hall du manoir pour le retrouver. Elle avait adoré cet instant où il n'avait pas pu détacher son regard d'elle. Il portait une robe de sorcier en redingote d'un bleu roi inhabituel qui laissait entrevoir un gilet et une chemise noirs, assortis à son pantalon. Sa chevelure léonine cascadait sur ses épaules et la jeune femme nota qu'elle avait quelque peu poussé sans qu'elle ne s'en aperçoive. Elle réalisa qu'ils seraient assortis sans avoir pourtant accordé leurs violons et une certaine nervosité la gagna. S'en était-il aperçu aussi ? Ils traversèrent le hall, jusqu'à atteindre une porte entre deux portraits drapés de rouge. Une salle de bal prodigieuse leur tendit les bras. Le parquet massif s'illuminait à chaque pas des danseurs, des lustres de cristal scintillaient dans un plafond orné d'étoiles. Au fond de la salle, de longues tables drapées de blancs et ensevelies sous des monceaux de fleurs laissaient entrevoir un festin digne d'un roi.

Maître Azarov surgit de la foule, accompagné de Clara, qui était resplendissante dans une robe dorée ornée de plumes exotiques. Le maître des Enchantements avait quant à lui opté pour une robe d'un rouge étrange, que Constance aurait volontiers prêté à Cupidon pour organiser la Saint-Valentin. Cela dit, c'était sans conteste sa paire de mocassins en crocodile qui attirait le regard. Comment Azarov se débrouillait-il pour faire de tels assemblages ? Il salua le maître des Potions, un sourire taquin déridant son visage ridé.

— Tacitus, toujours aussi sobre, à ce que je vois. Et il semble que cela déteigne sur notre jeune amie… vous êtes très belle Constance, ne vous méprenez pas, mais ce bal est l'occasion de toutes les folies magiques ! Si vous voulez, je peux…

Il pointa sa baguette sur la jeune femme qui agita vigoureusement les mains en s'exclamant :

— Non ! Merci, maître Azarov, mais je suis bien ainsi.

Inutile d'ajouter des plumes d'autruche ou des cous de girafe comme on le voyait chez certaines sorcières présentes dans la salle. Le vieux sorcier partit d'un grand éclat de rire en les guidant vers le cœur de la soirée. Constance jeta un regard un peu paniqué à Dreoch lorsqu'il bifurqua à mi-parcours, menaçant de la laisser seule dans la fosse aux lions. Il l'avait prévenue qu'il lui faudrait rapidement aller faire enregistrer leur nouvelle potion. Elle ne s'était pas attendue à ce qu'il y aille sitôt arrivés. Cela n'aurait cependant pas dû la surprendre, elle connaissait bien son sens pratique. Le maître des Potions sortit de sa robe un tout petit coffret en bois sculpté et le leva à hauteur de leurs yeux. Constance caressa distraitement le couvercle.

— Vous êtes prête ? lui demanda-t-il.

— Dire que tout repose sur ça…, souffla-t-elle.

Elle tapota doucement la boîte, pinçant les lèvres en inspirant profondément. Elle opina d'un air décidé. Dreoch fit glisser une main le long du couvercle, jusqu'à toucher les doigts de la jeune femme. Elle croisa son regard aussi résolu que le sien.

Il pressa sa main, la gardant quelques instants de plus qu'il n'aurait fallu, avant de disparaître dans la foule. Elle suivit sa silhouette du regard, mais le perdit de vue rapidement. Elle fut donc d'autant plus surprise lorsque, quelques minutes plus tard, il surgit derrière elle et glissa une main dans son dos comme pour la guider vers le buffet où Azarov et Clara banquetaient joyeusement. Elle sentit la chaleur de sa paume passer à travers le tissu de sa robe et se détendit.

— Vous avez fait vite, fit-elle remarquer.

— La chose n'a rien de sorcier, répondit-il, un sourire en coin.

Le jeu de mots, aussi facile soit-il, arracha un éclat de rire à Constance. Son répit fut cependant de bien courte durée, puisqu'elle tomba nez à nez avec Mérédith Valda et Sidonie au moment où ils arrivaient devant l'appétissant buffet. Comme à l'accoutumée, Mérédith était éblouissante, toute de rose vêtue. Le tissu de sa robe devait être enchanté : il bruissait sans cesse et jetait des reflets tout autour d'elle. Son impressionnante chevelure blonde était composée d'un millier de tresses qui retombaient gracieusement sur son visage poupin. À ses côtés, Sidonie semblait pâle et chevrotante. Même sa robe de très bonne facture laissait voir sa nouvelle maigreur et le vert pimpant du tissu lui donnait un teint maladif. Quand son regard croisa celui de Constance, ses yeux s'écarquillèrent et ne cessèrent de papillonner vers maîtresse Valda. Constance fronça les sourcils, peinant à comprendre ce qu'essayait de lui dire son amie. Mérédith sourit en les voyant, agitant les bras. D'instinct, Constance planta ses talons dans le sol, comme pour freiner, mais le maître des Potions ne la laissa pas faire. Ce soir, il se sentait d'attaque pour fouler aux pieds n'importe quelle vipère.

— Tacitus, roucoula la maîtresse des Potions en ignorant volontairement maître Azarov et Clara, quel plaisir de te revoir. Viens-tu quérir une danse ?

— Seulement profiter du buffet, répondit-il en la saluant sans que son visage ne semble s'émouvoir de quoi que ce soit.

La potionneuse reporta aussitôt son attention sur Constance.

— Ah oui, bien sûr, il paraît que le plus grand talent de ton assistante réside dans sa passion pour le chocolat ! répliqua-t-elle dans un rictus. C'est heureux que vous puissiez en engouffrer autant sans doubler de volume, ma chère…

Constance dévisagea Sidonie, qui donnait l'impression de vouloir se transformer en souris pour disparaître sous la table. Sa bouche n'était plus qu'une ligne mince et blanche, et ses doigts étaient agités par des tics nerveux. Constance crut la voir secouer très lentement la tête, mais fut incertaine de son geste. Elle eut la désagréable impression de manquer quelque chose d'important. Clara, quant à elle, la toisa soudain de toute sa hauteur, peinée de voir à quel point leur amie s'était abaissée. Seul le toussotement de Domovoï empêcha la petite brune d'ouvrir la bouche. Mérédith intercepta le regard de Constance et s'interposa :

— Oh, n'en voulez pas à ma Sidonie, elle n'est guère responsable si toute l'Académie fait courir le bruit de votre gourmandise. Du reste, mieux vaut être reconnue pour quelque chose que pour rien du tout, n'est-ce pas ?

Constance perçut chaque syllabe de l'insulte à travers son corps. Elle regretta que les familiers soient confinés dans une pièce spéciale afin d'éviter tout désordre malheureux, car elle aurait volontiers laissé Jester lacérer la robe de bonbonnière de Mérédith. Pire encore, elle sentit que cette insulte ne lui était pas seulement destinée lorsqu'elle vit les yeux de la sorcière passer par-dessus son épaule, droit vers Dreoch. Son sang ne fit qu'un tour et elle remonta ses manches sur ses avant-bras par réflexe, comme si elle allait en découdre. Clara sentit venir l'orage de loin, mais laissa faire Constance ; voilà trop longtemps que Sidonie et sa maîtresse méritaient une leçon.

— Et vous savez de quoi vous parlez, n'est-ce pas ? Que n'est-on pas prêt à faire pour tirer la couverture à soi ? Mentir, trahir et même voler ne semblent pas si terrible à un esprit avide de gloire.

À l'instant où Mérédith Valda tressaillit, un violent éclair passa dans ses yeux, qui alerta Constance. Elle n'eut cependant pas le loisir de voir ce qu'il allait se produire, le maître des Potions la fit pivoter vers lui. Il passa un bras protecteur autour de ses épaules et dévisagea sa collègue froidement.

— Tout est dit, ce me semble. Nous vous souhaitons une bonne soirée.

— Pas si vite…, l'interrompit la sorcière de premier rang en retenant le bras de Dreoch d'une main ferme.

Le sorcier plissa les yeux, s'apprêtant à la refouler, mais Constance intervint la première. D'une voix doucereuse, qu'il ne lui connaissait pas, elle s'adressa à la maîtresse des Potions, tout en retirant la main intrusive qu'elle avait osé poser sur son bras.

— Ne vous inquiétez pas, nous nous reverrons demain, nous aurons beaucoup de choses à célébrer, alors !

Constance inclina la tête, comme pour la saluer et s'en fut, entraînant Dreoch dans son sillage. La peur qu'elle lut sur le visage de Sidonie la secoua, mais elle ne pouvait rien y faire. Elle se faufila plus loin dans la foule, enserrant au passage la taille du sorcier. Il n'avait toujours pas retiré son bras de ses épaules, ce qui apporta à Constance une bouffée de joie pure. Elle sentait son cœur battre jusqu'à l'extrémité de ses propres doigts, comme si leur pulsation passait vers le corps du maître des Potions et inversement. Lorsque la sorcière remarqua enfin un emplacement calme, elle les y dirigea. Le libérant quelque peu, elle se tourna vers lui, attrapant sa main plutôt que sa taille. Le regard d'onyx de Tacitus semblait surpris et indécis, il l'observait comme s'il était fasciné. Constance s'en sentit toute petite.

— Quoi ? demanda-t-elle.

— Ce n'était guère prudent…

— Non, c'est vrai, dit calmement la jeune femme avec un regard lourd de sens. Mais il était temps que quelqu'un lui fasse comprendre les choses. Elle ne peut pas gagner sur tous les tableaux et ses petits secrets n'en sont pas.

— Elle vous cherchera encore querelle, vous en avez conscience ? dit-il en haussant un sourcil perplexe.

— Je m'en moque, mais je ne supporte pas qu'elle vous attaque ! tempêta la jeune femme.

Dreoch vit le moment où il se penchait sur elle pour cueillir ses lèvres tant elle le retournait par cette simple phrase. Malheureusement, il n'en eut pas le temps : jusque-là perdu dans la foule, à cause de sa petite taille, maître Azarov les rejoignit suivi de Clara. Tacitus lâcha doucement la main de la sorcière. Il n'entendit même pas ce qui se disait autour de lui, le cœur encore trop au bord des lèvres. L'envie d'écorcher Mérédith l'avait violemment effleuré, tout comme celle de fuir cette assemblée avec Constance. Il se rendit compte avec violence de l'écart existant entre ces deux femmes. Il observa Constance deviser avec Clara.

Dire qu'elle avait commis la folie de faire face à son ancienne fiancée et de lui laisser entendre qu'elle savait à quel jeu elle avait joué… il aurait dû la secouer comme un prunier et la chasser séance tenante de cette salle, pour la protéger. Surtout si elle était bien qui il croyait. Mais il en était incapable. Avec un pincement au cœur, il réalisa qu'ils n'avaient plus parlé de Mérédith depuis leur précédente dispute, aussi n'avait-il jamais vraiment pu clarifier ce qu'il s'était passé entre eux. L'avait-il seulement souhaité ? Sa lâcheté le consterna. À moins qu'il ne s'agisse d'un reste de naïveté. Celle-là même qui qualifiait si bien le jeune homme qu'il avait été, dans une autre vie. Il avait pensé avoir perdu cette facette de sa personnalité, lorsque la femme qu'il aimait l'avait trahi en lui volant non seulement sa potion, mais aussi en le privant de tout ce en quoi il croyait : son avenir, ses rêves, elle… et ses certitudes sur les applications de la potion de docilité. Car, c'était bien Mérédith qui avait découvert qu'elle fonctionnait aussi sur les humains quand, lui, ne l'avait prévue que pour les animaux. Peut-être était-ce parce qu'il y avait du génie en elle qu'il ne s'était pas battu.

Un bref instant, il revit la soirée où il l'avait chassée du manoir, refusant de lui révéler les ingrédients nécessaires à la composition de la potion. Il s'était refusé à dévoiler le fait que Mérédith était incapable de refaire la potion de docilité. Il l'avait laissée plastronner et en appeler à l'éthique, en répétant à qui voulait bien l'entendre que cette potion était bien trop puissante pour être commercialisée ; trop sujette à mauvaise utilisation pour que sa recette soit même simplement révélée. Il avait cru acheter ainsi la paix avec elle. Elle n'y avait vu, peut-être à raison, que de la faiblesse et s'employait depuis à lui faire payer ce qu'elle considérait comme une entrave à sa progression vers la gloire. Mais Tacitus n'avait jamais cherché la gloire. Il l'avait évoquée, quelquefois, dans l'euphorie du moment, mais elle n'avait jamais guidé ses gestes. Il avait lui-même noué les chaînes qui l'entravaient aujourd'hui, tout comme il avait précipité sa chute en travaillant avec cette femme qui lui avait volé son examen de dernière année. Il avait pensé qu'elle s'en contenterait. Il avait pensé l'aimer encore, malgré tout. Et Myrddhin, qu'il avait combattu ce sentiment destructeur. Mais en posant les yeux sur Constance, il sut qu'il n'en avait rien été. Il avait eu peur. Il s'était calfeutré dans son manoir, enroulé comme une bête sauvage autour de sa propre douleur. Il avait repoussé tout le monde, de peur de faire confiance à nouveau. C'était un miracle qu'Azarov soit resté près de lui. Et un plus grand encore qu'il ait croisé la route de Constance à l'automne dernier.

Il se frotta la poitrine, comme pour calmer son cœur endolori. La colère était encore là, mais moins sourde. Petit à petit, un rayon de lumière l'avait remplacée. Un rayon qu'il n'était pas prêt à laisser s'éteindre, bien qu'il le sache en grand danger. Si Constance se montrait aussi douée qu'elle le promettait, Mérédith n'aurait de cesse de se venger d'elle. Encore plus si elle lui était proche… Il était donc impossible qu'elle reste auprès de lui. Il n'en ressortirait rien de bon pour elle. Il était encore trop englué dans les ténèbres de Mérédith pour cela.

Il vit plus qu'il n'entendit son vieil ami raconter une anecdote qui fit rire les deux sorcières. La solution lui sembla évidente : Domovoï pourrait s'occuper d'elle. Malgré son talent inattendu, et très problématique, pour les potions, Tacitus savait que Constance pourrait se reconstruire sur la voie qu'elle s'était initialement choisie, et oublier tout ça. Quelque part, il le lui devait. Lorsque l'examen serait passé, il la laisserait partir et il retournerait à son abri, prêt à affronter Mérédith, sans lui permettre de faire davantage de dégâts. Cela ne concernait personne d'autre qu'eux. Il laissa s'égrainer la soirée, profitant des rires d'Azarov et des deux jeunes femmes. Lorsque Clara s'éclipsa pour danser avec Alosius Moon, Tacitus surprit le regard insistant d'Azarov sur lui. Que son vieil ami le pousse ainsi avait de quoi le surprendre. Lui, plus que tout autre savait que Constance aurait besoin de quelqu'un pour la guider. Lorsque le maître des Enchantements tapa du pied vivement sur le sol pour montrer son impatience, Tacitus ne put s'empêcher de sourire. Son ami était bien le seul à penser qu'il serait assez fort pour épauler Constance à l'avenir. Le maître des Potions ferma les yeux un bref instant, rassemblant ses bonnes manières et suivit la jeune femme.

Surprise, Constance le regarda fendre la foule derrière Clara et donner une poignée de main au bibliothécaire. Celui-ci regardait Dreoch, éberlué. Il serra sa main avec un brin de méfiance. Lorsque Dreoch rejoignit Constance, elle ne put s'empêcher de le questionner.

— Que lui avez-vous dit ?

— «Bonsoir», c'est ce qui se pratique chez les gens civilisés, en règle générale, mademoiselle Féar, rétorqua-t-il.

Azarov camoufla mal son rire derrière une fausse quinte de toux. Il s'éclipsa néanmoins, laissant le maître et l'apprentie en tête à tête.

— Vous ne me le direz pas, n'est-ce pas ? insista Constance.

— Plutôt que de vous occuper de mes affaires, vous devriez aller danser, souffla Dreoch en se penchant vers la sorcière.

Constance l'observa un instant et vida son verre d'un coup.

— Vous avez parfaitement raison, c'est un bal après tout ! fit-elle.

La superbe de Tacitus ne dura qu'une fraction de seconde, jusqu'à ce qu'elle l'attrape pour le faire basculer vers la piste. Elle plaça les mains du sorcier sur sa taille et haussa un sourcil moqueur dans sa direction.

— Une valse devrait être à notre portée !

— Je ne danse pas, répliqua Dreoch, sans pour autant se détacher d'elle.

— Bien, alors faites-moi danser, répondit Constance avec un sourire mutin.

Un instant de grâce passa, pendant lequel le maître des Potions songea aux longues journées solitaires qui l'attendraient, une fois que Constance serait partie. Voler quelques minutes de plus ne leur ferait pas de mal. Sans un mot, il accéda donc à sa demande et la fit virevolter sur la piste sans se priver. Elle passa ses mains autour de sa nuque, tandis qu'il glissait son nez dans son cou, inspirant son odeur sucrée. Il resserra sa prise sur elle, rapprochant leurs corps instinctivement. Il sentit la chair de poule qui recouvrit sa peau, tout comme il capta avec trop d'attention le halètement qui échappa à la jeune femme lorsqu'ils furent l'un contre l'autre. Ils étaient bien trop proches pour une valse réglementaire. Cependant, lorsqu'elle posa sa joue sur son épaule, il ne put s'empêcher de caler sa propre joue contre sa chevelure de feu et d'y déposer un baiser. Elle ne releva pas la tête vers lui, c'était inutile. Elle serra simplement sa main plus fort. Dreoch ne savait même plus s'il sentait ses propres battements de cœur ou ceux de Constance. Peut-être les deux. Le rythme était effréné. Bien loin du tempo des violons, dont ils suivaient pourtant le rythme.

***

Ce que n'avait pas du tout prévu Tacitus, en revanche, fut la rage qui s'empara de Mérédith Valda en le voyant lui tourner le dos, main dans la main avec cette petite sotte. Rage qui ne fit que s'amplifier lorsqu'elle le vit danser, comme si rien d'autre ne comptait autour d'eux. Elle fit claquer ses talons, jetant dans le visage de Sidonie une partie de ses voiles et rubans sans même y faire attention. Elle fendit la foule, peinant à conserver son air affable.

— Maîtresse Valda, je… c'est mal, commença Sidonie.

— Tais-toi ! Je ne veux pas t'entendre ! Tu vas te montrer utile, pour une fois, et veiller à ce que tous les juges restent occupés, moi…, j'ai à faire.

— B… bien, maîtresse Valda.

Sidonie se tordit les mains. Elle ne voulait pas voler. Elle qui avait toujours travaillé d'arrache-pied se retrouvait à chercher la gloire d'autres pour s'en couvrir. Cela la rendait malade, au point de ne plus pouvoir se supporter et se regarder dans une glace. Elle espérait que Constance avait compris. Fidèle et merveilleuse Constance… qui ne lui pardonnerait sans doute jamais sa lâcheté, à raison.

Mérédith grimaça à cette réponse stupide. Elle qui espérait parvenir à user les nerfs de Tacitus au point qu'il vienne à elle à genoux, elle était passablement déçue. Mais s'il fallait faire voler en éclat ses nouveaux projets avec une petite dinde, qu'à cela ne tienne. Laissant sa propre assistante aller passer de la pommade dans le dos de ses collègues et futurs jurés, elle s'assura que la voie jusqu'à la salle d'examen était libre. Il lui fallut retraverser le hall de marbre de l'Académie, et elle manqua percuter un chat sortant de sous le bureau flottant.

— Tire-toi de là, le greffier ! pesta-t-elle sans s'attarder.

La salle de cérémonie était officiellement sous scellés, sauf pour les maîtres qui devaient concourir et déposer le fruit des résultats du travail acharné de leur apprenti. Par chance, ou plutôt par prudence et calcul, Mérédith avait attendu avant de déposer la sienne et celle de son assistante.

La pièce était étrangement calme et baignée par la lueur tamisée de la lune. Les potions étaient toutes conservées dans des coffrets de bois de formes diverses, afin que les rayons de l'astre ne les altèrent pas. Elle se dirigea vers l'étagère sur laquelle un certain nombre de coffrets étaient déjà disposés. Elle ne doutait jamais de la diligence de ses collègues à exécuter les ordres et bien à raison. Elle chercha l'étiquette portant le nom de Tacitus et sortit de sa robe un flacon de potion de confusion, dont elle versa quelques gouttes sur l'étiquette du scellé qui sécurisait le coffret. Puis, lorsque celle-ci se mit à se ramollir dans sa main, elle tira dessus d'un coup sec pour la rompre.

Le couvercle de la boîte s'ouvrit aussitôt, révélant un flacon longiligne, empli d'un liquide d'une couleur cuivrée. La sorcière lut l'étiquette qui l'ornait avec intérêt, même si ce rappel à la chevelure de Constance la fit grincer des dents. Elle s'empara du flacon avec avidité. Elle le soupesa et émit un petit reniflement dédaigneux. Il était minuscule. Aussi insignifiant que cette péronnelle, mais cela suffirait. Elle retourna la boîte en tâtant le dos avec lenteur et sourit en sentant un léger renflement. D'un geste, elle fit coulisser le dos du coffret et un flacon de même apparence lui tomba dans la main.

Il fallait croire que Tacitus avait appris de ses erreurs passées et essayait de se montrer prudent en doublant son échantillon. Mérédith rangea le premier flacon bien à l'abri dans sa robe et en sortit son propre coffret en bois. Toute à ses pensées et sa victoire prochaine, elle y rangea le second flacon volé avec un sentiment de satisfaction intense, non sans avoir retiré et échangé la propre potion de concentration que Sidonie avait créée. Une potion sans intérêt, que Tacitus et sa gourde d'assistante ne sauraient ni reconnaître ni utiliser.

Tout en ressortant de la salle, elle médita un peu sur cette soirée prometteuse. Un peu de ce qu'il lui restait de sa potion de docilité dans le verre des juges aurait pu faire l'affaire, ce soir. Elle ne l'utilisait qu'avec une parcimonie extrême, afin d'éviter de se retrouver trop rapidement dans une impasse. Mais les multiples gaffes de Sidonie n'auraient pas manqué d'attirer l'attention sur elle. Mieux valait donc changer de procédé et veiller à écraser toute possibilité de réussite chez ses adversaires.

Un sourire mauvais étira ses lèvres : voilà qui apprendrait à Tacitus comment se comporter avec une femme et qui lui rappellerait sûrement de très bons souvenirs. En prime, elle partait avec une réserve de potion qui, avec un peu de chance, la rendrait encore plus riche et célèbre.

Chapitre 13
CRIMES ET CHÂTIMENTS

Le lendemain matin, il fut difficile de dire qui de Constance ou de Tacitus semblait le plus nerveux lorsqu'ils pénétrèrent dans le hall de marbre de l'Académie. Le maître des Potions bifurqua rapidement à gauche, à l'opposé du bureau flottant. Constance reconnut la porte par laquelle elle était entrée pour passer son examen des Potions à la rentrée. Elle espérait en ressortir plus triomphante que la dernière fois, malgré sa nervosité actuelle. La jeune femme s'était retournée toute la nuit dans son lit, inquiète à l'idée de l'épreuve qui l'attendait. La valse langoureuse qu'elle avait échangée avec Dreoch était fréquemment venue interrompre le fil de ses pensées, avant qu'elle ne replonge dans une sorte de trac paralysant. Le maître des Potions, quant à lui, ne savait s'il redoutait la cérémonie qui servirait d'examen, la confrontation avec Mérédith ou le départ qu'il préméditait pour son assistante.

L'estrade était toujours en place, mais les bureaux qui avaient servi à l'examen d'entrée avaient disparu, laissant place à des sièges parfaitement bien rembourrés, d'un vert profond. Certains étaient déjà occupés par des mages que Constance ne connaissait pas. D'autres se levèrent à la hâte tandis qu'elle passait près d'eux, mais elle fit comme si elle ne voyait rien.

Jester était sur ses talons, silencieuse et dangereuse comme jamais. La lucrote avait refusé de se tenir à l'écart, ce matin. Elle avait manifestement mal vécu d'être reléguée à la salle des familiers, lors du bal de la veille et Constance n'avait pu la faire changer d'avis. Le fait que la créature insiste autant pour suivre la sorcière n'avait fait qu'ajouter à son angoisse : était-ce par caprice, ou un signe du destin ? Constance n'en savait rien. Le maître des Potions avait tout tenté pour la garder au manoir, y compris de recourir aux pouvoirs de la kobold, gardienne du foyer, mais rien n'y avait fait. Il savait qu'ils allaient au-devant d'ennuis et avait prié pour que le mysticisme de ses pairs ne l'emporte pas sur leur raison.

Constance suivit Dreoch jusque sur l'estrade. Il s'arrêta juste en bas des marches et glissa ses mains dans ses poches, prenant son air neutre habituel. Il se refusait à montrer que les autres pouvaient l'atteindre, à cet instant, même si certains regards de vautour n'arrangeaient rien. Il avait toujours détesté se donner en spectacle et ce genre d'assemblée mondaine avait le don de lui mettre les nerfs en pelote. Le vrombissement des paroles ne faisait que s'accroître, commençant à lui donner mal à la tête. Lorsque le jury fut au complet, la parade commença. On appela chaque apprenti et son maître, et il suivit Constance sur l'estrade.

Un brouhaha les accueillit lorsqu'on réalisa le type de familier qui était avec eux. En face d'eux, les différents coffrets étaient disposés par année. Constance se rendit compte que, outre les trois premières années qui l'accompagnaient, seulement cinq autres assistants étaient présents. Elle ignorait s'ils étaient deuxième ou troisième année et se dressa sur la pointe des pieds pour mieux les voir. Tacitus grogna, la rappelant subrepticement à l'ordre. Elle lui fit un petit sourire d'excuse et dirigea son attention sur la table devant eux. Les différents maîtres membres du jury circulaient entre les coffrets présentant les potions, certains opinaient, d'autres semblaient s'interroger avec plus ou moins d'aigreur sur les trouvailles des candidats.

La majorité d'entre eux avait cependant beaucoup de mal à quitter Constance des yeux : la lucrote était vissée à son ombre. Le loup spectral terrorisait donc une grande partie de l'assemblée ou alimentait les rumeurs à bon train. Une certaine agitation régnait dans la salle.

Enfin, les juges regagnèrent leur place, certains déployant des trésors d'imagination pour contourner Tacitus et son assistante. Le maître des Potions se paya le luxe de balayer la foule de curieux venus assister à la cérémonie en tapant fortement du pied sur l'estrade, comme pour chasser une bestiole de moindre importance. Une sorcière s'évanouit pratiquement dans la salle, ce qui le fit ricaner en même temps que la lucrote. Cette provocation lui fit le plus grand bien. Un petit geste attira finalement l'attention de Dreoch, le faisant sourire faiblement. Il inclina la tête en direction de son vieil ami. Domovoï Azarov et son assistante Clara étaient évidemment de la partie, comme il s'en était douté. Au moins avaient-ils du soutien. Tacitus reporta son attention sur le jury devant lui, non sans placer une main sur l'épaule de Constance qu'il sentait au bord de l'implosion.

— Ça va bien se passer, murmura-t-il.

— Jester ou la potion ? répondit-elle d'une petite voix.

— Les deux, voyons…

Elle opina, sans parvenir à prononcer un mot. Cela aurait de toute façon été inutile, car, au même moment, une silhouette blonde élégamment enroulée dans une robe chatoyante se présenta sur l'estrade. Mérédith Valda, suivie de Sidonie, prit place en faisant un tour sur elle-même pour être visible de tous. Elle marqua un temps d'arrêt en avisant la lucrote. Son visage se décomposa et elle recula, jusqu'à mettre la main sur le sorcier qui semblait en charge du rite : le plus voûté, celui qui avait organisé l'examen d'entrée. Il opina vaguement et haussa les épaules, se concentrant plutôt sur un vieux parchemin. Le visage de Mérédith rougit et elle apostropha un homme en bas de l'estrade, qui partit au petit trot.

D'une démarche conquérante, elle attrapa Sidonie par le bras et la plaça devant elle, comme une poupée de chiffon. Constance, qui n'avait pas perdu une miette de tout ce procédé, se tourna vers Dreoch pour l'interpeller, mais une voix retentit, annonçant le début de la cérémonie. Le vieux sorcier voûté s'avança, sa voix emplissant toute la salle :

— Sorcières, sorciers, bienvenus à la cérémonie annuelle du noble pilier des Potions ! Aujourd'hui, nous recevons les apprentis qui, avec l'aide de leurs maîtres, ont mis au point des potions prouvant leur savoir-faire et nous révélerons sans doute les talents de demain. Sans plus attendre, je laisse notre Premier maître des Potions ouvrir le bal. Maîtresse Valda, si vous voulez bien nous faire l'honneur…

— Très certainement, je vous remercie maître Laelia.

Avec un sourire conquérant, Mérédith Valda s'avança, poussant Sidonie en avant. La jeune fille leva le menton pour la première fois, mais, au lieu de fixer la table aux coffrets, braqua son regard droit sur Constance. Son teint cadavérique épouvanta la sorcière, mais l'éclat de supplication dans les yeux de Sidonie lui fendit le cœur. Cela agaça la maîtresse des Potions qui siffla quelque chose à son oreille. Sidonie détourna le regard et s'approcha finalement de son coffret. Elle le tendit à Mérédith, qui en extirpa un flacon dont le liquide cuivré scintillait. Constance sentit Tacitus se raidir à côté d'elle, puis se figer totalement lorsque son ancienne fiancée déclara :

— Voici donc la potion que nous avons conçue cette année : une potion de communication animalière ! Elle promet de grandement faciliter les liens entre les habitants de ce monde, voire entre certaines espèces.

Dans le public, Domovoï cilla. Dreoch s'avança, mais Constance le retint vivement. Au même moment, Sidonie apportait lentement un crapaud vers la table et trébucha. Elle rattrapa péniblement l'animal et leva une fois de plus les yeux sur Constance. Le regard de la grande blonde était empli de larmes, mais Constance ne broncha pas. Dreoch se figea, surpris de son attitude inhabituelle.

Il chercha son regard. Lorsque Constance refusa de le regarder, il comprit que quelque chose était en train de se produire, une chose sur laquelle il n'avait aucun contrôle. Le maître des Potions fronça les sourcils, mais, lorsque Mérédith porta le flacon à sa bouche, rien de particulier ne se produisit. Dreoch croisa le regard de son assistante, mais, avant qu'il ne puisse demander quoi que ce soit, un gémissement étrange échappa à la lucrote, attirant son attention.

Les vibrisses de Jester ondulaient follement. Son regard azur brilla dangereusement et, très lentement, la lucrote tourna son visage lupin vers Mérédith Valda. L'assistance frissonna tandis qu'un voile étrange recouvrait les pupilles de la créature et que la température sembla chuter de plusieurs degrés. Le familier grogna et se coucha sur les pieds du maître des Potions en imitant sa voix.

— *Dreoch, problème !*

— Je ne te le fais pas dire, sac à puces, ricana Mérédith avec un regard triomphant.

Sans laisser le temps à personne de réagir, elle se mit à la hauteur du crapaud et ouvrit la bouche pour lui poser une question, qui ne vint jamais. Dreoch se figea, comme toute l'assemblée, en voyant une bulle noirâtre sortir de la bouche de Mérédith. Constance porta une main à ses lèvres, horrifiée. Dreoch se tourna vers elle, et elle secoua la tête vigoureusement.

Non, ce n'était pas du tout ce qu'elle avait prévu. Elle vit le doute passer dans le regard de Dreoch. Comment lui en vouloir ? Son score en matière de potions était loin d'être glorieux. En deux enjambées, il rejoignit Constance, sifflant Jester. La lucrote refusa de bouger. Le maître des Potions se plaça devant son apprentie, prêt à réagir, baguette en main. Constance s'agrippa à lui.

— Je vous jure que ce n'est pas de mon fait ! dit-elle tandis qu'ils reculaient en même temps que le reste de la salle.

Dans le public, des cris fusaient, horrifiés. La bulle enflait encore, semblant se solidifier dans la bouche de la maîtresse des Potions, tandis qu'elle se mit à suffoquer.

Elle porta ses mains à sa gorge, essaya de tirer sur la bulle pour la crever, mais elle demeura intacte. Son cri muet provoqua un mouvement de panique dans l'assemblée. De la bave coula sur son menton tandis que ses yeux s'écarquillaient de frayeur. Comme obéissant à la terreur de la potionneuse, la bulle enfla à nouveau. Sidonie se jeta sur elle, essayant de lui arracher la bulle des lèvres sans y parvenir. Ses doigts furent bientôt recouverts d'une matière noire, semblable à du goudron, qui sécha aussitôt en une gangue macabre. Elle fut néanmoins bientôt rejointe par d'autres maîtres des Potions, qui plaquèrent Mérédith au sol. Constance regardait, impuissante, le corps de la maîtresse des Potions agité de soubresauts tandis que son teint devenait violacé par manque d'air. Totalement paniquée, Sidonie se mit à la secouer de toutes ses forces en pleurant et vociférant :

— Aidez-la par pitié ! Elle va mourir !

Avec un petit frisson, Constance vit la lucrote se relever et pousser son hurlement caractéristique. Lorsque l'animal baissa la tête, interrompant son cri féroce, Constance vit Jester se pourlécher les babines. La sorcière eut beau chercher, elle ne vit pas de sang qui aurait pu attirer la lucrote. Une idée lui traversa fugacement l'esprit : ce n'était pas au sang que la lucrote était sensible, mais à la douleur et au danger. Elle comprit alors que la mort rôdait. Sidonie avait raison et cela glaça la sorcière, qui se recroquevilla sur elle-même. Sa main remonta jusqu'à son cou et s'empara du petit objet froid qui y reposait depuis des mois : le sifflet magique d'Alosius. Fébrile, elle le porta à ses lèvres et siffla de toutes ses forces, priant pour qu'on l'entende. Le bruit strident lui vrilla les tympans, mais elle ne s'arrêta pas de souffler pour autant.

Le temps lui sembla terriblement long, tandis que s'égrainaient les secondes lorsque la porte de la salle de la cérémonie s'ouvrit avec fracas, non pas sur Alosius, mais sur un groupe de mage vêtu de gris, arborant un brassard violet. Le BREAK. Leur intervention acheva de semer le chaos.

Certains sorciers se précipitèrent vers les portes pour les repousser. D'autres se cachèrent dans le premier recoin venu. Alosius, en nage, baguette en main arriva au milieu d'un véritable champ de bataille. Passant sous les bras d'un officier qui essaya de l'arrêter, il se rua vers Constance.

— C'est elle qu'il faut aider ! s'écria la sorcière en pointant Mérédith du doigt.

Alosius la dévisagea et se précipita vers la maîtresse des Potions, une trousse de secours magiques à la main. Le cri de Constance sembla sortir tout le monde de sa torpeur, le BREAK y compris. L'homme que Constance avait aperçu au manoir fendit la foule, emboîtant le pas à Alosius. Il aida le bibliothécaire à allonger et maintenir Mérédith au sol, tout en aboyant des ordres. Alosius ne s'en préoccupa pas et sortit avec hâte une baguette constituée d'un bois étrange : mince, d'un brun clair, comme piqueté de blanc. L'agent du BREAK fixa l'instrument, éberlué.

— Où avez-vous eu ça ? demanda-t-il en serrant les dents pour maintenir Mérédith en place.

— Les baguettes de noisetier font partie des kits d'urgence de l'Académie, répondit Alosius en visant l'énorme bulle noire.

Puis, sans attendre, il donna un coup ferme sur la bulle qui explosa, renversant tout le monde sur son passage. La lucrote leur tournait autour, glapissant par instant, ajoutant à la confusion qui régnait.

— Sortez ce monstre d'ici, ordonna l'officier.

Jester lui montra les crocs aussitôt.

— *Monstre, elle !*

L'agent déglutit, et reporta son attention sur la maîtresse des Potions qui essayait de se redresser. Haletante, l'écume aux lèvres et les yeux injectés de sang, Mérédith prit de longues et bruyantes goulées d'air. Allongée sur le sol de l'estrade, elle se tordait comme un ver, encore toute à sa panique. Elle se mit à trembler lorsqu'un furieux hoquet l'agita et qu'une bulle recommença à se former. Tacitus se précipita aux côtés d'Alosius et renversa la trousse. L'agent du BREAK posa une main sur son poignet lorsque le vieux sorcier voûté, qui avait tenu la cérémonie, se mit à vociférer :

— Laissez-le faire !

L'officier libéra aussitôt Dreoch, qui se saisit d'une bouteille verte. Il la vida sans attendre dans la bouche de Méredith, l'obligeant à la refermer en saisissant vigoureusement son menton. La bulle enfla dans sa gorge, permettant au public de la suivre tandis qu'elle passait la trachée. Elle sembla rouler jusqu'au bout de sa gorge et disparut tandis que le sorcier se reculait.

— De l'ambroisie, dit-il en montrant l'objet à Constance, qui venait de le rejoindre, c'est un antidote redoutable contre les empoisonnements à la magie.

L'officier du BREAK, toujours à terre près de Méredith, observait le maître des Potions avec un mélange d'étonnement et de méfiance. Un bruit peu ragoûtant résonna soudain aux oreilles de Constance, tandis que la maîtresse des Potions se mettait à vomir une bile d'un noir émaillé de cuivre. Faisant fi des flaques sombres, Sidonie attrapa les épaules de la Potionneuse et la secoua de soulagement :

— Maîtresse Valda, maîtresse Valda, vous êtes sauvée ! Leur potion avait un défaut, mais tout va bien, à présent.

— « Leur » potion ? répéta le vieux sorcier voûté, qui s'était approché avec prudence.

— Cette potion n'est pas celle de maîtresse Valda en effet, c'est la nôtre ! s'exclama alors Tacitus avec force. En tout cas l'intention de cette potion, car il semble qu'il y ait eu une erreur quelque part !

Un brouhaha infernal accueillit sa déclaration, tandis que Méredith relevait un regard vitreux sur l'assistance.

— Ou que vous avez voulu l'empoisonner, maître Dreoch, siffla l'agent du BREAK.

— Ne recommencez pas, Irastus, je n'ai rien à voir avec ça !

Constance observa Theosodius Irastus se tendre, prêt à en découdre. Ils n'eurent guère le temps d'en venir aux mains, le maître de cérémonie se plaçant entre eux et dardant un regard féroce sur Méredith Valda.

— Expliquez-vous ! exigea le vieux maître Laelia.

— Maître, elle n'est pas en état…, susurra Sidonie.

Sans même lui répondre, le vieux sorcier se tourna vers Dreoch.

— La potion de communication animalière est celle que Constance Féar et moi-même avons mise au point cette année, répondit Tacitus, la mâchoire serrée. Maîtresse Valda nous l'a tout simplement volée, une fois n'est pas coutume !

— Comment ? s'emporta le vieil homme. Vous rendez-vous compte du poids de vos déclarations maître Dreoch ?

— Il dit la vérité ! déclara Alosius. Elle l'a déjà fait par le passé, elle peut recommencer ! J'en suis témoin, nous avons un grimoire pour le prouver. Interrogez son assistante, vous verrez bien !

Tous les regards se tournèrent vers Sidonie, qui se mit à pleurer et à se recroqueviller au sol :

— Je ne voulais pas ! geignit-elle.

À ces mots, un rugissement bestial résonna, tandis que Mérédith Valda se redressait, du fiel coulant sur sa robe de sorcier sans qu'elle ne s'en préoccupe. Elle tituba jusqu'à Sidonie, qu'elle renversa au sol avec violence.

— Tais-toi ! vociféra Mérédith d'une voix rauque.

Le crâne de la sorcière heurta le sol avec un craquement terrifiant, obligeant l'agent du BREAK à intervenir pour ceinturer la maîtresse des Potions. Celle-ci se débattit comme un beau diable. Constance se précipita vers Sidonie, entrant de fait dans le champ de vision de maîtresse Valda.

— Tout ça, c'est de ta faute ! hurla Mérédith.

Elle mordit le bras d'Irastus, qui la lâcha en poussant un cri de douleur. Jester, qui était près d'eux, bondit en arrière comme si elle avait été touchée personnellement. Elle poussa une sorte de long rire, que Constance ne lui avait jamais entendu. Avec une rapidité surprenante, compte tenu de son état, Mérédith extirpa de sa poche un flacon semblant contenir un morceau de charbon pris dans une gelée rougeâtre et le jeta aux pieds de Constance. Le verre se brisa aussitôt et le charbon roula sur le sol. La gelée qui l'entourait se mit à fondre, créant des fumerolles nauséabondes. Soudain, le charbon fondit dans la gelée et s'anima.

L'ensemble parut d'abord s'assouplir et se mit à ramper, comme si c'était vivant. Puis, il se mit à gonfler très rapidement, agité de spasmes. Deux membres jaillirent du bloc noirâtre à présent complètement mou, encore relié au corps principal par de minces filets de fluides non identifiés. Dans une sorte de vibration, deux têtes serpentines poussèrent et le charbon se fissura sur toute sa longueur, s'émiettant au sol. Une lueur rougeoyante transparaissait sous les craquellements et fut mise à jour lorsque la créature se redressa en beuglant, se séparant en deux. Deux reptiles semblant façonnés dans de la lave, leurs corps remuants nimbés de flammes et de charbon, se tenaient devant la jeune femme impuissante. L'assistance poussa un cri d'effroi et Constance ne put que lever les bras pour se protéger tandis que plusieurs sortilèges convergeaient vers elle. Elle entendit néanmoins une voix tempêter au milieu de l'agitation sans pouvoir identifier d'où elle provenait.

— Mérédith ! C'est la formule de ma potion ! Vous m'aviez dit qu'elle était perdue ! Comment avez-vous osé ?

La baguette tendue devant lui, Tacitus faisait fi des protestations de son collègue. Il jeta le seul sort de protection qu'il connaissait en direction de Constance, heureusement doublé par celui, bien plus efficace, de maître Azarov, qui bousculait tout le monde pour venir lui prêter main forte. Les serpents s'écrasèrent sur les boucliers et atterrirent aux pieds de la sorcière. Elle poussait un soupir de soulagement lorsque, avec horreur, elle les vit se dédoubler et tripler de volume sous ses yeux. De gigantesques créatures bicéphales de magma faisaient fondre le sol. La chaleur autour d'elle augmenta considérablement, créant des ondulations dans l'air. Les deux têtes de la première poussèrent un rugissement, faisant jaillir des gerbes de flammes et des braises ardentes que la sorcière évita de justesse en se projetant en arrière.

— Ce sont des hydres des marais ! cria une voix dans la foule.

Et ce fut la panique. La table d'honneur fut renversée, déversant le contenu des flacons de la cérémonie sur le sol. Les filtres se mélangèrent, créant fumées et crevasses partout. Constance recula avec précipitation, mais se heurta à une marée humaine qui fuyait dans tous les sens. Elle entendit les voix de Dreoch et Azarov parmi le tumulte, mais ne savait plus où ils se trouvaient.

Elle fit face à Mérédith, qui avançait vers elle en poussant les deux hydres de lave dans sa direction. L'une d'elles se dressa tel un serpent à sonnette et ouvrit une gueule pleine de crocs de feu, faisant couler davantage de magma au sol. Apeurée, Constance chercha sa baguette, mais ne la trouva pas. Elle avait dû la perdre dans la bousculade. Soudain, une lueur se forma au fond du gosier de l'une des Hydres et la sorcière comprit qu'elle allait faire feu d'un instant à l'autre. Elle sentit un souffle chaud la gagner tandis que la seconde avançait en faisant claquer ses langues bifides enflammées. Une odeur de soufre envahit la salle, la faisant suffoquer.

Elle tenta de se redresser tant bien que mal, mais les vapeurs l'empêchaient de respirer et lui brouillaient la vue. Elle entendit l'hydre siffler, bientôt rejointe par la seconde, au moment où Mérédith leur ordonna d'attaquer. Deux flèches de feu jaillirent de leurs gueules béantes, droit sur son visage, lorsqu'elles furent soudain coupées en deux. La lucrote était devant elle, crocs et griffes dehors et se taillait la part du lion. Des morceaux carbonisés de peaux de serpent tombaient au sol, tranchés nets. À ses côtés, Constance reconnut avec stupeur le chat gris. Son chat gris. Il soufflait tout ce qu'il pouvait vers les hydres et déchiquetait leur chair sans que le feu semble pouvoir atteindre sa fourrure. Constance regarda les hydres se racornir avec stupeur, se tassant sur elle-même pour éviter les éclaboussures. Elle frappa frénétiquement le bas de sa robe pour éteindre le feu qui venait d'y naître, alimenté par les braises bondissantes des hydres.

Lorsque la lucrote poussa un hurlement qui mêlait un nombre incalculable de voix en se tournant vers Mérédith Valda, Constance se plaqua les mains sur les oreilles. À travers la fumée, elle distinguait l'animal, insensible aux flammes et au magma qui passaient à travers son corps spectral. Jester avançait toujours en repoussant les hydres qui tombaient en lambeaux, tandis que Mérédith hurlait de rage. Elle titubait, ne tenant que difficilement sur ses jambes.

La maîtresse des Potions s'avança vers Constance en fulminant et fut stoppée nette lorsque la lucrote augmenta encore le volume de ses voix. Ce fut une cacophonie sans nom qui s'empara de Mérédith, s'insinuant en elle avec force, répétant les mots qu'elle avait redoutés durant toutes ces années, au point de manquer de la rendre folle. Constance se releva tant bien que mal, constatant que le bruit produit par Jester semblait converger uniquement vers sa cible, désormais.

Sa tête la faisait souffrir, mais elle chercha à rappeler son familier en voyant que la maîtresse des Potions était désormais incapable de jeter le moindre sort ou de réagir. Mais la lucrote ne s'arrêtait pas pour autant. Plus elle approchait de Mérédith, plus le son augmentait, mêlant des voix déchirantes que Constance n'avait jamais entendues. Le marbre sous elle se fendit, les vitres éclatèrent en mille morceaux. Au même moment, la maîtresse des Potions hurla avec elle tandis que ses yeux se révulsaient. La lucrote allait la tuer.

— SILENCE !

Cette voix-là dépassa toutes celles produites par la lucrote, qui se retrouva soudain comme muselée. En lieu et place du chat, au milieu du champ de bataille improvisé, se tenait un sorcier de haute stature, vêtu d'une robe d'un gris extrêmement sombre, qui semblait se mouvoir par elle-même, comme si un courant d'air perpétuel l'habitait.

Son visage aux hautes pommettes était surmonté d'une paire d'yeux noisette, dont la froideur surprenait et tranchait avec son sourire affable.

Sa courte chevelure brune, aux tempes blanchies, était parsemée de plumes aux reflets bleutés lustrés. Une courte barbe grisonnante mangeait son menton. Il se dégageait de lui une aura de calme et de puissance, qui figea toute l'assistance encore en état de penser. Ses mains ornées de lourdes chevalières étaient bien tendues devant lui et il émanait de ses phalanges une lumière glauque, qui faisait scintiller les nombreuses écailles dorées qui les recouvraient.

— Par le ciel, qui êtes-vous ? demanda le vieux Laelia en sortant piteusement de derrière la table d'honneur renversée.

— Il me semble que la traduction la plus juste de mon nom, à votre époque, serait Myrddhin, répondit le grand mage sans se départir de son petit sourire affable.

Chapitre 14

LE SANG DE LA DESTINÉE

— Que l'on transporte les blessés à l'infirmerie, déclara Myrddhin en balayant la salle du regard.

Un silence de mort accueillit cette annonce. Voyant que personne n'osait bouger, Myrddhin agita les mains et les lumières qui les englobaient disparurent. Alors, lentement, des sorciers se mirent à obéir aux ordres et à se précipiter vers les blessés. Un vacarme d'un nouveau genre envahit la salle de cérémonie, mais le grand mage ne sembla pas s'en soucier. Myrddhin les remercia négligemment et entreprit de se diriger vers Constance. Cette dernière regardait la silhouette d'une Sidonie inconsciente ballotter entre les bras de plusieurs sorciers, le cœur lourd. Du coin de l'œil, elle vit Clara lui faire un petit signe et leur emboîter le pas. La lucrote ne bougea pas d'un pouce, mais Tacitus se retrouva en quelques instants près d'elle, faisant barrage entre elle et le nouveau venu. L'expression qu'arborait le maître des Potions, extrêmement perplexe, ramena Constance sur terre.

Lorsque Myrddhin se tourna à nouveau vers Constance, Dreoch ne bougea pas. Cela fit sourire le grand mage.

— N'ayez crainte maître des Potions, je ne lui veux aucun mal…

Son intonation, et le regard appuyé qu'il leur lança étaient parfaitement compréhensibles : cela aurait été fait depuis longtemps, s'il l'avait voulu. Constance posa donc une main calme sur le bras de Dreoch, qui s'écarta lentement, sans quitter le vieux sorcier du regard. Ce dernier prit doucement la main de Constance qui ne put s'empêcher de fixer les écailles lisses et claires qui couvraient sa peau. Elles semblaient remonter tout le long de son bras et davantage même, car la sorcière aperçut le même miroitement à la base de son cou. Elle constata avec stupeur que les plumes dans sa chevelure n'étaient pas décoratives : elles en faisaient partie. De minuscules plumes couvraient ses tempes, leur donnant une étrange couleur poivre et sel miroitante.

— Mon apparence vous surprend, constata Myrddhin.

— Pardon… je n'ai jamais rencontré de sorcier comme vous… je ne voulais pas être impolie.

— La curiosité n'est pas forcément une impolitesse. L'apparence que je revêts aujourd'hui est celle que je partage avec les emblèmes de la magie.

— *Les* emblèmes ? s'étrangla la jeune femme. Vous voulez dire que vous êtes en contact avec *plusieurs* à la fois ?

Le sourire de Myrddhin s'accrut, mais il ne répondit pas, se contentant de s'incliner devant elle.

— Ma chère, je suis ravi de vous rencontrer enfin sous une forme plus adéquate, quoique moins féline.

Cette déclaration laissa un moment la jeune femme perplexe. Puis, soudain, elle comprit.

— Vous… vous étiez le chat, réalisa Constance stupéfaite.

— En effet, c'est un de mes nombreux pouvoirs, tout comme… celui-ci !

D'une manière fort désinvolte, Myrddhin se tourna vers Mérédith Valda, qui était solidement maintenue par plusieurs sorciers de l'assemblée, et des membres du BREAK. Il tendit négligemment sa baguette vers elle. Dans un cri de protestation, le corps de la maîtresse des Potions s'éleva dans les airs, obligeant ses condisciples à la relâcher et elle bascula, tournoyant sur elle-même comme prisonnière d'une roue invisible.

— Vous ne pouvez rendre justice vous-même ! s'exclama Irastus en s'avançant vers le vieux sorcier.

Mais celui-ci n'en eut cure et poursuivit, comme s'il n'avait rien entendu.

— Mérédith Valda, par vos manigances vous avez déshonoré l'Académie des sorciers et l'Ordre des maîtres des Potions. Si vous avez quoi que ce soit à dire pour votre défense, nous vous écoutons.

D'un air glacial, Myrddhin se tourna vers Mérédith et l'avertit :

— Mesurez bien vos paroles…

La maîtresse des Potions verdit un instant et son visage se ferma brutalement sans qu'elle ne prononce un mot. Compte tenu des éclairs qui passaient dans son regard, c'était inutile : tout le monde pouvait bénéficier des sous-titres et de la flopée d'injures qui passaient dans sa tête.

— Fort bien, dans ce cas je vous retire votre titre de Premier maître des Potions, vous bannis séance tenante de l'Académie des sorciers et vous condamne à demeurer ici pour prix de votre orgueil, jusqu'à ce que votre cœur change et se soit amendé de toute corruption.

Aussitôt, les traits de Mérédith Valda se figèrent dans la position de hargne qu'ils exprimaient jusque-là, sa peau pâlit et devint rugueuse, tandis que ses pieds basculaient vers le sol. Lorsqu'ils le touchèrent, elle s'était changée en statue de marbre. L'assemblée la contempla sans mot dire. Maître Azarov avait rejoint Dreoch et Constance. Il leva un regard peiné vers la statue avant de le reporter sur Myrddhin :

— Je doute que cela arrive un jour…

— Vous plaisantez ? s'insurgea Irastus. Libérez-la immédiatement, cette femme mérite un procès équitable et il conviendra que le BREAK lui-même choisisse une punition appropriée !

— Je reconnais bien là, la vision si particulière du BREAK… mais, même si je le voulais je ne pourrais plus changer ma sentence. C'est à elle seule de faire ses preuves.

— Vous êtes un monstre ! frémit l'officier.

Constance avait beau ne pas apprécier beaucoup l'agent, elle ne put que trouver la sentence cruelle, et frémir lorsque Myrddhin lui répondit :

— C'est un mal pour un bien, chose que vous n'avez jamais pu comprendre, Irastus, lui répondit Myrddhin. Mais qui sait… le temps a des bienfaits que l'on sous-estime souvent !

Irastus se redressa, sa baguette tendue droit vers Myrddhin. Le grand mage gloussa, manifestement très amusé :

— Oh, depuis tout ce temps, j'espérais que nous aurions dépassé tout ça !

D'un geste désinvolte, il arracha la baguette des doigts de l'agent. Celui-ci cilla, mais ne renonça pas :

— Vous devrez répondre de vos actes devant le BREAK, asséna Theosodius avec une certaine froideur. La magie ne s'exerce pas sur votre seul bon vouloir !

— Vous êtes trop à cheval sur les concepts de magie, mon ami. Que me reprochez-vous donc ? D'être encore en vie ?

— Vous venez d'enfreindre la justice la plus élémentaire, sous mon nez ! grogna Irastus. Et, en effet… un sorcier ne peut exister aussi longtemps, avec d'aussi grands pouvoirs. Vous êtes une créature contre nature, un danger pour la population magique !

— Mais qui vous a sauvé la vie, ce me semble, comme je l'ai toujours fait…, rétorqua le grand mage en faisant claquer sa langue pour appuyer ses dires. Et vous, qu'avez-vous fait de cette société ? De la magie ? Comment avez-vous traité les créatures magiques ?

L'officier serra les poings, refusant de répondre. À nouveau, Constance sentit que quelque chose d'important se jouait sous ses yeux, mais elle était incapable de comprendre de quoi il retournait.

Myrddhin eut un rictus cruel et se tourna vers Azarov.

— Depuis combien de lunes ne t'avais-je pas vu ?

— Sous cette forme-ci ? Trop pour que je puisse les compter, fit le maître des Enchantements.

— Attendez ! Vous saviez qui il était ? s'exclama Constance en s'avançant vers eux.

Azarov eut la grâce de paraître gêné, tandis que Theosodius Irastus fulminait. Il avait blêmi sous les mots durs du grand mage, mais une couleur rouge pivoine empourprait jusqu'à son front, tant la colère le gagnait, à présent.

— J'ai eu un fort soupçon lorsque je vous ai rencontrée à l'Académie, avoua-t-il, après que Clara m'a raconté votre mésaventure.

— Mais alors… tout ceci n'était pas un accident ! dit la sorcière en désignant l'assemblée des maîtres des Potions.

— Et cela signifie que nous devons reporter la cérémonie, les interrompit Dreoch d'une voix claire et tranchante.

— Et que vous êtes tous en état d'arrestation ! tonna Irastus.

D'un claquement de doigts, il ordonna à ses collègues d'arrêter tout le monde. Les maîtres des Potions encore en place se jetèrent des regards en coin, tout à fait prêts à se battre, ou à fuir les lieux. Myrddhin ne leur en laissa pas le temps. Dans un nuage de fumée, il disparut, entraînant Constance, Jester et les deux maîtres avec lui. L'assemblée resta coite, jusqu'à ce qu'Irastus pousse un cri de rage et ordonne de fouiller toute l'Académie pour les retrouver. On se garda bien de lui signaler qu'il y avait peu de chance qu'ils s'y trouvent. Il le savait déjà. À des kilomètres de là, Constance tomba à genoux dans un bois humide. Elle s'accrocha à Jester, angoissée. La lucrote se laissa faire. Fort heureusement, les silhouettes de Dreoch et d'Azarov se matérialisèrent près d'elle aussitôt.

— Où sommes-nous ? demanda-t-elle.

— C'est sans importance, mon enfant, répondit Myrddhin en lui tendant la main.

Elle la refusa, reculant, tandis qu'elle se relevait seule. Le mouvement n'échappa pas au vieux mage et il en ressentit même une pointe d'admiration. Rares étaient ceux qui lui tenaient tête et il les appréciait toujours.

— Mon ami, je crois qu'il est temps…, toussota le maître des Enchantements.

— En effet… Constance, j'ai besoin de vous. Ou plutôt, nous avons besoin l'un de l'autre.

La méfiance s'éveilla en Constance. Cet homme venait d'avouer qu'il avait volontairement trafiqué son inscription à l'examen, qu'il l'avait surveillée durant tout ce temps. Le fait qu'il s'interpose entre elle et Mérédith ne faisait pas de lui un homme de confiance. Quelque chose, dans son regard, la dérangeait profondément. Tout comme dans son sourire, qui sonnait faux. Les allégations du BREAK contre lui ne faisaient d'ailleurs que renforcer la mauvaise impression que Constance avait de lui.

— Je ne vous connais pas, riposta la jeune femme. Et quoi que vous ayez à me proposer, ça ne m'intéresse pas.

Elle rejoignit Dreoch, manquant de glisser sur une racine noueuse. Ce dernier la dévisagea avant de s'éloigner d'elle.

— Tacitus…, souffla-t-elle.

— Vous devriez l'écouter…

— Pardon ? s'indigna Constance.

Elle s'apprêtait à protester vertement, lorsque Tacitus secoua vigoureusement la tête.

— Si j'ai bien tout suivi, c'est Myrddhin lui-même qui vous a empêchée de rejoindre l'examen d'Enchantements, en début d'année. S'il le veut, je suis certain qu'il peut réparer l'erreur qu'il a commise. Je suis même persuadé que vous pourrez exercer vos talents d'Enchantements auprès d'un maître compétent… et d'amis.

Il désigna maître Azarov. Constance nota le haussement de sourcil du grand mage lorsque Dreoch énonça à voix haute qu'il avait commis une erreur, de son ton mordant si caractéristique.

— Hors de question ! Je ne veux pas partir, combien de fois faudra-t-il que je vous le répète ? J'ai choisi les Potions… et vous !

Constance sentait une pression grandissante naître en elle, à l'idée que Myrddhin accède à la requête du maître des Potions.

— C'est en effet dans mes moyens, glissa le vieux sorcier.

— Vous, je vous interdis de décider pour moi ! Je ne sais pas ce que vous comptiez obtenir en intervenant ainsi dans ma vie, mais vous ne pouviez trouver pire moyen de me convaincre.

— Constance..., je crains que les choses ne soient plus... complexes qu'elles en ont l'air, intervint Azarov. Vous avez eu la bonté de me faire confiance jusque-là. Pouvez-vous continuer ?

La sorcière dévisagea le petit homme. Elle ferma les yeux un bref moment, pour regagner un semblant de contenance.

— Je vous écoute, fit-elle à Myrddhin, sans toutefois perdre de sa méfiance envers lui.

Tacitus avait l'air véritablement hanté et elle crut voir une inquiétude grandissante l'habiter, tandis que Myrddhin faisait les cent pas dans le bois environnant. Il laissa courir sa main le long des troncs d'arbres vénérables, comme s'il s'appuyait sur eux pour rassembler sa pensée.

— Si vous commenciez par le début ? suggéra la jeune femme. Alors... comme ça, vous n'êtes pas mort...

— Pas vraiment non... disparu, tout au plus.

— Comment est-ce possible ? s'emballa-t-elle. L'élixir d'immortalité est un mythe et... vous avez l'air d'avoir quoi ? Soixante ans ? Vous avez vécu il y a neuf siècles !

— J'ai encore... des affaires à régler. Le monde de la magie, le sort des créatures... je ne peux plus laisser cela aux mains des simples sorciers, répondit Myrddhin de façon évasive.

— Pourquoi ? Ça n'est pas vraiment une réponse...

— Mais est-ce la question la plus importante que vous vous posez, Constance ?

La jeune femme le dévisagea et soupira.

— Non en effet. Pourquoi m'avoir fait rater l'examen des Enchantements ? Qu'attendez-vous de moi ?

— Parce que je savais que vous vous montreriez à la hauteur de votre lignée, bien sûr !

Constance fit montre d'un sérieux qui ne lui était pas habituel, mais Myrddhin se contenta de sourire sans que l'éclat de ce sourire n'atteigne ses yeux.

— Je n'ai pas de lignée. Mes parents sont morts, suite à un accident magique.

— Cela signifie-t-il pour autant que vous ne veniez de nulle part ? Il y a beaucoup de choses dans ce monde qu'il vous reste à découvrir, Constance, et vous ne pouviez le faire en pratiquant les Enchantements, qui sont pour vous d'une facilité déconcertante. Non, votre voie est ailleurs et désormais, vous pourrez la suivre à mes côtés. Je veux que vous veniez avec moi !

À ces mots, il s'approcha d'elle, la saisissant par les épaules. Ses mains compressaient douloureusement sa chair. Elle remarqua alors ce qui lui donnait l'air si figé : son regard était en fait recouvert d'une fine pellicule. La jeune femme tressaillit lorsqu'elle reconnut une seconde pupille, clignant subrepticement après la première.

— Où ? Pour faire quoi ?

— Partout, et tout. Rien ne vous serait impossible ! Il est des choses… les piliers sont une hérésie, Constance. Vous pouvez, comme moi, les faire tomber !

— Vous parlez par énigme ! lui reprocha-t-elle, glacée par la flamme qui animait soudain le vieux sorcier.

— Vous, vous savez de quoi je parle, Tacitus Dreoch, n'est-ce pas ? fit Myrddhin en se tournant vers le maître des Potions.

Tacitus s'adossa à un chêne, les lèvres pincées, les bras croisés, l'air passablement nerveux. Le regard du maître des Potions était troublé lorsqu'il se posa sur elle, mais il refusa de parler.

— Votre ami se méfie de moi, peut-être a-t-il raison ! Je suppose que même le crédit qu'il porte à Domovoï Azarov a ses limites, quand il s'agit de changer le monde, plaisanta Myrddhin en secouant la tête gaiement.

Le maître des Enchantements ne pipait mot. Constance ne s'y trompa pourtant pas : il n'en perdait pas une miette. Il semblait juste attendre quelque chose et la jeune femme en conçut un certain malaise. Elle se tourna vers Dreoch, suppliante.

— De quoi parle-t-il ?

Uniquement parce que c'était elle qui l'avait demandé, il céda.

— Myrddhin pense que vous êtes la dernière d'une illustre famille, Constance..., commença le maître des Potions.

— Malheureusement en perdition, si l'on considère que son dernier descendant a disparu il y a près de onze ans, poursuivit Myrddhin, laissant derrière lui un enfant que j'ai mis un certain temps à retrouver...

La sorcière fut prise de vertiges devant le sous-entendu.

— Vous n'avez aucune preuve qu'il s'agit d'elle ! intervint pour une fois Azarov en s'avançant vers eux.

Myrddhin jaugea son ami, reconnaissant là la limite de sa fidélité : il ne forcerait pas Constance à le suivre ni n'approuverait des choses par trop incertaines.

— Et pourtant, le doute vous est venu aussi, messieurs, n'est-ce pas ? Personnellement, j'en suis convaincu... quelque chose en vous m'a appelé Constance.

— Ça suffit, nous sommes tous au courant de ce qui s'est produit il y a onze ans. Ce n'est un secret pour personne en Héxachanté ! Vous évitez délibérément de nous dire pourquoi vous cherchez cet enfant, siffla Tacitus.

— Pas moi, de quoi parlez-vous... ? s'agaça Constance.

— Bien que cela ne soit pas à vous de poser cette question, maître Dreoch, je vais y répondre... pour Constance, répondit fermement Myrddhin. Il y a onze ans, le dernier descendant de ma lignée est mort, ainsi que sa femme. Son enfant a alors disparu de la circulation. Au même moment, une jeune orpheline a regagné l'Institut Baba Yaga, sans aucun souvenir de ce qui avait pu arriver à sa famille. Elle ne pouvait que répéter qu'elle avait été victime d'un tragique accident magique. Voyez-vous où je veux en venir, Constance ?

— C'est impossible..., souffla la jeune femme.

Le grand mage se tourna vers elle et remonta la manche gauche de sa robe de sorcier jusqu'à son coude. D'un geste vif, il s'entaillant la peau de son index droit en murmurant un mot qu'elle ne comprit pas.

Constance poussa un petit cri, non seulement parce que le sang se mit à couler en filets épais le long du bras du mage, mais parce que ses ongles avaient pris l'apparence de puissantes serres. La lucrote siffla bruyamment et s'avança jusqu'à Myrddhin. Celui-ci lui tendit son bras avec vigueur. La créature le renifla attentivement. Lorsque le fluide visqueux toucha sa truffe, Jester se mit à ronronner. Elle s'écarta docilement. Le sang goutta alors directement sur la terre couverte d'humus, et sembla s'assembler au sol, prendre vie et ramper jusqu'à Constance. Effrayée et dégoûtée, elle recula, mais la flaque grandit jusqu'à venir s'enrouler autour de sa cheville, mue par sa propre volonté. Tacitus s'avança, mais fut vite retenu par Azarov.

— Le sang, chez nous autres sorciers, appelle le sang ! proclama Myrddhin.

— Enlevez-moi ça ! s'écria-t-elle.

— Ce n'est qu'un peu de sang, répondit Myrddhin en haussant les épaules.

— C'est de la magie de l'Âme, elle est instable par nature, intervint Tacitus. Arrêtez ça !

Il repoussa Azarov avec vigueur et amertume. Le grand mage inversa son geste et le sang disparut aussitôt, laissant simplement un rond sombre sur la peau de la jeune femme.

— Maître Dreoch a en partie raison. La magie de l'Âme est instable, car elle requiert beaucoup de puissance. Fort heureusement pour nous, je n'en manque pas, ironisa Myrddhin.

— Qu'est-ce que c'est censé prouver, au juste ? s'énerva Constance en le fusillant du regard, dégoûtée par le procédé.

Elle sentait le sang ramper sur sa peau et eut l'impression que tout son être était souillé.

— Je vous l'ai dit : le sang appelle le sang. Aucune famille de sorcier ne peut perdre un membre de sa lignée, c'est un moyen certain de se retrouver.

Myrddhin passa au tutoiement avec une facilité déconcertante en poursuivant :

— Ta lucrote l'a senti également. Tu es de mon sang, c'est indéniable ! Et si je ne me trompe pas, tu as ma magie…

— Non…

— Bien sûr que si. Dans ce monde, tout est possible pour peu que l'on s'en donne les moyens. Il suffit de contempler ton familier : une créature que des générations de sorciers ont craint avec la sottise la plus complète. Quel malheur t'a-t-elle apporté, aujourd'hui ? Aucun, elle t'a sauvé la vie ! Je pense t'être tout aussi utile. Je peux libérer toute ta magie, si tu décides de me suivre… je peux te transmettre des siècles de savoirs, t'offrir un pouvoir que tu n'imagines même pas, déclara Myrddhin d'une voix sourde.

Aussitôt, Tacitus se plaça devant Constance, la masquant en partie au grand mage.

— Si vous voulez parler du mur qui est en elle, nous ne vous avons pas attendu pour nous en occuper.

— Et avec quel succès, maître Dreoch ? se moqua Myrddhin. Elle mérite de retrouver ses souvenirs et sa vraie place à Héxachanté ! se moqua Myrddhin.

— Souvenirs que, si je ne m'abuse, vous avez l'air de connaître… et que vous avez laissé remonter en elle sans daigner la prévenir du danger que cela représentait. Qu'avez-vous à répondre à cela ?

— Que c'est parfois un mal nécessaire, argumenta Myrddhin en les fixant tour à tour attentivement. Mettre des mots sur des maux n'est d'aucune utilité, en magie. Il faut ressentir les choses, même si cela est déplaisant.

Tacitus les fit reculer de quelques pas.

— Je ne vous laisserai pas l'emmener avec vous et disparaître dans la nature, répliqua Dreoch d'un air menaçant.

Constance avait le souffle coupé : tout allait trop vite. Myrddhin était de sa famille. Il pouvait lui rendre un foyer. Mais, à cet instant, elle réalisa qu'elle en avait déjà un. Et elle refusait de l'abandonner, lui et ses habitants. Son cœur se serra à l'idée de quitter Aster et madame Springerle, sans parler de Tacitus. Elle avait mis tellement de temps à les trouver, à se trouver.

Quoi qu'apporte Myrddhin, elle ne voulait pas renoncer à sa nouvelle vie. Pas au nom d'un passé qui n'était que souffrance, ou de promesses de pouvoirs absurdes. Qui plus est, elle ne comprenait pas pourquoi il ne se dévoilait que maintenant, puisqu'il avait si souvent été à ses côtés sous une autre forme. Cela cachait quelque chose. C'était trop beau pour être vrai, elle en était certaine.

— Vous étiez pourtant désireux de la voir prendre un autre maître si je ne m'abuse, argua Myrddhin. Mais peut-être préféreriez-vous un maître plus complaisant et qui vous permette de garder un œil sur elle.

Azarov ne se montra même pas froissé par le sous-entendu. Il connaissait Myrddhin depuis trop longtemps, pour s'offusquer de ses manières brutales. Constance, elle, blêmit. Qu'importe qu'elle soit ou non de la famille du mage, ses manières ne lui disaient rien qui vaille. Elle refusait de le suivre. Aussitôt, un feulement retentit et la lucrote vint se placer aux côtés du maître des Potions, entre la jeune femme et le grand mage. Une buée argentée sortit de son museau et vint s'enrouler autour de la silhouette de Myrddhin. Ce dernier se plia soudain en deux en portant ses mains, redevenues normales, à ses oreilles. Constance se détacha du maître des Potions, perplexe. Elle avança de quelques pas vers Myrddhin. Elle n'entendait rien du tout. Dreoch semblait aussi surpris qu'elle. Le lucrote se mit à souffler plus fort, semblant augmenter la douleur du grand mage.

— ASSEZ ! cria-t-il en tombant à genoux.

— *Constance reste*, hulula-t-elle pour toute réponse, en montrant les crocs.

— Oui, Constance reste là, intervint la jeune femme d'une voix sourde, parce que cela veut dire que pendant toute cette année vous avez agi à mon insu, décidant pour moi au nom de… quelque chose que vous ne daignez même pas nommer clairement, et que vous m'avez regardée me débattre sans apporter l'ombre d'une solution !

— Il est des choses pour lesquelles je ne peux rien faire Constance…, répondit Myrddhin sans l'ombre d'une excuse ou d'un remords.

La jeune femme s'avança un peu, faisant craquer des brindilles sous son pas.

— Dites plutôt que vous ne voulez rien faire !

Myrddhin n'ajouta rien et Constance se ferma, prenant cela pour un aveu.

— Je vous remercie pour votre aide lors de la cérémonie, mais cela s'arrête là, dit-elle en portant les mains à son cœur.

— Tu ne te rends pas compte, s'énerva le vieux sorcier. Le monde de la magie a besoin de toi. Son équilibre…

— Vous non plus, vous ne vous rendez pas compte ! le coupa-t-elle.

Et aussitôt, elle saisit le sifflet d'Alosius et s'époumona à souffler dedans. Myrddhin jura et disparut dans un claquement de robe. Une seconde plus tard, en lieu et place d'Alosius se tenait toute une section du BREAK.

— Où est-il ? demanda aussitôt Irastus en agrippant Constance.

— Parti. Mais il ne tient qu'à vous de le retrouver.

L'officier aboya ses ordres. Constance remarqua alors que le maître de cérémonie des Potions se tenait près d'Irastus, un sifflet entre les doigts. Il lui glissa quelques mots à l'oreille et l'officier haussa les épaules.

— Faites comme vous voulez, mais nous n'en avons pas terminé avec cette histoire ! Ils seront interrogés tôt, ou tard.

L'air serein de maître Lealia ne put empêcher Constance de comprendre que les problèmes ne faisaient que commencer. Lorsqu'on lui proposa de retourner à l'Académie, elle saisit sa chance. Ni Dreoch ni Azarov ne dirent un mot, le temps que l'on trace les runes magiques nécessaires à la téléportation. Lorsque le hall de marbre se matérialisa sous les pieds de la sorcière, jamais elle n'aurait cru en être autant soulagée. La sensation fut de courte durée. Maître Laelia ordonna à tout le monde de reprendre place dans la salle d'examen.

— Il y a une chose que je souhaiterais éclaircir, dit-il en extirpant de sa robe des débris de verre.

Il les tendit vers Constance et Tacitus.

— J'ignore ce qu'est ceci, mais certainement pas la potion que Mérédith Valda espérait… qu'on m'apporte son coffret et celui de maître Dreoch ! ordonna-t-il.

On s'exécuta à la seconde.

— Ceci ressemble-t-il à votre potion, mademoiselle Féar ? demanda le maître de cérémonie.

— Non, pas du tout. J'ignore de quoi il s'agit.

Il déboucha la fiole et la fit passer rapidement sous son nez avant de faire glisser son index sur le rebord et de le porter à sa bouche. La jeune femme eut un mouvement de stupeur, mais il n'y prêta aucune attention, ouvrant et fermant la bouche comme s'il mastiquait quelque chose.

— Une simple potion de concentration, il me semble. Inoffensive. Il faudra au moins accorder ce crédit à Mérédith Valda, bien que nous ayons tous entendu les aveux de son assistante.

Il se tourna vers Dreoch, l'air perturbé. Ce dernier devança la question de Laelia, par habitude.

— Nous ignorons encore ce qui a pu produire un tel résultat sur la potion « empruntée » par Mérédith Valda, mais je gage que nous pourrions être… surpris par une nouvelle tentative. N'est-ce pas, mademoiselle Féar ?

Constance opina vigoureusement. Inutile de se mettre encore plus dans la panade en expliquant qu'elle avait habilement remplacé le flacon dans le coffret par de l'eau colorée, et caché le vrai flacon dans le compartiment de réserve de la boîte en bois. On fit venir un nouveau chaudron, et les ingrédients demandés par Dreoch. Azarov se chargea lui-même d'aller récupérer une fleur de rêve au manoir. Lorsqu'il réapparut, il tenait également entre ses doigts un petit grimoire, vierge. Constance reconnut aussitôt le cadeau de Sidonie.

— Je pense que ceci pourra vous être utile, dit-il en le déposant dans la main de Laelia.

— C'est un cadeau de Sidonie, expliqua Constance. En quoi est-il nécessaire ?

— C'est un grimoire enchanté, ma chère. On en trouve dans certains commerces. Ces petites babioles ne répondent qu'à une phrase, ou un réactif… je gage donc que votre amie y a inscrit quelque chose d'important à votre intention… la nature de cette chose reste à déterminer.

Constance observa l'ouvrage, stupéfaite. Elle n'avait décidément rien compris. Un membre du BREAK, son brassard bien visible, attrapa le petit livre sans rien demander et le feuilleta avant de le ranger dans sa robe.

— En effet… comptez sur nous pour faire la lumière là-dessus, je le transmettrai à maître Irastus !

— Ça pourrait être privé, argua Constance.

— Dans ce cas, il vous sera retourné immédiatement, madame, répondit l'agent sans sourciller.

Constance envisagea de protester, mais un mouvement de tête de Tacitus l'en empêcha. À la place, elle se mit au travail, essayant de se concentrer sur sa potion, qui devait prouver ses dires. Ni Dreoch ni Laelia ne la lâchèrent un instant du regard durant la réalisation, ce qui augmenta très nettement le stress de Constance. Le contrecoup dû à la lutte contre Mérédith se faisait déjà sentir : ses jambes flageolaient, de la sueur lui coulait dans le dos, mais elle ne renonça pas. Sa peur de Myrddhin courait encore dans ses veines. De multiples questions l'assaillaient, qu'elle repoussait de son mieux. Elle ne pouvait rien demander à Dreoch et Azarov sans attirer davantage l'attention. Jester se colla à elle et elle puisa un peu de force dans son contact et son regard azuréen.

Sous les yeux ébahis de l'assistance, elle but la potion d'un trait. Le petit furet que l'on avait déniché pour réaliser l'expérience se dandina devant la sorcière, jusqu'à ce qu'elle s'agenouille devant lui. Lorsque la jeune femme le lui demanda, il grimpa sur ses mains, remonta sur son épaule puis redescendit de la même façon. Ensuite, il bougea de façon à répondre à ses questions selon un schéma facile à comprendre : un tapotement de patte pour «oui», deux pour «non». Laelia applaudit à tout rompre, fasciné :

— Mademoiselle Féar, toutes mes félicitations. Vous venez de valider votre année. Et avec nos excuses les plus humbles…

La jeune femme inspira profondément. Le brouhaha qui suivit l'atteignit à peine. Mais il lui restait une chose importante à régler. Faisant signe au maître des Potions de la suivre, elle sortit de l'amphithéâtre. Le hall de marbre était vide, fort heureusement.

— Je crois que vous me devez, vous aussi, une explication…, dit-elle.

Dreoch se pinça l'arête du nez, épuisé.

— Lorsque vous avez parlé de votre passé, quand Azarov nous a rendu visite à l'automne, nous avons conçu quelques soupçons. Notre discussion, la veille de Noël, et le mur, dans votre esprit, n'ont fait que renforcer cette hypothèse que vous étiez une descendante de Myrddhin, mais…

— Pas sur ça, le coupa la sorcière. Sur votre volonté de me voir partir !

— Constance…, commença-t-il. Ne pensez-vous pas que la première partie est plus importante ?

— Si vous aviez été sûr de vous, vous me l'auriez dit. N'est-ce pas ? demanda-t-elle dans un haussement de sourcil révélateur de la confiance qu'elle plaçait en lui.

— Oui. Oui, évidemment…

— C'est ce qu'il me semblait. Je vous l'ai dit. Je sais que vous ne mentez jamais…

— Il n'empêche. Vous ne pouvez rester auprès de moi. Voyez ce que Mérédith a failli faire. Je vous ai déjà prévenue : vous serez mise au ban de la société. Vous n'aurez personne sur qui vous appuyer. Or vous avez en vous un pouvoir qui dépasse l'entendement. La dernière descendante de Myrddhin, par les dieux !

— Si j'arrive à briser un jour ce mur. Si j'en ai envie. Si, tellement de si… Quant à Mérédith, je pense qu'elle ne sera plus en capacité de nous faire du mal.

— Constance, la supplia-t-il. Vous avez besoin de quelqu'un de… lumineux, pour vous épauler, vous guider. Sans compter que j'ai douze ans de plus que vous… Regardez-moi !

— C'est bien ce que je fais… Et si c'était l'inverse ?

— Pardon ? bafouilla Dreoch.

— Si j'étais la dernière de la lignée du diable en personne, cela changerait-il quelque chose pour vous ?

— Vous n'êtes pas maléfique, Constance.

— Qu'en savez-vous ? Vous venez de dire que mes pouvoirs dépasseraient bientôt l'entendement. Et avec ce que j'ai vu du comportement de Myrddhin… je n'en mettrai certainement pas ma main au feu. Donc, si je l'étais, m'aimeriez-vous moins ?

— Non…, souffla-t-il.

— Moi non plus. Donc si c'est là votre seul argument, laissez-moi vous rappeler que, Myrddhin en revanche, est dans la nature. Et que nous ignorons totalement ce qui pourrait se produire. Azarov est lié à lui, vous vous en êtes rendu-compte. Comptez-vous toujours m'expédier chez lui ?

— Non, mais d'autres pourraient…, répondit le sorcier en tiquant, je parlerai à Azarov pour clarifier tout ça.

— Je ne veux que vous, rétorqua-t-elle. Cessez de me repousser.

Constance s'approcha de lui, glissant sa main sur sa joue, savourant le contact de sa courte barbe, puis celui de ses lèvres sur la pulpe de ses doigts. Elle descendit le long de sa cicatrice. Son souffle se perdit sur sa peau tant elle était proche de lui. Pour la première fois, elle osa le tutoyer, car c'était la dernière barrière à faire tomber entre eux. Et à cet instant, elle était si mince.

— Ne laisse pas le passé te forcer à être malheureux. Et si tu ne me crois pas, l'univers se charge de te le dire aussi !

Elle esquissa un sourire, désignant le sol à leurs pieds. Les dalles de marbres s'étaient agencées à leur insu. Des petits carreaux bleus et verts formaient une mosaïque qui s'étendait tout autour d'eux, englobant Dreoch, tel un fil les reliant inexorablement. D'abord interdit, Tacitus émergea de sa torpeur et la serra contre lui. Une joie sauvage se peignit sur le visage du maître des Potions tandis qu'il respirait son parfum sucré. L'instant d'après, il saisissait le visage de la sorcière en coupe et déposait ses lèvres sur les siennes.

Chapitre 15
Regarder vers l'avenir

Constance ne se rendit vraiment compte qu'elle était de retour au manoir que lorsque la voix d'Amanda Springerle lui perça les tympans :

— Mon petit oiseau ! J'étriperais cette femme si on ne s'était pas déjà chargé d'elle, foi de kobold !

La gouvernante devait être sacrément perturbée, car elle ne portait pas son glamour et se mit à palper Constance, afin de vérifier qu'elle n'était aucunement blessée. La sorcière réalisa alors qu'elle tenait toujours la main du maître des Potions. Un peu hébétée, elle leva les yeux vers lui, mais il affichait sa mine impénétrable. Il lâcha doucement sa main et la confia aux soins de la kobold avant de prendre la direction du laboratoire.

— Maître, vous avez l'air fatigué, laissez-moi vous préparer quelque chose ! l'apostropha la gouvernante

— J'ai besoin d'un moment, madame Springerle, dit-il en levant une main impérieuse pour l'arrêter.

La kobold se renfrogna sans lâcher Constance pour autant. Cette dernière essaya de protester, mais ce fut peine perdue. En moins de temps qu'il n'en faut pour lever sa baguette, elle se retrouva assise dans un fauteuil crapaud, un plaid épais enroulé autour d'elle et un mug bouillant entre les mains.

Jester était tapie à ses pieds, quasiment invisible sur le tapis. Chacun des mouvements de Constance provoquait un plissement de paupières chez la kobold, aussi la jeune femme abandonna-t-elle toute tentative et se laissa couler dans le fauteuil. Elle était encore surprise que le BREAK les ait laissés partir. L'intervention de Laelia, le grimoire fourni par Azarov, et la certitude qu'ils n'allaient pas s'envoler avaient contenté Irastus. Il chassait un plus gros gibier. Que Constance et Tacitus se soient trouvés si proches de Myrddhin et d'une lucrote n'avait fait que le conforter dans la puissance de son instinct, manifestement. La sorcière ne manqua pas de noter que cet officier opiniâtre avait un sens de l'honneur et du devoir aussi poussé que tordu.

— Voilà, et ne bougez pas, maugréa la gouvernante, il ne manquerait plus que vous vous rompiez quelque chose.

— Comment se fait-il que vous soyez déjà au courant de tout, madame Springerle ? souffla la jeune femme par-dessus sa tasse de thé fumante.

— C'est déjà dans tous les poulets qui circulent dans Héxachanté, ma petite !

— Les poulets ? Mais qui a pu prendre le temps d'en envoyer, dans cette pagaille ?

— Disons que j'ai un ami responsable du banquet d'hier, à qui j'avais demandé de faire un peu traîner ses grandes oreilles…

— Un kobold ? s'étonna Constance, qui ne se rappelait pas en avoir vu, avant de se traiter mentalement d'imbécile.

Comment en aurait-elle vu un ? Il devait utiliser du glamour. La gouvernante opina avec un petit bruit et se remit à s'agiter dans la pièce. Lorsqu'elle eut regonflé pour la troisième fois le même coussin, la sorcière se risqua à poser une question de plus :

— Peut-être devriez-vous aller voir maître Dreoch ?

— Oh pas si je tiens à mes vieilles guibolles, s'il a besoin de moi il me le fera savoir !

— Moi, je vais aller le voir, dans ce cas…

La gouvernante se tourna vivement vers Constance, l'index levé en signe de protestation, mais se ravisa soudain. Elle le replia lentement et opina, sa queue fouettant l'air derrière elle, en harmonie avec ses hochements de tête. Attrapant un second mug, Constance le remplit sans mot dire et se dirigea vers le laboratoire. Elle était fatiguée. Elle avait besoin de Tacitus, comme elle espérait qu'il avait en fait besoin d'elle. Rendue devant la porte, elle se figea en cillant : celle-ci était fermée et ses deux mains étaient prises. Elle tapota doucement le bois avec l'une des tasses. Fort heureusement la porte s'ouvrit aussitôt et Dreoch s'effaça pour la laisser entrer. Elle lui tendit le mug avec un petit sourire :

— Madame Springerle n'a pas son pareil pour faire des remontants, j'ai pensé que ça vous… te… ferait du bien aussi !

Tacitus la dévisagea sans mot dire, puis saisit la tasse. Constance s'installa sur le premier tabouret venu, près du plan de travail principal. Elle nota avec contrariété qu'aucun chaudron ne bouillonnait, que le feu de cheminée était éteint. En somme, que le maître des Potions faisait tout sauf travailler et qu'il s'était probablement enfermé là pour mariner dans sa solitude.

— Comment te sens-tu ? demanda prudemment la sorcière.

Le sorcier ne répondit pas, mais elle surprit son regard sur l'étagère de grimoires. Elle comprit qu'il en observait un, en particulier.

— Tu sais que je ne portais pas cette femme dans mon cœur, mais… ça a dû te secouer de la voir essayer de voler à nouveau ton travail, sans parler de… sa transformation, termina Constance en se mordant la lèvre.

Toujours aucune réponse. Elle commença à gigoter sur son tabouret, gênée, mais poursuivit néanmoins :

— Écoute, je sais que tu as toutes les raisons de ne pas me croire, mais je ne sais pas ce qu'il s'est passé avec la potion. Je savais cette femme capable de tout, je me suis donc méfiée et j'ai remplacé notre potion par de l'eau colorée. Mérédith Valda aurait peut-être pu devenir jaune canari, être bien ridicule, mais c'est tout… le vrai flacon était à l'arrière de la boîte. Je ne comprends pas ce qui a pu se passer. Je suis… je suis désolée !

— Quand as-tu procédé à cet échange ? demanda-t-il brusquement.

— Juste avant de quitter le manoir, le soir du bal…, avoua la jeune femme, penaude.

Sa voix était allée en faiblissant et elle termina sa phrase la gorge totalement nouée. Le maître des Potions s'était détourné d'elle et ne disait toujours rien. Elle attendit un moment, l'observant faire courir une main sur le fauteuil près de la cheminée. Il poussa un soupir avant de porter son autre main à l'arête de son nez, qu'il pinça pour soulager la migraine qui pointait.

— Dans ce cas, nous avons eu la même idée… reconnut-il de guerre lasse.

— Quoi ? fit Constance stupéfaite.

— J'avais moi-même échangé les flacons avant de déposer le coffret dans la salle de cérémonie ! expliqua Dreoch, sans toutefois la regarder. Je ne t'en avais pas parlé afin que personne ne puisse t'accuser de quoi que ce soit.

— Mais… qu'as-tu mis dans le flacon ? demanda-t-elle perplexe.

— Une potion de bégaiement. Rien qui ne puisse produire un tel effet…

— Évidemment ! Je n'ai même pas cru une seconde que tu pouvais être responsable de tout ça. Mais pour qui me prends-tu, enfin ? s'échauffa la sorcière, vexée.

Le maître des Potions ne répondit rien et ce silence fit monter d'un cran l'agacement de la jeune femme.

— Ne vas-tu rien dire ? l'interrogea-t-elle du bout de ses lèvres pincées.

— Et que veux-tu que je te dise, au juste ? répondit-il enfin d'une voix tranchante.

— Que tu es en colère contre moi parce que je t'ai caché ce subterfuge, et parce que d'une façon ou d'une autre je me suis encore trompée… que tu vas devoir me mener la vie dure dans les mois à venir…

— Vraiment ? dit-il en dardant sur elle ses yeux d'onyx insondables. Ne souhaites-tu pas plutôt m'entendre dire à quel point j'ai été un imbécile ?

— Quoi ? Non !

— C'est pourtant ce que j'ai été en ne me méfiant pas assez de Mérédith et en te mettant à la merci d'Azarov ! rugit-il soudain en laissant éclater sa colère.

— Arrête de te flageller ! Quand as-tu fait ça ? Azarov est ton ami, ça crève les yeux ! Ce soir, il n'a peut-être pas agi comme tu l'aurais voulu, mais il s'est rangé de ton côté.

— Jusqu'à quand le sera-t-il ? cracha-t-il, l'air furieux. Et tu as quand même failli mourir !

Constance se leva pour s'approcher de lui, comprenant que le contrecoup face aux événements de la soirée était rude. Elle s'enroula autour de lui, donnant autant de réconfort qu'elle en prenait. Penchant la tête sur lui, elle sourit en avisant sa cicatrice qui lui donnait un air de voyou.

— Te vient-elle de Mérédith ? Tu ne l'as jamais évoqué…, souffla-t-elle.

Il passa une main sur son visage marqué de fatigue, ébouriffant au passage sa chevelure léonine couleur fauve.

— D'une certaine façon. Le jour où j'ai compris qu'elle m'avait volé ma recette, je l'ai mise dehors. Nous nous sommes disputés. Violemment. Un flacon m'a entaillé le menton.

Constance se baissa un peu et embrassa la cicatrice.

— Tu aurais pu la soigner, si tu l'avais voulu…

— En effet, mais j'ai estimé que ce serait un rappel utile à ma naïveté. Et à ma folie…

Il serra Constance davantage et elle passa les doigts dans ses cheveux fauves, repoussant doucement sa tête en arrière pour parsemer son visage de baisers. Il sourit tristement.

— Tu réalises que « Myrddhin » n'est pas qu'un nom, n'est-ce pas ? Si le BREAK ne sait pas encore qui tu es, ce n'est qu'une question de temps. Et ça vaut pour le reste d'Héxachanté. Tu descends d'une lignée, de la seule lignée, qui a forgé notre société en maîtrisant toutes les formes de la magie. On va te considérer, au mieux, comme un miracle, au pire comme un danger.

— C'est pourquoi, s'il y a autre chose que tu ne me dis pas, je pense que c'est le moment…, murmura Constance avec douceur.

— Je devrais te renvoyer sur le champ, te mettre là où personne ne pourrait rien exiger de toi à cause de ton nom, répondit-il en baissant le regard sur elle et en saisissant la main accrochée au tissu avec vigueur.

— Jette-moi par la porte et je reviendrai par la fenêtre ! le défia-t-elle farouchement.

Il ferma les yeux et un petit sourire en coin apparut sur son visage. Lorsqu'il les rouvrit et les posa sur elle, ils exprimaient une douceur comme elle en avait rarement vu chez lui.

— Tu en es bien capable, en effet…

Elle se blottit contre lui, sentant son torse se soulever au rythme du souffle qui l'habitait. Glissant une main sous le tissu, elle caressa hardiment sa peau. Dreoch poussa un grognement, qui valait autant pour un avertissement que pour marquer sa satisfaction. Elle ne retira pas sa main, bien au contraire. Il l'attira alors à lui avec une force qu'elle ne soupçonnait pas, pour l'embrasser. Constance sentit la tête lui tourner tandis qu'il passait doucement sa langue sur ses lèvres pour en quémander l'ouverture. Elle laissa échapper un petit gémissement. Le baiser devint plus intense, plus rapide. Dreoch devenait plus exigeant, comme pris de panique à l'idée qu'elle lui échappe. Elle s'agrippa à lui, déterminée à lui faire sentir qu'elle était là, qu'elle ne s'en irait nulle part.

Un coup porté à la porte les interrompit soudainement et ils tournèrent la tête de concert vers le lourd pan de bois. Quelques secondes plus tard, Amanda Springerle fit irruption dans la pièce :

— Maître Azarov est à la porte du manoir, maître !

Les deux sorciers se regardèrent, inquiets. Cette journée n'en finirait donc jamais ?

— Nous arrivons tout de suite, répondit Tacitus en relâchant doucement son emprise sur Constance.

La kobold opina, pas surprise pour un sou de les avoir trouvés dans les bras l'un de l'autre. Constance lissa sa robe de sorcier, un peu gênée.

— Que crois-tu qu'il vienne faire ? lui demanda-t-elle.

— Avec un peu de chance, simplement vérifier comment nous allons. Mais qu'il n'espère pas s'en tirer à si bon compte…, ajouta sombrement le maître des Potions.

Ils trouvèrent Azarov dans le jardin derrière le manoir. Il humait les fleurs, sous l'œil incisif de Jester. La lucrote battit rapidement de la queue en voyant Constance et se déplaça tout près d'elle. Le maître des Enchantements se tordit les mains en les voyant approcher :

— Il faut que vous sachiez une chose…, commença-t-il. Trois, en fait.

Constance était tout ouïe, tout comme Tacitus, qui observait le maître des Enchantements avec toute la superbe dont il était capable.

— Tout d'abord, Clara ne savait rien de tout cela.

La jeune femme ne broncha pas, n'ayant même pas pensé une seconde que son amie pourrait la trahir. Ou lui cacher quelque chose d'aussi important. Elle songea qu'elle faisait certainement preuve de la même naïveté que Dreoch autrefois, mais il était des choses dont elle ne voulait pas douter.

— Ensuite… je sais que mon attitude n'a pas dû vous sembler exemplaire. Je vous ai caché la vérité. Myrddhin… disons simplement que c'est un vieil ami. Et mentor. Mais, s'il avait voulu vous entraîner de force avec lui, Constance, je m'y serais opposé. En pure perte, cela semble évident, néanmoins. Tout comme je ne l'aurais pas laissé vous faire du mal. À aucun de vous deux…

— Il en aurait été capable ? demanda Constance, devançant Tacitus.

— Je ne saurais le dire…, mais, je n'écarterais pas cette possibilité. Myrddhin a toujours cherché à changer le monde de la magie, et a échoué. Avec vous à ses côtés, les choses pourraient être différentes.

— Le changer, en quoi ? demanda Constance.

— Je ne veux pas entrer dans des considérations politiques, Constance…, s'excusa Azarov. Mais disons que Myrddhin pense que cette terre ne doit pas revenir aux sorciers, en l'état actuel des choses.

Constance sentit la peur l'envahir. Son intuition avait donc été la bonne : Myrddhin n'était pas un sorcier recommandable. Devant la mine décomposée de la jeune femme, Azarov secoua la tête, navré.

— Myrddhin est très vieux, Constance. Je ne suis pas au fait de tout ce que le BREAK lui reproche, mais vous avez entendu l'officier Irastus. Des choses mauvaises arrivent aux sorciers qui défient les lois naturelles de la magie. Et c'est son cas : il s'y emploie depuis des siècles. C'est cependant oublier que Myrddhin a mis fin aux guerres magiques, et théorisé la base de notre société.

— Vous ne pouvez pas le croire mauvais, c'est ça ? l'interrogea la sorcière.

Azarov opina.

— Autrement dit, susurra Dreoch, le BREAK ne va pas nous lâcher, puisque nous sommes malgré nous un maillon de la chaîne.

— En effet. Et je tenais à ce que vous sachiez que je serai là, à ce moment-là.

— Dernière chose ? fit le maître des Potions, évitant volontairement de répondre à son vieil ami.

Fouillant dans les poches de sa robe, Azarov tendit soudain à Constance un petit rouleau de parchemin, qu'elle déplia aussitôt.

— C'est…

— Votre certificat de réussite pour votre première année d'assistanat, toutes mes félicitations ! Les candidats encore présents les ont reçus tout de suite après qu'un semblant de calme soit revenu à l'Académie, mais vous aviez déjà filé. Au grand dam des membres du jury qui souhaiteraient vous proposer un contrat de commercialisation de votre potion. À votre nom à tous les deux…

— C'est génial ! s'exclama Constance en se tournant vers le maître des Potions.

— Dois-je en conclure que vous avez trouvé tout ce que vous cherchiez cette année, finalement ? demanda Azarov avec un petit sourire entendu.

— Oui maître Azarov, en effet, et j'ai bien d'autres projets !

Les deux mages la regardèrent surpris tandis que Constance repliait le parchemin.

— Doucement, après ce qu'il s'est passé cette nuit, mieux vaudrait éviter de se fourrer dans de nouveaux ennuis…, intervint Tacitus.

— C'est juste…, mais je pense qu'un peu de nouveauté ne ferait pas de mal à l'Académie !

Azarov éclata de rire, à en perdre haleine. Il rit si fort que les trois sorciers ne perçurent pas tout de suite le bruit des ailes de papier. Jester, elle, s'écarta de Constance et bondit, plantant ses griffes dans le poulet. La sorcière batailla pour le lui enlever. Malgré quelques trous et une aile froissée, l'origami messager était intact. Elle resta interdite devant la précision du pliage et la forme prise par le poulet : il s'agissait d'un magnifique dragon aux ailes dentelées. De petites cornes dépassaient de son crâne et le miroitement du papier lui rappela immédiatement les nombreuses écailles de l'animal ayant inspiré un tel pliage. Mais aussi celles qui couvraient la peau de Myrddhin. Tacitus posa une main sur celle de Constance, contenant l'origami.

— Tu es sûre de vouloir l'ouvrir ?

— J'aime autant savoir à quoi m'attendre…

Ils retirèrent leurs doigts et l'animal se déplia magiquement. Tandis qu'ils se penchaient dessus, Azarov n'y tint plus :

— Que dit-il ?

— Que nous sommes liés et que nous nous reverrons…, répondit Constance.

Tacitus étreignit l'épaule de la jeune femme pour la réconforter. Ce petit geste intime rassura la sorcière. Comment tout cela avait-il commencé, déjà ? Par un chat. Qui n'en était en fait pas un. Qui était, d'après ses propres dires, un lointain membre de la famille.

Famille qu'elle avait perdue et oubliée par un sortilège qui lui pourrissait la vie, avait failli détruire le manoir, provoqué des crises de somnambulisme magique et cela lui avait presque coûté la vie. Jetant un regard circulaire au jardin parfumé, Constance ne put cependant faire remonter toute la colère qui l'habitait. Elle se trouvait malgré tout sur le point de devenir maîtresse des Potions, une lucrote accrochée à ses basques, et elle était tombée amoureuse. Aussi méfiante soit-elle à l'égard de Myrddhin, elle tâcherait de ne pas oublier qu'il était responsable de sa rencontre avec Tacitus Dreoch.

— *Constance reste !* dit soudain une voix éraillée qui les fit tous deux sursauter.

Avec un petit ricanement, Jester sautilla sur place, mouvant ses grosses pattes avant comme si elle réclamait une friandise.

— Je suis d'accord Jester, approuva le maître des Potions, en la fixant intensément. Elle est très bien ici. Il faudrait déchaîner l'enfer sur terre pour que je prenne le risque de la laisser ressortir de ce manoir !

— Je n'ai pas l'intention d'aller où que ce soit…, répondit la sorcière ; et puis, je vais avoir besoin d'un maître de l'alcyon, sous peu…

— Qu'as-tu en tête, au juste ? l'interrogea Dreoch.

— Il faut continuer ce que tu as commencé, expliqua-t-elle. Soigner les gens avec quelque chose qui leur fera plaisir. Et changer la forme des potions, c'est ma spécialité, non ?

— On m'a pris pour un fou, tu en as conscience ? fit-il en arquant un sourcil sceptique.

— J'ai déjà dit que j'étais prête, alors j'espère que, toi, tu l'es, parce qu'il va bientôt y avoir du sucre partout dans cette maison ! répondit-elle en éclatant de rire devant son air gentiment désespéré. Ne bouge pas, j'ai pris des notes, je vais les chercher.

Tacitus la regarda filer à travers le salon et secoua la tête, sous l'œil moqueur d'Azarov. Les temps à venir promettaient de ne pas être ennuyeux, avec une sorcière de cet acabit sous son toit. Tout à sa réflexion, son regard se posa sur le papier déplié du poulet envoyé par Myrddhin, qui flottait toujours dans les airs.

Il reprit sa lecture, à quelques lignes de la fin. Ses yeux s'arrondirent alors de surprise. Saisissant la feuille entre deux doigts, il la parcourut rapidement. Un véritable rugissement jaillit alors de sa gorge, par pure habitude, avant de se répercuter dans tout le manoir :

— Mademoiselle Féar !

« *Ma chère Constance,*

Je ne renouvellerai pas ici ma proposition. Sache néanmoins que je serai toujours disponible pour toi, si tu en as besoin et, donc, que je ne serai jamais bien loin. Que tu le croies ou non, tu es le dernier membre de la lignée sur lequel je puisse veiller. C'est mon devoir.

Il faut également que tu saches la vérité à propos de ce qu'il s'est passé, aujourd'hui : prévoir un faux flacon et le changer de place était une bonne idée, mais insuffisante compte tenu de ton adversaire. C'est la raison pour laquelle si toi ou Tacitus consultez, comme je le pense, les résultats d'analyse que le BREAK ne manquera pas de mener, vous constaterez que deux éléments curieux vont se retrouver sur la liste des ingrédients : des poils de chat gris et... du sucre de quartz rose !

Myrddhin. »

Lorsque Constance avait lu la missive, une vague de culpabilité l'avait submergée : elle s'était revue, avec une acuité étonnante, déplacer des cartons dans le laboratoire. Des cartons pleins de poussière de sucre de quartz rose. Était-ce donc un accident ? Mais... et les poils de chat ? Myrddhin était-il responsable de tout cela ? Ou était-ce tout simplement la maladresse habituelle de la jeune femme ?

Petit à petit, le manoir retrouva son calme. C'était une belle journée d'été, l'air embaumait la lavande et les roses. Sans réponse à leurs interrogations, les deux sorciers prirent le parti de profiter de l'instant présent et de la compagnie l'un de l'autre.

Tranquillement assis sur l'un des murets du jardin, une petite créature s'étirait. Lorsqu'un rayon de soleil vint lui caresser l'échine, elle fit le dos rond et leva son museau vers l'astre.

Du coin de l'œil, elle aperçut une forme bleutée à une fenêtre. Ses babines se retroussèrent en un sourire malsain. La lucrote se hérissa, répondant violemment à cette provocation et quitta aussitôt la vitre, se précipitant sans doute déjà vers elle. L'animal cligna des yeux, donnant l'étrange impression qu'une seconde paupière couvrait ses yeux d'or. Dans un mouvement souple, il sauta du muret, tourna à l'angle, se frottant contre la pierre comme seuls les chats savent le faire, et disparut.

Remerciements

Tous nos plus sincères remerciements vont aux éditions Bookmark, pour leur confiance. À Angélique, Élise, Audrey et Lucile pour leur travail remarquable, leur gentillesse, leurs encouragements et leur disponibilité face à ce quatre mains et aux innombrables questions que nous avions. Bookmark est une grande famille et nous sommes fiers d'en devenir membres.

Merci à nos lecteurs de la première heure, à nos proches et à nos alpha-lecteurs.

Merci enfin à tous ces romans, films, séries, contes qui ont jalonné nos vies en distillant leur magie. Nous espérons, modestement, contribuer à enchanter votre monde, pour quelques heures.

M&B

Imprimé en France
FRHW011019221222
33284FR00004B/46

9 791038 115415